Super PRESTÍGIO

Esaú e Jacó

MACHADO DE ASSIS

Biografia e introdução de
M. CAVALCANTI PROENÇA

Edição reformulada

3ª Edição

www.ediouro.com.br

Copyright © **EDIOURO PUBLICAÇÕES S.A.**

Todos os direitos reservados e protegidos pela Lei 9.610 de 19/02/1998.
É proibida a reprodução total ou parcial, por quaisquer meios,
sem autorização prévia, por escrito, da Editora.

Coordenação editorial: Débora Lima A. Custódio
Revisão de texto: Valéria de Freitas Pereira
Edição de arte: Hamilton Marcos Fernandes
Coordenação de produção: Vicente R. Luz / Ana Maria Ferreira / Márcio Lima
Coordenação de PCP: Jaqueline Lavor
Editoração eletrônica:
Diarte Editora e Comercial de Livros Ltda.
Imagem da capa: Corbis

Dados Internacionais de Catalogação na Publicação (CIP)
(Câmara Brasileira do Livro, SP, Brasil)

Assis, Machado de, 1839-1908.
  Esaú e Jacó / Machado de Assis ; biografia e
introdução de M. Cavalcanti Proença. — 2. ed.
reform. — São Paulo : Ediouro,   —
(Coleção Super Prestígio)

"Cotejado com a 2. ed. da Livraria Garnier"
Acompanha ficha de orientação de leitura.
Bibliografia.
ISBN 85-00-00950-0

1. Romance brasileiro I. Proença, M. Cavalcanti.
II. Título. III. Série.

| 01-5446 | CDD - 869.93 |

Índice para catálogo sistemático:

1. Romances: Literatura brasileira   869.93

EDIOURO PUBLICAÇÕES S/A

Rio de Janeiro
Rua Nova Jerusalém, 345 – CEP 21042-230 – Rio de Janeiro – RJ
Tel.: (21) 3882-8200 – Fax: (21) 3882-8212 / 8313
E-mail: livros@ediouro.com.br
Internet: www.ediouro.com.br

Índice

Introdução 7
Advertência 13
  1. Coisas Futuras! 15
  2. Melhor de Descer que de Subir 21
  3. A Esmola da Felicidade 23
  4. A Missa do Cupê 26
  5. Há Contradições Explicáveis 30
  6. Maternidade 31
  7. Gestação 34
  8. Nem Casal, Nem General 37
  9. Vista de Palácio 42
10. O Juramento 44
11. Um Caso Único! 48
12. Esse Aires 50
13. A Epígrafe 54
14. A Lição do Discípulo 55
15. "Teste David Cum Sibylla" 57
16. Paternalismo 61
17. Tudo o Que Restrinjo 62
18. De Como Vieram Crescendo 64
19. Apenas Duas. – Quarenta Anos. Terceira Causa 67
20. A Jóia 70
21. Um Ponto Escuro 72
22. Agora um Salto 73

23. Quando Tiverem Barbas	74
24. Robespierre e Luís XVI	77
25. D. Miguel	80
26. A Luta dos Retratos	81
27. De Uma Reflexão Intempestiva	84
28. O Resto é Certo	85
29. A Pessoa Mais Moça	86
30. A Gente Batista	87
31. Flora	91
32. O Aposentado	93
33. A Solidão Também Cansa	97
34. Inexplicável	98
35. Em Volta da Moça	100
36. A Discórdia não é Tão Feia Como se Pinta	102
37. Desacordo no Acordo	105
38. Chegada a Propósito	107
39. Um Gatuno	112
40. "Recuerdos"	114
41. Caso do Burro	116
42. Uma Hipótese	118
43. O Discurso	119
44. O Salmão	122
45. Musa, Canta...	125
46. Entre um Ato e Outro	126
47. S. Mateus, IV, 1 – 10	127
48. Terpsícore	132
49. Tabuleta Velha	138
50. O Tinteiro de Evaristo	141
51. Aqui Presente	144
52. Um Segredo	147
53. De Confidências	151
54. Enfim, Só!	157
55. "A Mulher é a Desolação do Homem"	158
56. O Golpe	160
57. Das Encomendas	162

58. Matar Saudades 165
59. Noite de 14 167
60. Manhã de 15 171
61. Lendo Xenofonte 174
62. "Pare no D." 175
63. Tabuleta Nova 178
64. Paz! 182
65. Entre os Filhos 185
66. O Basto e a Espadilha 188
67. A Noite Inteira 189
68. De Manhã 193
69. Ao Piano 194
70. De Uma Conclusão Errada 196
71. A Comissão 199
72. O Regresso 201
73. Um Eldorado 205
74. A Alusão do Texto 208
75. Provérbio Errado 212
76. Talvez Fosse a Mesma! 213
77. Hospedagem 215
78. Visita ao Marechal 217
79. Fusão, Difusão, Confusão 220
80. Transfusão, Enfim 222
81. Ai, Duas Almas... 224
82. Em S. Clemente 226
83. A Grande Noite 228
84. O Velho Segredo 233
85. Três Constituições 236
86. Antes Que me Esqueça 238
87. Entre Aires e Flora 239
88. Não, Não, Não 242
89. O Dragão 243
90. O Ajuste 245
91. Nem Só a Verdade se Deve às Mães 249
92. Segredo Acordado 253

93. Não Ata Nem Desata 255
94. Gestos Opostos 258
95. O Terceiro 260
96. Retraimento 263
97. Um Cristo Particular 264
98. O Médico Aires 266
99. A Título de Ares Novos 268
100. Duas Cabeças 270
101. O Caso Embrulhado 272
102. Visão Pede Meia Sombra 273
103. O Quarto 274
104. A Resposta 278
105. A Realidade 280
106. Ambos Quais? 282
107. Estado de Sítio 285
108. Velhas Cerimônias 286
109. Ao Pé da Cova 288
110. Que Voa 290
111. Um Resumo de Esperanças 292
112. O Primeiro Mês 294
113. Uma Beatriz Para Dois 297
114. Consultório e Banca 298
115. Troca de Opiniões 300
116. De Regresso 303
117. Posse das Cadeiras 305
118. Coisas Passadas, Coisas Futuras 308
119. Que Anuncia os Seguintes 310
120. Penúltimo 311
121. Último 314
122. *Biografia de Machado de Assis* 318
123. *Obras Poéticas e de Ficção* 325
124. *Pequena Bibliografia Sobre Machado de Assis* 326

Introdução

M. Cavalcanti Proença

Por ordem de composição, *Esaú e Jacó* vem a ser o penúltimo romance de Machado de Assis, depois do qual viria o fecho, com *Memorial de Aires*. É, pois, romance da chamada segunda fase machadiana, quando o escritor chega ao apogeu de sua capacidade narrativa, senhor tranqüilo e total da arte de escrever.

E porque domina essa arte, resta ao crítico acompanhá-lo com o máximo de acuidade, para poder anotar os requintes e sutilezas do mestre, embora se arrisque a incluir-se na ironia que revê do volume, repassado de ceticismo. Aqui está ele, atento e ferino: O Conselheiro Aires conversa a respeito dos irmãos Pedro e Paulo; há opiniões sobre os gêmeos, e "ouvindo esta conclusão, Aires fez um gesto afirmativo, e chamou a atenção de Natividade para a cor do céu, que era a mesma, antes e depois da chuva. Supondo que havia algo simbólico, ela entrou a procurá-lo, e o mesmo farias tu, leitor, se lá estivesses; mas não havia nada".

O romancista diverte-se com o leitor, pois, desde o título, há simbolismo na animadversão fraterna, os nomes evocando os filhos de Isaac, que, ainda no ventre materno, já disputavam a primogenitura. Haverá muito mais romance fora, e de amostra sirvam os capítulos em que o autor nos conta a morte de Flora e o inconfessado desespero de Pedro e Paulo, ou aquele que nos faz assistir à morte de Natividade e à forçada reconciliação dos irmãos. Entretanto, Machado de Assis nem sequer permite que o leitor dramatize e se emocione; serenamente conta, conta como um espectador inteligente; e antes que o leitor penetre no clima perigoso do sentimento, ele intervém com uma ironia, obriga ao sorriso. Aliás, no livro, também, as únicas lágrimas que apareceram – nos olhos de Natividade – "foram morrer-lhe no canto da boca. Tão depressa as verteu como as engoliu". Associativamente, ele se recorda do brinquedo infantil que põe fecho às histórias: "entrou por uma porta e saiu pela outra". O contrário se deu com as lágrimas de Natividade, que saíram por uma porta e entraram pela outra. E, daí, parte para a esperança no futuro dos gêmeos, "lenço verde" que, no caso de enxovalhar-se, haveria de ser substituído por um azul, como a alma da heroína. Aí se detém a explicar o que é ter alma azul e afiança que, apesar dos quarenta anos, a de Natividade é assim. Pois que, bem conservada, ela é uma "senhora verde com a mesmíssima alma azul". A propósito de uma dúvida no capítulo anterior, diz que lá ficara um "ponto escuro"; páginas depois, afirma que Flora está "ainda verde para os meneios de Terpsícore", no que há uma alusão ao nome da mocinha, alusão que volta quando diz que "a esperança de se desterrar" (com a bem-amada) "verdejou na alma de Pedro".

Não ficam aí os exemplos e sem esforço podemos lembrar que os dois namorados levam grinaldas à sepultura da moça que ambos amavam. Uma é de perpétuas, de simbolismo muito evidente, e a outra, mais obscura, de miosótis, o *forget me not* dos ingleses; um dos apaixonados diz de si mesmo "que o seu amor é que era um substantivo perpétuo, não precisando mais nada para se definir". E as duas grinaldas depositadas na campa, uma à cabeceira, outra aos pés da defunta, "qual fosse a de um, qual a do outro" não se sabia.

Dentro desse tipo de memória associativa, que abriu este comentário, a propósito das lágrimas e do fecho das histórias infantis, passando para a simbologia, como um tipo mais complexo de associação, podemos terminar com outra associação, a do Conselheiro Aires: "Agora o mundo começa aqui no cais da Glória ou na rua do Ouvidor e acaba no Cemitério de S. João Batista. Ouço que há uns mares tenebrosos para os lados da Ponta do Caju". Aires está delimitando o *seu* mundo, e o "mar tenebroso" recorda a velha designação do oceano Atlântico na época do descobrimento. O Caju era terra a ser por ele descoberta, os subúrbios em geral.

Seria impossível mais que uma rosa-dos-ventos que alertasse o leitor para as intenções que subjazem na prosa de Machado de Assis. Anote-se como deixa sutilmente subentendido o prazer um pouco fátuo da bela mãe dos gêmeos ao perceber a corte de João de Melo e do Conselheiro Aires; fica ao leitor a responsabilidade da afirmação, pois do autor a ambigüidade é ressalva. Assim se devem notar as palavras de Aires, que é o mais sutil e mais simpático ao narrador. Tanto que melhor diríamos empático, pois é o único poupado à ironia universal que lastra o romance, ou, pelo menos, o único a dela tomar conhecimento.

É o "irmão das almas", acostumado a esmolas de vintém, que ao receber a nota de dois mil-réis, raciocina imediatamente: deve ser falsa. E não era. É Santos, homem rico, amigo de exibições, repetindo no paço uma frase que ouvira ao filho pela manhã, usando-a durante o dia todo, e recitando-a em casa, ao seu próprio autor, que, por sua vez, pergunta: – Papai disse isso? – É a ironia, ainda, em palavras que alteram prolóquios: "a ocasião faz o furto, o ladrão nasce feito"; "nem só de fé vive o homem, mas também de pão e seus compostos e similares".

Também o pessimismo machadiano está presente: "Nenhum obséquio, por ínfimo que seja, esquece o beneficiado. Há exceções. Também há casos em que a memória dos obséquios aflige, persegue e morde, como os mosquitos; mas não é de regra. A regra é guardá-los na memória, como as jóias nos seus escrínios; comparação justa, porque o obséquio é muita vez alguma jóia, que o obsequiado esqueceu de restituir".

Embora já se torne longo o prefácio, impossível resistir à tentação de examinar a linguagem de Machado de Assis. Aquele espírito pascaliano, a crer no criador e a duvidar da criatura, como bem acentuou Afrânio Coutinho; aquele espírito que a todo momento resvala para as condicionais – "se tal coisa suspeitou, não a disse a ninguém"; "sobre isto escrevi algumas linhas, que não ficariam mal, se as acabasse"; aquela permanente incerteza: "não juro que assim fosse", "não achará apoio em mim e creio que em ninguém"; "que pensasse um no outro é *possível*; mas não possuo o menor documento sobre isso"; aquele espírito esmiuçador utilizou as concessivas no velho sentido do *concedo* da lógica, isto é, a aceitação do argumento oposto, para destruí-lo, mostrar-lhe a incapacidade de impedir a marcha do raciocínio; em última análise, a objeção que, entretanto, é apenas o retrato de um modo de ser incrédulo, conhecendo o relativo das verdades absolutas. Batista troca de partido político por influência da esposa e, "*posto que* a vontade que trazia fosse de empréstimo, não lhe faltava desejo"; interrogados os gêmeos sobre assunto de amor, "nenhum falou logo, posto que ambos sentissem necessidade de explicar alguma coisa". Mais concisamente, ao entrar no quarto, "obedecendo ao conselho da mãe, Paulo não quis saber se Pedro dormia, *posto desconfiasse* que não"; Aires, lendo a correspondência, deduz que a missivista "confirma assim a carta da outra, *posto não a houvesse* lido"; um enamorado, "*posto* já não *freqüentasse* a casa, mandara saber da enferma". O "não obstante" é outra forma de que se utiliza nas concessivas: Aires se agrada dos elogios de quem lhe buscava o auxílio, mas... "*Não obstante* contestou tais méritos e virtudes"; ao julgar os desenhos de Flora, pensa que não teriam a perfeição desejada por ela; *não obstante*, dispensavam os nomes das pessoas desenhadas". E a mocinha que desejava libertar-se dos namorados: "Entretanto, a bela moça não os tirava da mesma alcova sua, *por mais que* buscasse deveras fugir-lhes", os namorados, indo visitá-la: "Algumas vezes falavam mais alto que de costume e de conveniência. A razão, *por egoísta que fosse*, era perdoável". E o outro, o ricaço, consolando-se mesquinhamente da recusa do seu pedido de casamento: "uma recusa atrevida, porque, enfim, quem era ela, *apesar da* beleza?". Finalmente, um trecho em que dúvida e concessão se entrelaçam: Natividade resolve oferecer hospedagem à família da bem-amada dos filhos. Fazia-o para assim "discernir qual era o melhor aceito; *pode ser que* também influísse na adoção do voto, *mas não afirmo* nada a tal respeito. *Também não asseguro* que tivesse grande gosto em agasalhar o pai e a mãe de Flora. *Não obstante* o encontro foi cordial de parte a parte".

Antes de prosseguir, uma prolepse que, no fundo, é responder antes que me falem. Algumas vezes, ou alguma vez, como prefere o nosso autor, os exemplos merecerão gramaticalmente a classificação de adversativa. Para nominalistas, para quem não é certo venerar Jesus, pois venerar vem de Vênus, que é romana, e Jesus é judeu, Vênus é mulher e Jesus é homem, adversativa não é o mesmo que concessiva. De fato, mas são dois processos paralelos de expressão, em sistemas sintáticos diversos, mas não opostos. Tanto é assim que "a bela moça não os tirava da mesma alcova sua, por mais que buscasse deveras fugir-lhes", corresponde a "a bela moça buscava deveras fugir-lhes, mas não os tirava da alcova"; "não teriam a perfeição desejada por ela, *não obstante* dispensavam os nomes é paralelo de "dispensavam os nomes, *posto que* não tivessem a perfeição desejada pela moça". Notem que eu disse "paralelo" e não *o mesmo*, nem *igual.* Análogo é o processo de pensar.

Duvidoso como o rio Tejo camoniano, quando da batalha de Aljubarrota, Machado tem o tédio à afirmativa; por isso atribui ao Conselheiro, que, de certa forma, lhe faz as vezes no romance, o "tédio à controvérsia". O político conservador vai a um baile do ministério liberal, a instâncias da esposa: "O marido é que... *Não sei que diga* do marido, relativamente ao baile da ilha". Sem compreender a diferença entre a "valsa arrastada" e a "valsa pulada", é o romancista quem explica: "*Presumo que* na primeira os pés não saíam do chão e na segunda não caíam do ar". Tratando do amor, que uniria duas pessoas: "*Já não me lembra* quem afirmava, ao contrário, que um ódio comum é o que liga duas pessoas. *Creio que sim, mas não descreio* do meu postulado, por esta razão que uma coisa não tolhe a outra, e ambas *podem ser* verdadeiras". O Conselheiro, empático do autor, fugindo a opinar, diverga: "Eu mesmo não sei se me entendo, nem se penso a verdade, *pode ser*". E, quando descreve a reconciliação dos gêmeos, acrescenta: "Também *não juro isto*, digo o que *se pode crer*, só pelo aspecto das coisas". Depois do enterro da namorada, Pedro e Paulo "cuidaram de arrancar-se dali, e despedir-se da defunta, *não se sabe* com que palavras, nem se eram as mesmas; o sentido *seria* igual". Nóbrega deu uma esmola grande, desceu a rua, levando atrás de si as bênçãos da mendiga, "dobrou a esquina, a passo rápido, e aí foi pensando *não se sabe em* quê".

Seria mudar o traço informativo e até certo ponto didático a este prefácio, a continuação desta análise que, apenas aflorada, se transfere à responsabilidade do leitor, como tarefa de pesquisa. No caso estarão as várias formas da negação, ligadas como estrutura à tendência oscilatória própria da dúvida.

Para encerrar, um traço biográfico: Machado de Assis, apesar da felicidade de seu casamento com D. Carolina, não teve filhos, como Aguiar e D. Carmo, do *Memorial de Aires;* em *Memórias Póstumas de Brás Cubas*, também se apresenta o problema do homem sem descendência. Neste romance, é o Conselheiro que, ao receber de Natividade a incumbência de orientar e conciliar os gêmeos, busca investir-se da paternidade que não conheceu: "Aires queria cumprir deveras o ofício que aceitara de Natividade. Quem sabe se a idéia de pai espiritual dos gêmeos, pai de desejo somente, pai que não o foi, que teria sido, não lhe dava uma afeição particular e um dever mais alto que o de simples amigo?".

Como no verso de Manuel Bandeira, a vida que podia ter sido e que não foi. Para o Conselheiro. Para o romancista, quem sabe?

Interrogação é dúvida, e com ela encerramos.

Advertência

Quando o Conselheiro Aires faleceu, acharam-se-lhe na secretária sete cadernos manuscritos, rijamente encapados em papelão. Cada um dos primeiros seis tinha o seu número de ordem, por algarismos romanos, I, II, III, IV, V, VI, escritos a tinta encarnada. O sétimo trazia este título: *Último*.

A razão desta designação especial não se compreendeu então nem depois. Sim, era o último dos sete cadernos, com a particularidade de ser o mais grosso, mas não fazia parte do *Memorial*, diário de lembranças que o conselheiro escrevia desde muitos anos e era a matéria dos seis. Não trazia a mesma ordem de datas, com indicação da hora e do minuto, como usava neles. Era uma narrativa; e, posto figure aqui o próprio Aires, com o seu nome e título de conselho, e, por alusão, algumas aventuras, nem assim deixava de ser a narrativa estranha à matéria dos seis cadernos. *Último* por quê?

A hipótese de que o desejo do finado fosse imprimir este caderno em seguida aos outros, não é natural, salvo se queria obrigar à leitura dos seis, em que tratava de si, antes que lhe conhecessem esta outra história, escrita com um pensamento interior e único, através das páginas diversas. Nesse caso, era a vaidade do homem que falava, mas a vaidade não fazia parte dos seus defeitos. Quando fizesse, valia a pena satisfazê-la? Ele não representou papel eminente neste mundo; percorreu a carreira diplomática, e aposentou-se. Nos lazeres do ofício, escreveu o *Memorial*, que, aparado das páginas mortas ou escuras, apenas daria (e talvez dê) para matar o tempo da barca de Petrópolis.

Tal foi a razão de se publicar somente a narrativa. Quanto ao título, foram lembrados vários, em que o assunto se pudesse resumir, *Ab ovo*, por exemplo, apesar do latim; venceu, porém, a idéia de lhe dar estes dois nomes que o próprio Aires citou uma vez:

ESAÚ E JACÓ

1

Coisas Futuras!

Dico, che quando l'anima mal nata...
DANTE

Era a primeira vez que as duas iam ao morro do Castelo. Começaram de subir pelo lado da rua do Carmo. Muita gente há no Rio de Janeiro que nunca lá foi, muita haverá morrido, muita mais nascerá e morrerá sem lá pôr os pés. Nem todos podem dizer que conhecem uma cidade inteira. Um velho inglês, que aliás andara terras e terras, confiava-me há muitos anos em Londres que de Londres só conhecia bem o seu clube, e era o que lhe bastava da metrópole e do mundo.

Natividade e Perpétua conheciam outras partes, além de Botafogo, mas o morro do Castelo, por mais que ouvissem falar dele e da cabocla que lá reinava em 1871, era-lhes tão estranho e remoto como o clube. O íngreme, o desigual, o mal calçado da ladeira mortificavam os pés às duas pobres donas. Não obstante, continuavam a subir, como se fosse penitência, devagarinho, cara no chão, véu para baixo. A manhã trazia certo movimento; mulheres, homens, crianças que desciam ou subiam, lavadeiras e soldados, algum empregado, algum lojista, algum padre, todos olhavam espantados para elas, que aliás vestiam com grande simplicidade; mas há um donaire que se não perde, e não era vulgar naquelas alturas. A mesma lentidão do andar, comparada à rapidez das outras pessoas, fazia desconfiar que era a primeira vez que ali iam. Uma crioula perguntou a um sargento: "Você quer ver que elas vão à cabocla?" E ambos

pararam à distância, tomados daquele invencível desejo de conhecer a vida alheia, que é muita vez toda a necessidade humana.
Com efeito, as duas senhoras buscavam disfarçadamente o número da casa da cabocla, até que deram com ele. A casa era como as outras, trepada no morro. Subia-se por uma escadinha, estreita, sombria, adequada à aventura. Quiseram entrar depressa, mas esbarraram com dois sujeitos que vinham saindo, e coseram-se ao portal. Um deles perguntou-lhes familiarmente se iam consultar a adivinha.
— Perdem o seu tempo, concluiu furioso, e hão de ouvir muito disparate...
— É mentira dele, emendou o outro rindo; a cabocla sabe muito bem onde tem o nariz.
Hesitaram um pouco; mas, logo depois advertiram que as palavras do primeiro eram sinal certo da vidência e da franqueza da adivinha; nem todos teriam a mesma sorte alegre. A dos meninos de Natividade podia ser miserável, e então... Enquanto cogitavam passou fora um carteiro, que as fez subir mais depressa, para escapar a outros olhos. Tinham fé, mas tinham também vexame da opinião, como um devoto que se benzesse às escondidas.
Velho caboclo, pai da adivinha, conduziu as senhoras à sala. Esta era simples, as paredes nuas, nada que lembrasse mistério ou incutisse pavor, nenhum petrecho simbólico, nenhum bicho empalhado, esqueleto ou desenho de aleijões. Quando muito um registro da Conceição colado à parede podia lembrar um mistério, apesar de encardido e roído, mas não metia medo. Sobre uma cadeira, uma viola.
— Minha filha já vem, disse o velho. As senhoras como se chamam?
Natividade deu o nome de batismo somente, Maria, como um véu mais espesso que o que trazia no rosto, e recebeu um cartão, — porque a consulta era só de uma, — com o número 1.012. Não há que pasmar do algarismo; a freguesia era nume-

rosa, e vinha de muitos meses. Também não há que dizer do costume, que é velho e velhíssimo. Relê Ésquilo; meu amigo, relê as *Eumênides*, lá verás a Pítia, chamando os que iam à consulta: "Se há aqui Helenos, venham, aproximem-se, segundo o uso, *na ordem marcada pela sorte*"... A sorte outrora, a numeração agora, tudo é que a verdade se ajuste à prioridade, e ninguém perca a sua vez de audiência. Natividade guardou o bilhete, e ambas foram à janela.

A falar verdade, temiam o seu tanto, Perpétua menos que Natividade. A aventura parecia audaz, e algum perigo possível. Não ponho aqui os seus gestos; imaginai que eram inquietos e desconcertados. Nenhuma dizia nada. Natividade confessou depois que tinha um nó na garganta. Felizmente, a cabocla não se demorou muito; ao cabo de três ou quatro minutos, o pai a trouxe pela mão, erguendo a cortina do fundo.

– Entra, Bárbara.

Bárbara entrou, enquanto o pai pegou da viola e passou ao patamar de pedra, à porta da esquerda. Era uma criaturinha leve e breve, saia bordada, chinelinha no pé. Não se lhe podia negar um corpo airoso. Os cabelos, apanhados no alto da cabeça por um pedaço de fita enxovalhada, faziam-lhe um solidéu natural, cuja borla era suprida por um raminho de arruda. Já vai nisto um pouco de sacerdotisa. O mistério estava nos olhos. Estes eram opacos, não sempre nem tanto que não fossem também lúcidos e agudos, e neste último estado eram igualmente compridos; tão compridos e tão agudos que entravam pela gente abaixo, revolviam o coração e tornavam cá fora, prontos para nova entrada e outro revolvimento. Não te minto dizendo que as duas sentiram tal ou qual fascinação. Bárbara interrogou-as; Natividade disse ao que vinha e entregou-lhe os retratos dos filhos e os cabelos cortados, por lhe haverem dito que bastava.

– Basta, confirmou Bárbara. Os meninos são seus filhos?

– São.

– Cara de um é cara de outro.

— São gêmeos; nasceram há pouco mais de um ano.
— As senhoras podem sentar-se.

Natividade disse baixinho à outra que "a cabocla era simpática", não tão baixo que esta não pudesse ouvir também; e daí pode ser que ela, receosa da predição, quisesse aquilo mesmo para obter um bom destino aos filhos. A cabocla foi sentar-se à mesa redonda que estava no centro da sala, virada para as duas. Pôs os cabelos e os retratos defronte de si. Olhou alternadamente para eles e para a mãe, fez algumas perguntas a esta, e ficou a mirar os retratos e os cabelos, boca aberta, sobrancelhas cerradas. Custa-me dizer que acendeu um cigarro, mas digo, porque é verdade, e o fumo concorda com o ofício. Fora, o pai roçava os dedos na viola, murmurando uma cantiga do sertão do Norte:

Menina de saia branca,
Saltadeira de riacho...

Enquanto o fumo do cigarro ia subindo, a cara da adivinha mudava de expressão, radiante ou sombria, ora interrogativa, ora explicativa. Bárbara inclinava-se aos retratos, apertava uma madeixa de cabelos em cada mão, e fitava-as e cheirava-as, e escutava-as, sem a afetação que porventura aches nesta linha. Tais gestos não se poderiam contar naturalmente. Natividade não tirava os olhos dela, como se quisesse lê-la por dentro. E não foi sem grande espanto que lhe ouviu perguntar se os meninos tinham brigado antes de nascer.

— Brigado?
— Brigado, sim, senhora.
— Antes de nascer?
— Sim, senhora, pergunto se não teriam brigado no ventre de sua mãe; não se lembra?

Natividade, que não tivera a gestação sossegada, respondeu que efetivamente sentira movimentos extraordinários, repetidos, e dores, e insônias... Mas então que era? Brigariam por quê? A cabocla não respondeu. Ergueu-se pouco depois, e andou à volta da mesa, lenta, como sonâmbula, os olhos abertos e fixos; depois entrou a dividi-los novamente entre a mãe e os retratos. Agitava-se agora mais, respirando grosso. Toda ela, cara e braços, ombros e pernas, toda era pouca para arrancar a palavra ao Destino. Enfim, parou, sentou-se exausta, até que se ergueu de salto e foi ter com as duas, tão radiante, os olhos tão vivos e cálidos, que a mãe ficou pendente deles, e não se pôde ter que lhe não pegasse das mãos e lhe perguntasse, ansiosa:

— Então? Diga, posso ouvir tudo.

Bárbara, cheia de alma e riso, deu um respiro de gosto. A primeira palavra parece que lhe chegou à boca, mas recolheu-se ao coração, virgem dos lábios dela e de alheios ouvidos. Natividade instou pela resposta, que lhe dissesse tudo, sem falta...

— Coisas futuras! murmurou finalmente a cabocla.

— Mas, coisas feias?

— Oh! não! não! Coisas bonitas, coisas futuras!

— Mas isso não basta; diga-me o resto. Esta senhora é minha irmã e de segredo, mas se é preciso sair, ela sai; eu fico, diga-me a mim só... Serão felizes?

— Sim.

— Serão grandes?

— Serão grandes, oh! grandes! Deus há de dar-lhes muitos benefícios. Eles hão de subir, subir, subir... Brigaram no ventre de sua mãe, que tem? Cá fora também se briga. Seus filhos serão gloriosos. É só o que lhe digo. Quanto à qualidade da glória, coisas futuras!

Lá dentro, a voz do caboclo velho ainda uma vez continuava a cantiga do sertão:

Trepa-me neste coqueiro,
Bota-me os cocos abaixo.

E a filha, não tendo mais que dizer, ou não sabendo que explicar, dava aos quadris o gesto da toada, que o velho repetia lá dentro:

Menina de saia branca,
Saltadeira de riacho...
Trepa-me neste coqueiro
Bota-me os cocos abaixo.
Quebra coco, sinhá,
Lá no cocá,
Se te dá na cabeça,
Há de rachá;
Muito hei de me ri,
Muito hei de gostá,
Lelê, coco, naiá.

2
Melhor de Descer que de Subir

Todos os oráculos têm o falar dobrado, mas entendem-se. Natividade acabou entendendo a cabocla, apesar de lhe não ouvir mais nada; bastou saber que as coisas futuras seriam bonitas, e os filhos grandes e gloriosos para ficar alegre e tirar da bolsa uma nota de cinqüenta mil-réis. Era cinco vezes o preço do costume, e valia tanto ou mais que as ricas dádivas de Creso à Pítia. Arrecadou os retratos e os cabelos, e as duas saíram, enquanto a cabocla ia para os fundos, à espera de outros. Já havia alguns fregueses à porta, com os números de ordem, e elas desceram rapidamente, escondendo a cara.

Perpétua compartia as alegrias da irmã, as pedras também, o muro do lado do mar, as camisas penduradas às janelas, as cascas de banana no chão. Os mesmos sapatos de um *irmão das almas*, que ia a dobrar a esquina da rua da Misericórdia para a de S. José, pareciam rir de alegria, quando realmente gemiam de cansaço. Natividade estava tão fora de si que, ao ouvir-lhe pedir: "Para a missa das almas!" tirou da bolsa uma nota de dois mil-réis, nova em folha, e deitou-a à bacia. A irmã chamou-lhe a atenção para o engano, era para as almas do purgatório.

E seguiram lépidas para o cupê, que as esperava no espaço que fica entre a igreja de S. José e a Câmara dos Deputados. Não tinham querido que o carro as levasse até ao princípio da ladeira, para que o cocheiro e o lacaio não desconfiassem da consulta. Toda a gente falava então da cabocla do Castelo, era o assunto da cidade; atribuíam-lhe um poder infinito, uma série de milagres, sortes, achados, casamentos. Se as descobrissem, estavam perdidas, embora muita gente boa lá fosse. Ao vê-las dando a esmola ao irmão das almas, o lacaio trepou à almofada e o cocheiro tocou os cavalos, a carruagem veio buscá-las e guiou para Botafogo.

3

A Esmola da Felicidade

— Deus lhe acrescente, minha senhora devota! exclamou o irmão das almas ao ver a nota cair em cima de dois níqueis de tostão e alguns vinténs antigos. Deus lhe dê todas as felicidades do céu e da terra, e as almas do purgatório peçam a Maria Santíssima que recomende a senhora dona a seu bendito filho!

Quando a sorte ri, toda natureza ri também, e o coração ri como tudo o mais. Tal foi a explicação que, por outras palavras menos especulativas, deu o irmão das almas aos dois mil-réis. A suspeita de ser a nota falsa não chegou a tomar pé no cérebro deste; foi alucinação rápida. Compreendeu que as damas eram felizes, e, tendo o uso de pensar alto, disse piscando o olho, enquanto elas entravam no carro:

— Aquelas duas viram passarinho verde, com certeza.

Sem rodeios, supôs que as duas senhoras vinham de alguma aventura amorosa, e deduziu isto de três fatos, que sou obrigado a enfileirar aqui para não deixar este homem sob a suspeita de caluniador gratuito. O primeiro foi a alegria delas, o segundo o valor da esmola, o terceiro o carro que as esperava a um canto, como se elas quisessem esconder do cocheiro o ponto dos namorados. Não concluas tu que ele tivesse sido cocheiro algum dia, e andasse a conduzir moças antes de servir às almas. Também não creias que fosse outrora rico e adúltero, aberto de mãos, quando vinha de dizer adeus às suas amigas. *Ni cet excès d'honneur, ni cette indignité.* Era um pobre diabo sem mais ofício que a devoção. Demais, não teria tido tempo; contava apenas vinte e sete anos.

Cumprimentou as senhoras, quando o carro passou. Depois ficou a olhar para a nota tão fresca, tão valiosa, nota que as almas nunca viram sair das mãos dele. Foi subindo a rua de S. José. Já não tinha ânimo de pedir; a nota fazia-se ouro, e a idéia de ser falsa voltou-lhe ao cérebro, e agora mais freqüente, até que se lhe pegou por alguns instantes. Se fosse falsa... "Para a missa das almas!" gemeu à porta de uma quitanda e deram-lhe um vintém, – um vintém sujo e triste, ao pé da nota tão novinha que parecia sair do prelo. Seguia-se um corredor de sobrado. Entrou, subiu, pediu, deram-lhe dois vinténs, – o dobro da outra moeda no valor e no azinhavre.

E a nota sempre limpa, uns dois mil-réis que pareciam vinte. Não, não era falsa. No corredor pegou dela, mirou-a bem; era verdadeira. De repente, ouviu abrir a cancela em cima, e uns passos rápidos. Ele, mais rápido, amarrotou a nota e meteu-a na algibeira das calças; ficaram só os vinténs azinhavrados e tristes, o óbolo da viúva. Saiu, foi à primeira oficina, à primeira loja, ao primeiro corredor, pedindo longa e lastimosamente:

– Para a missa das almas!

Na igreja, ao tirar a opa, depois de entregar a bacia ao sacristão, ouviu uma voz débil como de almas remotas que lhe perguntavam se os dois mil-réis... Os dois mil-réis, dizia outra voz menos débil, eram naturalmente dele, que, em primeiro lugar, também tinha alma, e, em segundo lugar, não recebera nunca tão grande esmola. Quem quer dar tanto vai à igreja ou compra uma vela, não põe assim uma nota na bacia das esmolas pequenas.

Se minto, não é de intenção. Em verdade, as palavras não saíram assim articuladas e claras, nem as débeis, nem as menos débeis; todas faziam uma zoeira aos ouvidos da consciência.

Traduzi-as em língua falada, a fim de ser entendido das pessoas que me lêem; não sei como se poderia transcrever para o papel um rumor surdo e outro menos surdo, um atrás de outro e todos confusos para o fim, até que o segundo ficou só; "não tirou a nota a ninguém... a dona é que a pôs na bacia por sua mão... também ele era alma"... À porta da sacristia que dava para a rua, ao deixar cair o reposteiro azul-escuro debruado de amarelo, não ouviu mais nada. Viu um mendigo que lhe estendia o chapéu roto e sebento; meteu vagarosamente a mão no bolso do colete, também roto, e aventou uma moedinha de cobre que deitou ao chapéu do mendigo, rápido, às escondidas, como quer o Evangelho. Eram dois vinténs; ficavam-lhe mil novecentos e sessenta réis. E o mendigo, como ele saísse depressa, mandou-lhe atrás estas palavras de agradecimento, parecidas com as suas:

— Deus lhe acrescente, meu senhor, e lhe dê...

4
A Missa do Cupê

Natividade ia pensando na cabocla do Castelo, na predição da grandeza e na notícia da briga. Tornava a lembrar-se que, de fato, a gestação não fora sossegada; mas só lhe ficava a sorte da glória e da grandeza. A briga lá ia, se a houve; o futuro, sim, esse é que era o principal ou tudo. Não deu pela praia de Santa Luzia. No largo da Lapa interrogou a irmã sobre o que pensava da adivinha. Perpétua respondeu que bem, que acreditava, e ambas concordaram que ela parecia falar dos próprios filhos, tal era o entusiasmo. Perpétua ainda a repreendeu pelos cinqüenta mil-réis dados em paga; bastavam vinte.

– Não faz mal. Coisas futuras!
– Que coisas serão?
– Não sei; futuras.

Mergulharam outra vez no silêncio. Ao entrar no Catete, Natividade recordou a manhã em que ali passou, naquele mesmo cupê, e confiou ao marido o estado de gravidez. Voltavam de uma missa de defunto, na igreja de S. Domingos.

"Na igreja de S. Domingos diz-se hoje uma missa por alma de João de Melo, falecido em Maricá." Tal foi o anúncio que ainda agora podes ler em algumas folhas de 1869. Não me ficou o dia, o mês foi agosto. O anúncio está certo, foi aquilo mesmo, sem mais nada, nem o nome da pessoa ou pessoas que mandaram dizer a missa, nem hora, nem convite. Não se disse sequer que o defunto era escrivão, ofício que só perdeu com a morte. Enfim, parece que até lhe tiraram um nome; ele era, se estou bem informado, João de Melo e Barros.

Não se sabendo quem mandava dizer a missa, ninguém lá foi. A igreja escolhida deu ainda menos relevo ao ato; não era vistosa, nem buscada, mas velhota, sem galas nem gente, metida ao canto de um pequeno largo, adequada à missa recôndita e anônima.

Às oito horas parou um cupê à porta; o lacaio desceu, abriu a portinhola, desbarretou-se e perfilou-se. Saiu um senhor e deu a mão a uma senhora, a senhora saiu e tomou o braço ao senhor, atravessaram o pedacinho de largo e entraram na igreja. Na sacristia era tudo espanto. A alma que a tais sítios atraíra um carro de luxo, cavalos de raça, e duas pessoas tão finas não seria como as outras almas ali sufragadas. A missa foi ouvida sem pêsames nem lágrimas. Quando acabou, o senhor foi à sacristia dar as espórtulas. O sacristão, agasalhando na algibeira a nota de dez mil-réis que recebeu, achou que ela provava a sublimidade do defunto; mas que defunto era esse? O mesmo pensaria a caixa das almas, se pensasse, quando a luva da senhora deixou cair dentro uma pratinha de cinco tostões. Já então havia na igreja meia dúzia de crianças maltrapilhas, e, fora, alguma gente às portas e no largo, esperando. O senhor, chegando à porta, relanceou os olhos, ainda que vagamente, e viu que era objeto de curiosidade. A senhora trazia os seus no chão. E os dois entraram no carro, com o mesmo gesto, o lacaio bateu a portinhola e partiram.

A gente local não falou de outra coisa naquele e nos dias seguintes. Sacristão e vizinhos relembravam o cupê, com orgulho. Era a missa do cupê. As outras missas vieram vindo, todas a pé, algumas de sapato roto, não raras descalças, capinhas velhas, morins estragados, missas de chita, ao domingo, missas de tamancos. Tudo voltou ao costume, mas a missa do cupê viveu na memória por muitos meses. Afinal não se falou mais nela; esqueceu como um baile.

Pois o cupê era este mesmo. A missa foi mandada dizer por aquele senhor, cujo nome é Santos, e o defunto era seu parente, ainda que pobre. Também ele foi pobre: também ele nasceu em Maricá. Vindo para o Rio de Janeiro, por ocasião da *febre das ações* (1855), dizem que revelou grandes qualidades para ganhar dinheiro depressa. Ganhou logo muito, e fê-lo perder a outros. Casou em 1859 com esta Natividade, que ia então nos vinte anos e não tinha dinheiro, mas era bela e amava apaixonadamente. A Fortuna os abençoou com a riqueza. Anos depois tinham eles uma casa nobre, carruagem, cavalos e relações novas e distintas. Dos dois parentes pobres de Natividade morreu o pai em 1866; restava-lhe uma irmã. Santos tinha alguns em Maricá, a quem nunca mandou dinheiro, fosse mesquinhez, fosse habilidade. Mesquinhez não creio: ele gastava largo e dava muitas esmolas. Habilidade seria; tirava-lhes o gosto de vir cá pedir-lhe mais.

Não lhe valeu isto com João de Melo, que um dia apareceu aqui, a pedir-lhe emprego. Queria ser, como ele, diretor de banco. Santos arranjou-lhe depressa um lugar de escrivão do cível em Maricá, e despachou-o com os melhores conselhos deste mundo.

João de Melo retirou-se com a escrivania, e dizem que uma grande paixão também. Natividade era a mais bela mulher daquele tempo. No fim, com os seus cabelos quase sexagenários, fazia crer na tradição. João de Melo ficou alucinado quando a viu; ela conheceu isso, e portou-se bem. Não lhe fechou o rosto, é verdade, e era mais bela assim que zangada; também não lhe fechou os olhos, que eram negros e cálidos. Só lhe fechou o coração, um coração que devia amar como nenhum outro, foi a conclusão de João de Melo uma noite em que a viu ir decotada a um baile. Teve ímpeto de pegar dela, descer, voar, perderem-se...

Em vez disso, uma escrivania e Maricá; era um abismo. Caiu nele; três dias depois saiu do Rio de Janeiro para não voltar. A princípio escreveu muitas cartas ao parente, com a esperança de que ela as lesse também, e compreendesse que algumas palavras eram para si. Mas Santos não lhe deu resposta, e o tempo e a ausência acabaram por fazer de João de Melo um excelente escrivão. Morreu de uma pneumonia.

Que o motivo da pratinha de Natividade deitada à caixa das almas fosse pagar a adoração do defunto não digo que sim, nem que não; faltam-me pormenores. Mas pode ser que sim, porque esta senhora era não menos grata que honesta. Quanto às larguezas do marido, não esqueças que o parente era defunto, e o defunto um parente menos.

5

Há Contradições Explicáveis

Não me peças a causa de tanto encolhimento no anúncio e na missa, e tanta publicidade na carruagem, lacaio e libré. Há contradições explicáveis. Um bom autor, que inventasse a sua história, ou prezasse a lógica aparente dos acontecimentos, levaria o casal Santos a pé ou em caleça de praça ou de aluguel; mas eu, amigo, eu sei como as coisas se passaram, e refiro-as tais quais. Quando muito, explico-as, com a condição de que tal costume não pegue. Explicações comem tempo e papel, demoram a ação e acabam por enfadar. O melhor é ler com atenção.

Quanto à contradição de que se trata aqui, é de ver que naquele recanto de um larguinho modesto, nenhum conhecido daria com eles, ao passo que eles gozariam o assombro local; tal foi a reflexão de Santos, se se pode dar semelhante nome a um movimento interior que leva a gente a fazer antes uma coisa que outra. Resta a missa; a missa em si mesma bastava que fosse sabida no céu e em Maricá. Propriamente vestiram-se para o céu. O luxo do casal temperava a pobreza da oração; era uma espécie de homenagem ao finado. Se a alma de João de Melo os visse de cima, alegrar-se-ia do apuro em que eles foram rezar por um pobre escrivão. Não sou eu que o digo; Santos é que o pensou.

6
Maternidade

A princípio, vieram calados. Quando muito, Natividade queixou-se da igreja, que lhe sujara o vestido.

— Venho cheia de pulgas, continuou ela; por que não fomos a S. Francisco de Paula ou à Glória, que estão mais perto, e são limpas?

Santos trocou as mãos à conversa, e falou das ruas mal calçadas, que faziam dar solavancos ao carro. Com certeza, quebravam-lhe as molas.

Natividade não replicou, mergulhou no silêncio, como naquele outro capítulo, vinte meses depois, quando tornava do Castelo com a irmã. Os olhos não tinham a nota de deslumbramento que trariam então; iam parados e sombrios como de manhã e na véspera. Santos, que já reparara nisso, perguntou-lhe o que é que tinha; ela não sei se lhe respondeu de palavra; se alguma disse, foi tão breve e surda que inteiramente se perdeu. Talvez não passasse de um simples gesto de olhos, um suspiro, ou coisa assim. Fosse o que fosse, quando o cupê chegou ao meio do Catete, os dois levavam as mãos presas, e a expressão do rosto era de abençoados. Não davam sequer pela gente das ruas; não davam talvez por si mesmos.

Leitor, não é muito que percebas a causa daquela expressão e desses dedos abotoados. Já lá ficou dita atrás, quando era melhor deixar que a adivinhasses; mas provavelmente não a adivinharias, não que tenhas o entendimento curto ou escuro, mas porque o homem varia do homem, e tu talvez ficasses com igual expressão, simplesmente por saber que ias dançar sábado. Santos não dançava; preferia o voltarete, como distração. A causa era virtuosa, como sabes: Natividade estava grávida, acabava de o dizer ao marido.

Aos trinta anos não era cedo nem tarde; era imprevisto. Santos sentiu mais que ela o prazer da vida nova. Eis aí vinha a realidade do sonho de dez anos, uma criatura tirada da coxa de Abraão, como diziam aqueles bons judeus, que a gente queimou mais tarde, e agora empresta generosamente o seu dinheiro às companhias e às nações. Levam juro por ele; mas os hebraísmos são dados de graça. Aquele é desses. Santos, que só conhecia a parte do empréstimo, sentia inconscientemente a do hebraísmo, e deleitava-se com ele. A emoção atava-lhe a língua; os olhos que estendia à esposa e a cobriam eram de patriarca; o sorriso parecia chover luz sobre a pessoa amada, abençoada e formosa entre as formosas.

Natividade não foi logo, logo assim; a pouco e pouco é que veio sendo vencida e tinha já a expressão da esperança e da maternidade. Nos primeiros dias, os sintomas desconcertaram a nossa amiga. É duro dizê-lo, mas é verdade. Lá se iam bailes e festas, lá ia a liberdade e a folga. Natividade andava já na alta roda do tempo; acabou de entrar por ela, com tal arte que parecia haver ali nascido. Carteava-se com grandes damas, era familiar de muitas, tuteava algumas. Nem tinha só esta casa de Botafogo, mas também outra em Petrópolis; nem só o carro, mas também camarote no Teatro Lírico, não contando os bailes do Cassino Fluminense, os das amigas e os seus; todo o repertório, em suma, da vida elegante. Era nomeada nas gazetas, pertencia àquela dúzia de nomes planetários que figuram no meio da plebe de estrelas. O marido era capitalista e diretor de um banco.

No meio disso, a que vinha agora uma criança deformá-la por meses, obrigá-la a recolher-se, pedir-lhe as noites, adoecer dos dentes e o resto? Tal foi a primeira sensação da mãe, e o primeiro ímpeto foi esmagar o gérmen. Criou raiva ao marido. A segunda sensação foi melhor. A maternidade, chegando ao meio-dia, era como uma aurora nova e fresca. Natividade viu a figura do filho ou filha brincando na relva da chácara ou no regaço da aia, com três anos de idade, e este quadro daria aos trinta e quatro anos que teria então um aspecto de vinte e poucos...

Foi o que a reconciliou com o marido. Não exagero; também não quero mal a esta senhora. Algumas teriam medo, a maior parte amor. A conclusão é que, por uma ou por outra porta, amor ou vaidade, o que o embrião quer é entrar na vida. César ou João Fernandes, tudo é viver, assegurar a dinastia e sair do mundo o mais tarde que puder.

O casal ia calado. Ao desembocar na praia de Botafogo, a enseada trouxe o gosto de costume. A casa descobria-se a distância, magnífica: Santos deleitou-se de a ver, mirou-se nela, cresceu com ela, subiu por ela. A estatueta de Narciso, no meio do jardim, sorriu à entrada deles, a areia fez-se relva, duas andorinhas cruzaram por cima do repuxo, figurando no ar a alegria de ambos. A mesma cerimônia à descida. Santos ainda parou alguns instantes para ver o cupê dar a volta, sair e tornar à cocheira; depois seguiu a mulher que entrava no saguão.

7

Gestação

Em cima, esperava por eles Perpétua, aquela irmã de Natividade, que a acompanhou ao Castelo, e lá ficou no carro, onde as deixei para narrar os antecedentes dos meninos.
— Então? Houve muita gente?
— Não, ninguém; pulgas.
Perpétua também não entendera a escolha da igreja. Quanto à concorrência, sempre lhe pareceu que seria pouca ou nenhuma; mas o cunhado vinha entrando, e ela calou o resto. Era pessoa circunspeta, que não se perdia por um dito ou gesto descuidado. Entretanto, foi-lhe impossível calar o espanto, quando viu o cunhado entrar e dar à mulher um abraço longo e terno, abrochado por um beijo.
— Que é isso? exclamou espantada.
Sem reparar no vexame da mulher, Santos deu um braço à cunhada, e ia dar-lhe um beijo também, se ela não recuasse a tempo e com força.
— Mas que é isso? Você tirou a sorte grande de Espanha?
— Não, coisa melhor, gente nova.
Santos conservara alguns gestos e modos de dizer dos primeiros anos, tais que o leitor não chamará propriamente familiares; também não é preciso chamar-lhes nada. Perpétua, afeita a eles, acabou sorrindo e dando-lhe parabéns. Já então Natividade os deixara para se ir despir. Santos, meio arrependido da expan-

são, fez-se sério e conversou da missa e da igreja. Concordou que esta era decrépita e metida a um canto, mas alegou razões espirituais. Que a oração era sempre oração, onde quer que a alma falasse a Deus. Que a missa, a rigor, não precisava estritamente de altar; o rito e os padres bastavam ao sacrifício. Talvez essas razões não fossem propriamente dele, mas ouvidas a alguém, decoradas sem esforço e repetidas com convicção. A cunhada opinou de cabeça que sim. Depois falaram do parente morto e concordaram piamente que era um asno; – não disseram este nome, mas a totalidade das apreciações vinha a dar nele, acrescentado de honesto e honestíssimo.

– Era uma pérola, concluiu Santos.

Foi a última palavra da necrologia; paz aos mortos. Dali em diante, vingou a soberania da criança que alvorecia. Não alteraram os hábitos, nos primeiros tempos, e as visitas e os bailes continuaram como dantes, até que pouco a pouco, Natividade se fechou totalmente em casa. As amigas iam vê-la. Os amigos iam visitá-los ou jogar cartas com o marido.

Natividade queria um filho, Santos uma filha, e cada um pleiteava a sua escolha com tão boas razões, que acabavam trocando de parecer. Então ela ficava com a filha, e vestia-lhe as melhores rendas e cambraias, enquanto ele enfiava uma beca no jovem advogado, dava-lhe um lugar no parlamento, outro no ministério. Também lhe ensinava a enriquecer depressa; e ajudá-lo-ia começando por uma caderneta na Caixa Econômica, desde o dia em que nascesse até os vinte e um anos. Alguma vez, às noites, se estavam sós, Santos pegava de um lápis e desenhava a figura do filho, com bigodes, – ou então riscava uma menina vaporosa.

– Deixa, Agostinho, disse-lhe a mulher uma noite; você sempre há de ser criança.

E pouco depois, deu por si a desenhar de palavra a figura do filho ou filha, e ambos escolhiam a cor dos olhos, os cabelos, a tez, a estatura. Vês que também ela era criança. A maternidade tem dessas incoerências, a felicidade também, e por fim a esperança, que é a meninice do mundo.

A perfeição seria nascer um casal. Assim os desejos do pai e da mãe ficariam satisfeitos. Santos pensou em fazer sobre isso uma consulta espírita. Começava a ser iniciado nessa religião, e tinha a fé noviça e firme. Mas a mulher opôs-se; a consultar alguém, antes a cabocla do Castelo, a adivinha célebre do tempo, que descobria as coisas perdidas e predizia as futuras. Entretanto, recusava também, por desnecessário. A que vinha consultar sobre uma dúvida, que dali a meses estaria esclarecida? Santos achou, em relação à cabocla, que seria imitar as crendices da gente reles; mas a cunhada acudiu que não e citou um caso recente de pessoa distinta, um juiz municipal, cuja nomeação foi anunciada pela cabocla.

– Talvez o ministro da justiça goste da cabocla, explicou Santos.

As duas riram da graça, e assim se fechou uma vez o capítulo da adivinha, para se abrir mais tarde. Por agora é deixar que o feto se desenvolva, a criança se agite e se atire, como impaciente de nascer. Em verdade, a mãe padeceu muito durante a gestação, e principalmente nas últimas semanas. Cuidava trazer um general que iniciava a campanha da vida, a não ser um casal que aprendia a desamar de véspera.

8
Nem Casal, Nem General

Nem casal, nem general. No dia sete de abril de 1870 veio à luz um par de varões tão iguais, que antes pareciam a sombra um do outro, se não era simplesmente a impressão do olho, que via sobrado.

Tudo esperavam, menos os dois gêmeos, e nem por ser o espanto grande, foi menor o amor. Entende-se isto sem ser preciso insistir, assim como se entende que a mãe desse aos dois filhos aquele pão inteiro e dividido do poeta; eu acrescento que o pai fazia a mesma coisa. Viveu os primeiros tempos a contemplar os meninos, a compará-los, a medi-los, a pesá-los. Tinham o mesmo peso e cresciam por igual medida. A mudança ia-se fazendo por um só teor. O rosto comprido, cabelos castanhos, dedos finos e tais que, cruzados os da mão direita de um com os da esquerda de outro, não se podia saber que eram de duas pessoas. Viriam a ter gênio diferente, mas por ora eram os mesmos estranhões. Começaram a sorrir no mesmo dia. O mesmo dia os viu batizar.

Antes do parto, tinham combinado em dar o nome do pai ou da mãe, segundo fosse o sexo da criança. Sendo um par de rapazes, e não havendo a forma masculina do nome materno, não quis o pai que figurasse só o dele, e meteram-se a catar outros. A mãe propunha franceses ou ingleses, conforme os romances que lia. Algumas novelas russas em moda sugeriram nomes eslavos. O pai aceitava uns e outros, mas consultava a terceiros, e não acertava com a opinião definitiva. Geralmente, os consultados traziam outro nome, que não era aceito em casa. Também veio a antiga onomástica lusitana, mas sem melhor fortuna. Um dia, estando Perpétua à missa, rezou o *Credo*, advertiu nas palavras: "... os santos apóstolos S. Pedro e S. Paulo", e mal pôde acabar a oração. Tinha descoberto os nomes; eram simples e gêmeos. Os pais concordaram com ela e a pendência acabou.

A alegria de Perpétua foi quase tamanha como a do pai e da mãe, se não maior. Maior não foi, nem tão profunda, mas foi grande, ainda que rápida. O achado dos nomes valia quase que pela feitura das crianças. Viúva, sem filhos, não se julgava incapaz de os ter, e era alguma coisa nomeá-los. Contava mais cinco ou seis anos que a irmã. Casara com um tenente de artilharia que morreu capitão na guerra do Paraguai. Era mais baixa que alta, e era gorda, ao contrário de Natividade que, sem ser magra, não tinha as mesmas carnes, e era alta e reta. Ambas vendiam saúde.

— Pedro e Paulo, disse Perpétua à irmã e ao cunhado, quando rezei estes dois nomes senti uma coisa no coração...

— Você será madrinha de um, disse a irmã.

Os pequenos, que se distinguiam por uma fita de cor, passaram a receber medalhas de ouro, uma com a imagem de S. Pedro, outra com a de S. Paulo. A confusão não cedeu logo, mas tarde, lento e pouco, ficando tal semelhança que os inadvertidos se enganavam muita vez ou sempre. A mãe é que não precisou de grandes sinais externos para saber quem eram aqueles dois pedaços de si mesma. As amas, apesar de os distinguirem entre si, não deixavam de querer mal uma à outra, pelo motivo da semelhança dos "seus filhos de criação". Cada uma afirmava que o seu era mais bonito. Natividade concordava com ambas.

Pedro seria médico, Paulo advogado; tal foi a primeira escolha das profissões. Mas logo depois trocaram de carreira. Também pensaram em dar um deles à engenharia. A marinha sorria à mãe, pela distinção particular da escola. Tinha só o inconveniente da primeira viagem remota; mas Natividade pensou em meter empenhos com o ministro. Santos falava em fazer um deles banqueiro, ou ambos. Assim passavam as horas vadias. Íntimos da casa entravam nos cálculos. Houve quem os fizesse ministros, desembargadores, bispos, cardeais...

– Não peço tanto, dizia o pai.

Natividade não dizia nada ao pé de estranhos, apenas sorria, como se se tratasse de folguedo de S. João, um lançar de dados e ler no livro de sortes a quadra correspondente ao número. Não importa; lá dentro de si cobiçava algum brilhante destino aos filhos. Cria deveras, esperava, rezava às noites, pedia ao céu que os fizesse grandes homens.

Uma das amas, parece que a de Pedro, sabendo daquelas ânsias e conversas, perguntou a Natividade por que é que não ia consultar a cabocla do Castelo. Afirmou que ela adivinhava tudo, o que era e o que viria a ser; conhecia o número da sorte grande, não dizia qual era nem comprava bilhete para não roubar os escolhidos de Nosso Senhor. Parece que era mandada de Deus.

A outra ama confirmou as notícias e acrescentou novas. Conhecia pessoas que tinham perdido e achado jóias e escravos. A polícia mesma, quando não acabava de apanhar um criminoso, ia ao Castelo falar à cabocla e descia sabendo; por isso é que não a botava para fora, como os invejosos andavam a pedir. Muita gente não embarcava sem subir primeiro ao morro. A cabocla explicava sonhos e pensamentos, curava de quebranto...

Ao jantar, Natividade repetiu ao marido a lembrança das amas. Santos encolheu os ombros. Depois examinou rindo a sabedoria da cabocla; principalmente a sorte grande; era incrível que, conhecendo o número, não comprasse bilhete. Natividade achou que era o mais difícil de explicar, mas podia ser invenção do povo. *On ne prête qu'aux riches,* acrescentou rindo. O marido, que estivera na véspera com um desembargador, repetiu as palavras dele que "enquanto a polícia não pusesse cobro ao escândalo..." O desembargador não concluíra. Santos concluiu com um gesto vago.

— Mas você é espírita, ponderou a mulher.

— Perdão, não confundamos, replicou ele com gravidade.

Sim, podia consentir numa consulta espírita; já pensara nela. Algum espírito podia dizer-lhe a verdade em vez de uma adivinha de farsa... Natividade defendeu a cabocla. Pessoas da sociedade falavam dela a sério. Não queria confessar ainda que tinha fé, mas tinha. Recusando ir outrora, foi naturalmente a insuficiência do motivo que lhe deu a força negativa. Que importava saber o sexo do filho? Conhecer o destino dos dois era mais imperioso e útil. Velhas idéias que lhe incutiram em criança vinham agora emergindo do cérebro e descendo ao coração. Imaginava ir com os pequenos ao morro do Castelo, a título de passeio... Para quê? Para confirmá-la na esperança de que seriam grandes homens. Não lhe passara pela cabeça a predição contrária. Talvez a leitora, no mesmo caso, ficasse aguardando o destino; mas a leitora, além de não crer (nem todos crêem), pode ser que não conte mais de vinte a vinte e dois anos de idade, e terá a paciência de esperar. Natividade, de si para si, confessava os trinta e um, e temia não ver a grandeza dos filhos. Podia ser que a visse, pois também se morre velha, e alguma vez de velhice, mas acaso teria o mesmo gosto?

Ao serão, a matéria da palestra foi a cabocla do Castelo, por iniciativa de Santos, que repetia as opiniões da véspera e do jantar. Das visitas algumas contavam o que ouviam dela. Natividade não dormiu aquela noite sem obter do marido que a deixasse ir com a irmã à cabocla. Não se perdia nada; bastava levar os retratos dos meninos e um pouco dos cabelos. As amas não saberiam nada da aventura.

No dia aprazado meteram-se as duas no carro, entre sete e oito horas com pretexto de passeio, e lá se foram para a rua da Misericórdia. Sabes já que ali se apearam, entre a igreja de S. José e a Câmara dos Deputados, e subiram aquela até à rua do Carmo, onde esta pega com a ladeira do Castelo. Indo a subir, hesitaram, mas a mãe era mãe, e já agora faltava pouco para ouvir o destino. Viste que subiram, que desceram, deram os dois mil-réis às almas, entraram no carro e voltaram para Botafogo.

9
Vista de Palácio

No Catete, o cupê e uma vitória cruzaram-se e pararam a um tempo. Um homem saltou da vitória e caminhou para o cupê. Era o marido de Natividade, que ia agora para o escritório, um pouco mais tarde que de costume, por haver esperado a volta da mulher. Ia pensando nela e nos negócios da praça, nos meninos e na lei Rio Branco, então discutida na Câmara dos Deputados; o banco era credor da lavoura. Também pensava na cabocla do Castelo e no que teria dito à mulher...

Ao passar pelo palácio Nova Friburgo, levantou os olhos para ele com o desejo do costume, uma cobiça de possuí-lo, sem prever os altos destinos que o palácio viria a ter na República; mas quem então previa nada? Quem prevê coisa nenhuma? Para Santos a questão era só possuí-lo, dar ali grandes festas únicas, celebradas nas gazetas, narradas na cidade entre amigos e inimigos, cheios de admiração, de rancor ou de inveja. Não pensava nas saudades que as matronas futuras contariam às suas netas, menos ainda nos livros de crônicas, escritos e impressos neste outro século. Santos não tinha a imaginação da posteridade. Via o presente e suas maravilhas.

Já lhe não bastava o que era. A casa de Botafogo, posto que bela, não era um palácio, e depois, não estava tão exposta como aqui no Catete, passagem obrigada de toda a gente, que olharia para as grandes janelas, as grandes portas, as grandes águias no alto, de asas abertas. Quem viesse pelo lado do mar, veria as costas do palácio, os jardins e os lagos... Oh! gozo infinito! Santos imaginava os bronzes, mármores, luzes, flores, danças, carruagens, músicas, ceias... Tudo isso foi pensado depressa, porque a vitória, embora não corresse (os cavalos tinham ordem de moderar a andadura), todavia, não atrasava as rodas para que os sonhos de Santos acabassem. Assim foi que, antes de chegar à praça da Glória, a vitória avistou o cupê da família, e as duas carruagens pararam a curta distância uma da outra, como ficou dito.

10
O Juramento

Também ficou dito que o marido saiu da vitória e caminhou para o cupê, onde a mulher e a cunhada, adivinhando que ele vinha ter com elas, sorriam de antemão.

— Não lhe digas nada, aconselhou Perpétua.

A cabeça de Santos apareceu logo, com as suíças curtas, o cabelo rente, o bigote rapado. Era homem simpático. Quieto, não ficava mal. A agitação com que chegou, parou e falou, tirou-lhe a gravidade com que ia no carro, as mãos postas sobre o castão de ouro da bengala, e a bengala entre os joelhos.

— Então? então? perguntou.
— Logo digo.
— Mas que foi?
— Logo.
— Bem ou mal? Dize só se bem.
— Bem. Coisas futuras.
— É pessoa séria?
— Séria, sim; até logo, repetiu Natividade estendendo-lhe os dedos.

Mas o marido não podia despegar-se do cupê; queria saber ali mesmo tudo, as perguntas e as respostas, a gente que lá estava à espera, e se era o mesmo destino para os dois, ou se cada um tinha o seu. Nada disso foi escrito como aqui vai, devagar, para que a ruim letra do autor não faça mal à sua prosa. Não, senhor; as palavras de Santos saíram de atropelo, umas sobre outras, embrulhadas, sem princípio ou sem fim. A bela esposa tinha já as orelhas tão afeitas ao falar do marido, mormente em lances de emoção ou curiosidade, que entendia tudo, e ia dizendo que não. A cabeça e o dedo sublinhavam a negativa. Santos não teve remédio e despediu-se.

Em caminho, advertiu que, não crendo na cabocla, era ocioso instar pela predição. Era mais; era dar razão à mulher. Prometeu não indagar nada quando voltasse. Não prometeu esquecer, e daí a teima com que pensou muitas vezes no oráculo. De resto, elas lhe diriam tudo sem que ele perguntasse nada, e esta certeza trouxe a paz do dia.

Não concluas daqui que os fregueses do banco padecessem alguma desatenção aos seus negócios. Tudo correu bem, como se ele não tivesse mulher nem filhos ou não houvesse Castelo nem cabocla. Não era só a mão que fazia o seu ofício, assinando; a boca ia falando, mandando, chamando e rindo, se era preciso. Não obstante, a ânsia existia e as figuras passavam e repassavam diante dele; no intervalo de duas letras, Santos resolvia uma coisa ou outra, se não eram ambas a um tempo. Entrando no carro, à tarde, agarrou-se inteiramente ao oráculo. Trazia as mãos sobre o castão, a bengala entre os joelhos, como de manhã, mas vinha pensando no destino dos filhos.

Quando chegou a casa, viu Natividade a contemplar os meninos, ambos nos berços, as amas ao pé, um pouco admiradas da insistência com que ela os procurava desde manhã. Não era só fitá-los, ou perder os olhos no espaço e no tempo; era beijá-los também e apertá-los ao coração. Esqueceu-me dizer que, de manhã, Perpétua mudou primeiro de roupa que a irmã e foi achá-la diante dos berços, vestida como viera do Castelo.

– Logo vi que você estava com os grandes homens, disse ela.

– Estou, mas não sei em que é que eles serão grandes.

— Seja em que for, vamos almoçar.

Ao almoço e durante o dia, falaram muita vez da cabocla e da predição. Agora, ao ver entrar o marido, Natividade leu-lhe a dissimulação nos olhos. Quis calar e esperar, mas estava tão ansiosa de lhe dizer tudo, e era tão boa, que resolveu o contrário. Unicamente não teve o tempo de cumpri-lo; antes mesmo de começar, já ele acabava de perguntar o que era. Natividade referiu a subida, a consulta, a resposta e o resto; descreveu a cabocla e o pai.

— Mas então grandes destinos?

— Coisas futuras, repetiu ela.

— Seguramente futuras. Só a pergunta da briga é que não entendo. Brigar por quê? E brigar como? E teriam deveras brigado?

Natividade recordou os seus padecimentos do tempo da gestação, confessando que não falou mais deles para o não afligir; naturalmente é o que a outra adivinhou que fosse briga.

— Mas briga por quê?

— Isso não sei, nem creio que fosse nada mau.

— Vou consultar...

— Consultar a quem?

— Uma pessoa.

— Já sei, o seu amigo Plácido.

— Se fosse só amigo não consultava, mas ele é o meu chefe e mestre, tem uma vista clara e comprida, dada pelo céu... Consulto só por hipótese, não digo os nossos nomes...

— Não! não! não!

— Só por hipótese.

— Não, Agostinho, não fale disto. Não interrogue ninguém a meu respeito, ouviu? Ande, prometa que não falará disto a ninguém, espíritas nem amigos. O melhor é calar. Basta saber que terão sorte feliz. Grandes homens, coisas futuras... Jure, Agostinho.

— Mas você não foi em pessoa à cabocla?

— Não me conhece, nem de nome; viu-me uma vez, não me tornará a ver. Ande, jure!
— Você é esquisita. Vá lá, prometo. Que tem que falasse, assim, por acaso?
— Não quero. Jure!
— Pois isto é coisa de juramento?
— Sem isso, não confio, disse ela sorrindo.
— Juro.
— Jure por Deus Nosso Senhor!
— Juro por Deus Nosso Senhor.

11
Um Caso Único!

Santos cria na santidade do juramento; por isso, resistiu, mas enfim cedeu e jurou. Entretanto, o pensamento não lhe saiu mais da briga uterina dos filhos. Quis esquecê-la. Jogou essa noite, como de costume; na seguinte, foi ao teatro; na outra a uma visita; e tornou ao voltarete do costume, e a briga sempre com ele. Era um mistério. Talvez fosse um caso único... Único! Um caso único! A singularidade do caso fê-lo agarrar-se mais à idéia, ou a idéia a ele; não posso explicar melhor este fenômeno íntimo, passado lá onde não entra olho de homem, nem bastam reflexões ou conjeturas. Nem por isso durou muito tempo. No primeiro domingo, Santos pegou em si, e foi à casa do doutor Plácido, rua do Senador Vergueiro, uma casa baixa, de três janelas, com muito terreno para o lado do mar. Creio que já não existe: datava do tempo em que a rua era o Caminho Velho, para diferençar do Caminho Novo.

Perdoa estas minúcias. A ação podia ir sem elas, mas eu quero que saibas que casa era, e que rua, e mais digo que ali havia uma espécie de clube, templo ou o que quer que era espírita. Plácido fazia de sacerdote e presidente a um tempo. Era um velho de grandes barbas, olho azul e brilhante, enfiado em larga camisola de seda. Põe-lhe uma vara na mão, e fica um mágico, mas, em verdade, as barbas e a camisola não as trazia por lhe darem tal aspecto. Ao contrário de Santos, que teria trocado dez vezes a cara, se não fora a oposição da mulher, Plácido usava as barbas inteiras desde moço e a camisola há dez anos.

— Venha, venha, disse ele, ande ajudar-me a converter o nosso amigo Aires; há meia hora que procuro incutir-lhe as verdades eternas, mas ele resiste.

— Não, não, não resisto, acudiu um homem de cerca de quarenta anos, estendendo a mão ao recém-chegado.

12

Esse Aires

Esse Aires que aí aparece conserva ainda agora algumas das virtudes daquele tempo, e quase nenhum vício. Não atribuas tal estado a qualquer propósito. Nem creias que vai nisto um pouco de homenagem à modéstia da pessoa. Não, senhor, é verdade pura e natural efeito. Apesar dos quarenta anos, ou quarenta e dois, e talvez por isso mesmo, era um belo tipo de homem. Diplomata de carreira, chegara dias antes do Pacífico, com uma licença de seis meses.

Não me demoro em descrevê-lo. Imagina só que trazia o calo do ofício, o sorriso aprovador, a fala branda e cautelosa, o ar da ocasião, a expressão adequada, tudo tão bem distribuído que era um gosto ouvi-lo e vê-lo. Talvez a pele da cara rapada estivesse prestes a mostrar os primeiros sinais do tempo. Ainda assim o bigode, que era moço na cor e no apuro com que acabava em ponta fina e rija, daria um ar de frescura ao rosto, quando o meio século chegasse. O mesmo faria o cabelo, vagamente grisalho, apartado ao centro. No alto da cabeça havia um início de calva. Na botoeira uma flor eterna.

Tempo houve, – foi por ocasião da anterior licença, sendo ele apenas secretário da legação, – tempo houve em que também ele gostou de Natividade. Não foi propriamente paixão; não era homem disso. Gostou dela, como de outras jóias e raridades, mas tão depressa viu que não era aceito, trocou de conversação. Não era frouxidão ou frieza. Gostava assaz de mulheres e ainda mais se eram bonitas. A questão para ele é que nem as queria à força, nem curava de as persuadir. Não era general para escala à vista, nem para assédios demorados; contentava-se de simples passeios militares, – longos ou breves, conforme o tempo fosse claro ou turvo. Em suma, extremamente cordato.

Coincidência interessante: foi por esse tempo que Santos pensou em casá-lo com a cunhada, recentemente viúva. Esta parece que queria. Natividade opôs-se, nunca se soube por quê. Não eram ciúmes; invejas não creio que fossem. O simples desejo de o não ver entrar na família pela porta lateral é apenas uma figura, que vale qualquer das primeiras hipóteses negadas. O desgosto de cedê-lo a outra, ou tê-los felizes ao pé de si, não podia ser, posto que o coração seja o abismo dos abismos. Suponhamos que era com o fim de o punir por havê-la amado.

Pode ser; em todo caso, o maior obstáculo viria dele mesmo. Posto que viúvo, Aires não foi propriamente casado. Não amava o casamento. Casou por necessidade do ofício; cuidou que era melhor ser diplomata casado que solteiro, e pediu a primeira moça que lhe pareceu adequada ao seu destino. Enganou-se; a diferença de temperamento e de espírito era tal que ele, ainda vivendo com a mulher, era como se vivesse só. Não se afligiu com a perda; tinha o feitio do solteirão.

Era cordato, repito, embora esta palavra não exprima exatamente o que quero dizer. Tinha o coração disposto a aceitar tudo, não por inclinação à harmonia, senão por tédio à controvérsia. Para conhecer esta aversão, bastava tê-lo visto entrar, antes, em visita ao casal Santos. Pessoas de fora e da família conversavam da cabocla do Castelo.

— Chega a propósito, conselheiro, disse Perpétua. Que pensa o senhor da cabocla do Castelo?

Aires não pensava nada, mas percebeu que os outros pensavam alguma coisa, e fez um gesto de dois sexos. Como insistissem, não escolheu nenhuma das duas opiniões, achou outra, média, que contentou a ambos os lados, coisa rara em opiniões médias. Saber que o destino delas é serem desdenhadas. Mas este Aires, – José da Costa Marcondes Aires, – tinha que nas controvérsias uma opinião dúbia ou média pode trazer a oportunidade de uma pílula, e compunha as suas de tal jeito, que o enfermo, se não sarava, não morria, e é o mais que fazem pílulas. Não lhe queiras mal por isso; a droga amarga engole-se com açúcar. Aires opinou com pausa, delicadeza, circunlóquios, limpando o monóculo ao lenço de seda, pingando as palavras graves e obscuras, fitando os olhos no ar, como quem busca uma lembrança, e achava a lembrança, e arredondava com ela o parecer. Um dos ouvintes aceitou-o logo, outro divergiu um pouco e acabou de acordo, assim terceiro, e quarto, e a sala toda.

Não cuides que não era sincero, era-o. Quando não acertava de ter a mesma opinião, e valia a pena escrever a sua, escrevia-a. Usava também guardar por escrito as descobertas, observações, reflexões, críticas e anedotas, tendo para isso uma série de cadernos, a que dava o nome de *Memorial*. Naquela noite escreveu estas linhas:

"Noite em casa da família Santos, em voltarete. Falou-se na cabocla do Castelo. Desconfio que Natividade ou a irmã quer consultá-la; não será decerto a meu respeito.

"Natividade e um padre Guedes que lá estava, gordo e maduro, eram as únicas pessoas interessantes da noite. O resto insípido, mas insípido por necessidade, não podendo ser outra coisa mais que insípido. Quando o padre e Natividade me deixavam entregue à insipidez dos outros, eu tentava fugir-lhe pela memória, recordando sensações, revivendo quadros, viagens, pessoas. Foi assim que pensei na Capponi, a quem vi hoje pelas costas, na rua da Quitanda. Conheci-a aqui no finado Hotel de D. Pedro, lá vão anos. Era dançarina; eu mesmo já a tinha visto dançar em Veneza. Pobre Capponi! Andando, o pé esquerdo saía-lhe do sapato e mostrava no calcanhar da meia um buraquinho de saudade.

"Afinal tornei à eterna insipidez dos outros. Não acabo de crer como é que esta senhora, aliás tão fina, pode organizar noites como a de hoje. Não é que os outros não buscassem ser interessantes, e, se intenções valessem, nenhum livro os valeria; mas não o eram, por mais que tentassem. Enfim, lá vão; esperemos outras noites que tragam melhores sujeitos sem esforço algum. O que o berço dá só a cova o tira, diz um velho adágio nosso. Eu posso, truncando um verso ao meu Dante, escrever de tais insípidos:

Dico, che quando l'anima mal nata..."

13

A Epígrafe

Ora, aí está justamente a epígrafe do livro, se eu lhe quisesse pôr alguma, e não me ocorresse outra. Não é somente um meio de completar as pessoas da narração com as idéias que deixarem, mas ainda um par de lunetas para que o leitor do livro penetre o que for menos claro ou totalmente escuro.

Por outro lado, há proveito em irem as pessoas da minha história colaborando nela, ajudando o autor, por uma lei de solidariedade, espécie de troca de serviços, entre o enxadrista e os seus trebelhos.

Se aceitas a comparação, distinguirás o rei e a dama, o bispo e o cavalo, sem que o cavalo possa fazer de torre, nem a torre de peão. Há ainda a diferença da cor, branca e preta, mas esta não tira o poder da marcha de cada peça, e afinal umas e outras podem ganhar a partida, e assim vai o mundo. Talvez conviesse pôr aqui, de quando em quando, como nas publicações do jogo, um diagrama das posições belas ou difíceis. Não havendo tabuleiro, é um grande auxílio este processo para acompanhar os lances, mas também pode ser que tenhas visão bastante para reproduzir na memória as situações diversas. Creio que sim. Fora com diagramas! Tudo irá como se realmente visses jogar a partida entre pessoa e pessoa, ou mais claramente, entre Deus e o Diabo.

14
A Lição do Discípulo

— Fique, fique, conselheiro, disse Santos apertando mão ao diplomata. Aprenda as verdades eternas.

— Verdades eternas pedem horas eternas, ponderou este, consultando o relógio.

Um tal Aires não era fácil de convencer. Plácido falou-lhe de leis científicas para excluir qualquer mácula de seita, e Santos foi com ele. Toda a terminologia espírita saiu fora, e mais os casos, fenômenos, mistérios, testemunhos, atestados verbais e escritos... Santos acudiu com um exemplo: dois espíritos podiam tornar juntos a este mundo; e, se brigassem antes de nascer?

— Antes de nascer, crianças não brigam, replicou Aires, temperando o sentido afirmativo com a entonação dubitativa.

— Então nega que dois espíritos?... Essa cá me fica, conselheiro! Pois que impede que dois espíritos?...

Aires viu o abismo da controvérsia, e forrou-se à vertigem por uma concessão, dizendo:

— Esaú e Jacó brigaram no seio materno, isso é verdade. Conhece-se a causa do conflito. Quanto a outros, dado que briguem também, tudo está em saber a causa do conflito, e não a sabendo, porque a Providência a esconde da notícia humana... Se fosse uma causa espiritual, por exemplo...

— Por exemplo?

— Por exemplo, se as duas crianças quiserem ajoelhar-se ao mesmo tempo para adorar o Criador. Aí está um caso de conflito, mas de conflito espiritual, cujos processos escapam à sagacidade humana. Também poderia ser um motivo temporal. Suponhamos a necessidade de se acotovelarem para ficar melhor acomodados; é uma hipótese que a ciência aceitaria; isto é, não sei... Há ainda o caso de quererem ambos a primogenitura.

— Para quê? perguntou Plácido.

— Conquanto este privilégio esteja hoje limitado às famílias régias, à câmara dos lordes e não sei se mais, tem todavia um valor simbólico. O simples gosto de nascer primeiro, sem outra vantagem social ou política, pode dar-se por instinto, principalmente se as crianças se destinarem a galgar os altos deste mundo.

Santos afiou o ouvido neste ponto, lembrando-se das "coisas futuras". Aires disse ainda algumas palavras bonitas, e acrescentou outras feias, admitindo que a briga podia ser prenúncio de graves conflitos na terra; mas logo temperou esse conceito com este outro:

— Não importa; não esqueçamos o que dizia um antigo, que "a guerra é a mãe de todas as coisas". Na minha opinião, Empédocles, referindo-se à guerra, não o fez só no sentido técnico. O amor, que é a primeira das artes da paz, pode-se dizer que é um duelo, não de morte, mas de vida, — concluiu Aires sorrindo leve, como falava baixo, e despediu-se.

15
"Teste David Cum Sibylla"

— E então? disse Santos. Não é que o conselheiro, em vez de aprender, ensina-nos? Eu acho que ele deu algumas razões boas.
— Quando menos, plausíveis, completou mestre Plácido.
— Foi pena que se despedisse, continuou Santos, mas felizmente o meu caso é com o senhor. Venho consultá-lo, e as suas luzes são as verdadeiras do mundo.

Plácido agradeceu sorrindo. Não era novo o elogio, ao contrário; mas ele estava tão acostumado a ouvi-lo que o sorriso era já agora um sestro. Não podia deixar de pagar com essa moeda aos seus discípulos.

— Trata-se...
— Trata-se disto. Aquela hipótese que eu formulei é um fato real; sucedeu com os meus filhos...
— Como?
— É o que me parece, e vim justamente para que me explique. Nunca lhe falei por temer que achasse absurdo, mas tenho pensado, e suspeito que tal briga se deu, e que é um caso extraordinário.

Santos expôs então a consulta, gravemente, com um gesto particular que tinha de arregalar os olhos para arregalar a novidade. Não esqueceu nem escondeu nada; contou a própria ida da mulher ao Castelo, com desdém, é verdade, mas ponto por

ponto. Plácido ouvia atento, perguntando, voltando atrás, e acabou por meditar alguns minutos. Enfim, declarou que o fenômeno, caso se houvesse dado, era raro, se não único, mas possível. Já o fato de se chamarem Pedro e Paulo indicava alguma rivalidade, porque esses dois apóstolos brigaram também.
— Perdão, mas o batismo...
— Foi posterior, sei, mas os nomes podem ter sido predestinados, tanto mais que a escolha dos nomes veio, como o senhor me disse, por inspiração à tia dos meninos.
— Justamente.
— D. Perpétua é muito devota.
— Muito.
— Creio que os próprios espíritos de S. Pedro e S. Paulo houvessem escolhido aquela senhora para inspirar os nomes que estão no Credo; advirta que ela reza muitas vezes o Credo, mas foi naquela ocasião que se lembrou deles.
— Exato, exato!

O doutor foi à estante e tirou uma Bíblia encadernada em couro, com grandes fechos de metal. Abriu a Epístola de S. Paulo *Aos Gálatas*, e leu a passagem do capítulo II, versículo 11, em que o apóstolo conta que, indo a Antióquia, onde estava S. Pedro, "resistiu-lhe na cara".

Santos leu e teve uma idéia. As idéias querem ser festejadas, quando são belas, e examinadas, quando novas; a dele era a um tempo nova e bela. Deslumbrado, ergueu a mão e deu uma palmada na folha, bradando:

— Sem contar que este número onze do versículo, composto de dois algarismos iguais, 1 e 1, é um número gêmeo, não lhe parece?

— Justamente. E mais: o capítulo é o segundo, isto é, dois, que é o próprio número dos irmãos gêmeos.

Mistério engendra mistério. Havia mais de um elo íntimo, substancial, escondido, que ligava tudo. Briga, Pedro e Paulo, irmãos gêmeos, números gêmeos, tudo eram águas de mistério que eles agora rasgavam, nadando e bracejando com força. Santos foi mais ao fundo; não seriam os dois meninos os próprios espíritos de S. Pedro e de S. Paulo, que renasciam agora, e ele, pai dos dois apóstolos?... A fé transfigura; Santos tinha um ar quase divino, trepou em si mesmo, e os olhos, ordinariamente sem expressão, pareciam entornar a chama da vida. Pai de apóstolos! e que apóstolos! Plácido esteve quase, quase a crer também, achava-se dentro de um mar torvo, soturno, onde as vozes do infinito se perdiam, mas logo lhe acudia que os espíritos de S. Pedro e S. Paulo tinham chegado à perfeição; não tornariam cá. Não importa; seriam outros, grandes e nobres. Os seus destinos podiam ser brilhantes: tinha razão a cabocla, sem saber o que dizia.

— Deixe às senhoras as suas crenças da meninice, concluiu; se elas têm fé na tal mulher do Castelo, e acham que é um veículo de verdade, não as desminta por ora. Diga-lhes que eu estou de acordo com o seu oráculo. *Teste David cum Sibylla*.

— Digo, digo! escreva a frase.

Plácido foi à secretária, escreveu o verso, e deu-lhe o papel, mas já então Santos advertira que mostrá-lo à mulher era confessar a consulta espírita, e naturalmente o perjúrio. Referiu ao amigo os escrúpulos de Natividade e pediu que calassem tudo.

— Estando com ela, não lhe diga o que se passou entre nós.

Saiu logo depois, arrependido da indiscrição, mas deslumbrado da revelação. Ia cheio de números da Escritura, de Pedro e Paulo, de Esaú e Jacó. O ar da rua não espantou a poeira do mistério; ao contrário, o céu azul, a praia sossegada, os montes verdes como que o cercavam e cobriam de um véu mais transparente e infinito. A rixa dos meninos, fato raro ou único, era uma distinção divina. Contrariamente à esposa, que cuidava somente da grandeza futura dos filhos, Santos pensava no conflito passado.

Entrou em casa, correu aos pequenos, e acarinhou-os com tão estranha expressão, que a mãe desconfiou alguma coisa, e quis saber o que era.

— Não é nada, respondeu ele rindo.
— É alguma coisa, anda, acaba.
— Que há de ser?
— Seja o que for, Agostinho, acaba.

Santos pediu-lhe que se não zangasse, e contou tudo, a sorte, a rixa, a Escritura, os apóstolos, o símbolo, tudo tão espalhadamente, que ela mal pôde entender, mas entendeu ao final, e replicou com os dentes cerrados:

— Ah! você! você!

— Perdoa, amiguinha; estava tão ansioso de saber a verdade... E nota que eu creio na cabocla, e o doutor também; ele até me escreveu isto em latim, concluiu tirando e lendo o papelinho: *Teste David cum Sibylla.*

16
Paternalismo

Daí a pouco, Santos pegou na mão da mulher, que a deixou ir à toa, sem apertar a dele; ambos fitavam os meninos, tendo esquecido a zanga para só ficarem pais.

Já não era espiritismo, nem outra religião nova; era a mais velha de todas, fundada por Adão e Eva, à qual chama, se queres, paternalismo. Rezavam sem palavras, persignavam-se sem dedos, uma espécie de cerimônia quieta e muda, que abrangia o passado e o futuro. Qual deles era o padre, qual o sacristão, não sei, nem é preciso. A missa é que era a mesma, e o evangelho começava como o de S. João (emendado): "No princípio era o amor, e o amor se fez carne". Mas venhamos aos nossos gêmeos.

17
Tudo o Que Restrinjo

Os gêmeos, não tendo que fazer, iam mamando. Nesse ofício portavam-se sem rivalidade, a não ser quando as amas estavam às boas, e eles mamavam ao pé um do outro; cada qual então parecia querer mostrar que mamava mais e melhor, passeando os dedos pelo seio amigo, e chupando com alma. Elas, à sua parte, tinham glória dos peitos e os comparavam entre si; os pequenos, fartos, soltavam afinal os bicos e riam para elas.

Se não fosse a necessidade de pôr os meninos em pé, crescidos e homens, espraiava este capítulo. Realmente, o espetáculo, posto que comum, era belo. Os peraltas nutriam-se ao contrário dos pais, sem as artes dos cozinheiros, nem a vista das comidas e bebidas, todas postas em cristais e porcelanas para emendar ou colorir a dura necessidade de comer. A eles nem se lhes via a comida; a boca ligada ao peito não deixava aparecer o leite. A natureza mostrava-se satisfeita pelo riso ou pelo sono. Quando era o sono, cada uma levava o seu menino ao berço, e ia cuidar de outra coisa. Este cotejo dar-me-ia três ou quatro páginas sólidas.

Uma página bastava para os chocalhos que embelezavam os pequenos, como se fosse a própria música do céu. Eles sorriam, estendiam as mãos, alguma vez zangavam-se com as negaças, mas tanto que lhos davam, calavam-se, e se não podiam tocar não se zangavam por isso. A propósito de chocalhos, diria que esses instrumentos não deixam memória de si; alguém que os veja em mãos de crianças, se parecer que lhe lembram os seus, cai logo no engano, adverte que a recordação há de ser mais recente, alguma arenga do ano passado, se não foi a vaca de leite da véspera.

A operação de desmamar podia fazer-se em meia linha, mas as lástimas das amas, as despedidas, as bichas de ouro que a mãe deu a cada uma delas, como um presente final, tudo isso exigia uma boa página ou mais. Poucas linhas bastariam para as amas-secas, porquanto não diria se eram altas nem baixas, feias ou bonitas. Eram mansas, zelosas do ofício, amigas dos pequenos, e logo uma da outra. Cavalinhos de pau, bandeirolas, teatros de bonecos, barretinas e tambores, toda a quinquilharia da infância ocuparia muito mais que o lugar de seus nomes.

Tudo isso restrinjo só para não enfadar a leitora curiosa de ver os meus meninos homens e acabados. Vamos vê-los, querida. Com pouco, estão crescidos e fortes. Depois, entrego-os a si mesmos; eles que abram a ferro ou língua, ou simples cotovelos, o caminho da vida e do mundo.

18
De Como Vieram Crescendo

Ei-los que vêm crescendo. A semelhança, sem os confundir já, continuava a ser grande. Os mesmos olhos claros e atentos, a mesma boca cheia de graça, as mãos finas, e uma cor viva nas faces que as fazia crer pintadas de sangue. Eram sadios; excetuada a crise dos dentes, não tiveram moléstia alguma, porque eu não conto uma ou outra indigestão de doces, que os pais lhes davam, ou eles tiravam às escondidas. Eram ambos gulosos, Pedro mais que Paulo, e Paulo mais que ninguém.

Aos sete anos eram duas obras-primas, ou antes uma só em dois volumes, como quiseres. Em verdade, não havia por toda aquela praia, nem por Flamengos ou Glórias, Cajus e outras redondezas, não havia uma, quanto mais duas crianças tão graciosas. Nota que eram também robustos. Pedro com um murro derrubava Paulo; em compensação, Paulo com um pontapé deitava Pedro ao chão. Corriam muito na chácara por aposta. Alguma vez quiseram trepar às árvores, mas a mãe não consentia; não era bonito. Contentavam-se de espiar cá de baixo a fruta.

Paulo era mais agressivo, Pedro mais dissimulado, e, como ambos acabavam por comer a fruta das árvores, era um moleque que a ia buscar acima, fosse a cascudo de um ou com promessa de outro. A promessa não se cumpria nunca; o cascudo, por ser antecipado, cumpria-se sempre, e às vezes com repetição depois do serviço. Não digo com isto que um e outro dos gêmeos não soubessem agredir e dissimular; a diferença é que cada um sabia melhor o seu gosto, coisa tão óbvia que custa escrever.

Obedeciam aos pais sem grande esforço, posto fossem teimosos. Nem mentiam mais que outros meninos da cidade. Ao cabo, a mentira é alguma vez meia virtude. Assim é que, quando eles disseram não ter visto furtar um relógio da mãe, presente do pai, quando eram noivos, mentiram conscientemente, porque a criada que o tirou foi apanhada por eles em plena ação de furto. Mas era tão amiga deles! e com tais lágrimas lhes pediu que não dissessem a ninguém, que os gêmeos negaram absolutamente ter visto nada. Contavam sete anos. Aos nove, quando já a moça ia longe, é que descobriram, não sei a que propósito, o caso escondido. A mãe quis saber por que é que eles calaram outrora; não souberam explicar-se, mas é claro que o silêncio de 1878 foi obra da afeição e da piedade, e daí a meia virtude, porque é alguma coisa pagar amor com amor. Quanto à revelação de 1880 só se pode explicar pela distância do tempo. Já não estava presente a boa Miquelina; talvez já estivesse morta. Demais, veio tão naturalmente a referência...

— Mas por que é que vocês até agora não me disseram? teimava a mãe.

Não sabendo mais que razão dessem, um deles, creio que Pedro, resolveu acusar o irmão:

— Foi ele, mamãe!

— Eu? redargüiu Paulo. Foi ele, mamãe, ele é que não disse nada.

— Foi você!

— Foi você! não minta!

— Mentiroso é ele!

Cresceram um para o outro. Natividade acudiu prestamente, não tanto que impedisse a troca dos primeiros murros.

Segurou-lhes os braços a tempo de evitar outros, e, em vez de os castigar ou ameaçar, beijou-os com tamanha ternura que eles não acharam melhor ocasião de lhe pedir doce. Tiveram doce; tiveram também um passeio, à tarde, no carrinho do pai.

Na volta estavam amigos ou reconciliados. Contaram à mãe o passeio, a gente da rua, as outras crianças que olhavam para eles com inveja, uma que metia o dedo na boca, outra no nariz, e as moças que estavam às janelas, algumas que os acharam bonitos. Neste último ponto divergiam, porque cada um deles tomava para si só as admirações, mas a mãe interveio:

— Foi para ambos. Vocês são tão parecidos, que não podia ser senão para ambos. E sabem por que é que as moças elogiaram vocês? Foi por ver que iam amigos, chegadinhos um ao outro. Meninos bonitos não brigam, ainda menos sendo irmãos. Quero vê-los quietos e amigos, brincando juntos sem rusga nem nada. Estão entendendo?

Pedro respondeu que sim; Paulo esperou que a mãe repetisse a pergunta, e deu igual resposta. Enfim, porque esta mandasse, abraçaram-se, mas foi um abraçar sem gosto, sem força, quase sem braços; encostaram-se um ao outro, estenderam as mãos às costas do irmão, e deixaram-nas cair.

De noite, na alcova, cada um deles concluiu para si que devia os obséquios daquela tarde, o doce, os beijos e o carro, à briga que tiveram, e que outra briga podia render tanto ou mais. Sem palavras, como um romance ao piano, resolveram ir à cara um do outro, na primeira ocasião. Isto que devia ser um laço armado à ternura da mãe, trouxe ao coração de ambos uma sensação particular, que não era só consolo e desforra do soco recebido naquele dia, mas também satisfação de um desejo íntimo, profundo, necessário. Sem ódio, disseram ainda algumas palavras de cama a cama, riram de uma e outra lembrança da rua, até que o sono entrou com os seus pés de lã e bico calado, e tomou conta da alcova inteira.

19
Apenas Duas. – Quarenta Anos. Terceira Causa

Um dos meus propósitos neste livro é não lhe pôr lágrimas. Entretanto, não posso calar as duas que rebentaram certa vez dos olhos de Natividade, depois de uma rixa dos pequenos. Apenas duas, e foram morrer-lhe aos cantos da boca. Tão depressa as verteu como as engoliu, renovando às avessas e por palavras mudas o fecho daquelas histórias de crianças: "entrou por uma porta, saiu pela outra, manda el-rei nosso senhor que nos conte outra". E a segunda criança contava segunda história, a terceira a terceira, a quarta a quarta, até que vinha o fastio ou o sono. Pessoas que datam do tempo em que se contavam tais histórias afirmam que as crianças não punham naquela fórmula nenhuma idéia monárquica, fosse absoluta, fosse constitucional; era um modo de ligar o seu *Decameron* delas, herdado do velho reino português, quando os reis mandavam o que queriam, e a nação dizia que era muito bem.

Engolidas as duas lágrimas, Natividade riu da própria fraqueza. Não se chamou tola, porque esses desabafos raramente se usam, ainda em particular; mas no secreto do coração, lá muito ao fundo, onde não penetra olho de homem, creio que sentiu alguma coisa parecida com isso. Não tendo prova clara, limito-me a defender a nossa dona.

Em verdade, qualquer outra viveria a tremer pela sorte dos filhos, uma vez que houvera a rixa anterior e interior. Agora as lutas eram mais freqüentes, as mãos cada vez mais aptas, e tudo fazia recear que eles acabassem estripando-se um ao outro... Mas aqui surgia a idéia da grandeza e da prosperidade, – coisas futuras! – e esta esperança era como um lenço que enxugasse os olhos da bela senhora. As Sibilas não terão dito só do mal, nem os Profetas, mas ainda do bem, e principalmente dele.

Com esse lenço verde enxugou ela os olhos e teria outros lenços, se aquele ficasse roto ou enxovalhado; um, por exemplo, não verde como a esperança, mas azul, como a alma dela. Ainda lhes não disse que a alma de Natividade era azul. Azul. Aí fica. Um azul-celeste, claro e transparente, que alguma vez se embruscava, raro tempestuava, e nunca a noite escurecia.

Não, leitor, não me esqueceu a idade da nossa amiga; lembra-me como se fosse hoje. Chegou assim aos quarenta anos. Não importa; o céu é mais velho e não trocou de cor. Uma vez que lhe não atribuas ao azul da alma nenhuma significação romântica, estás na conta. Quando muito, no dia em que perfez aquela idade, a nossa dona sentiu um calefrio. Que passara? Nada, um dia mais que na véspera, algumas horas apenas. Toda uma questão de número, menos que número, o nome do número, esta palavra *quarenta*, eis o mal único. Daí a melancolia com que ela disse ao marido, agradecendo o mimo do aniversário: "Estou velha, Agostinho!" Santos quis esganá-la brincando.

Pois faria mal se a esganasse. Natividade ainda tinha as formas do tempo anterior à concepção, a mesma flexibilidade, a mesma graça miúda e viva. Conservava o donaire dos trinta. A costureira punha em relevo todos os pensamentos restantes da figura, e ainda lhe emprestava alguns do seu bolsinho. A cintura teimava em não querer engrossar, e os quadris e o colo eram do mesmo estofado antigo.

Há dessas regiões em que o verão se confunde com o outono, como se dá na nossa terra, onde as duas estações só diferem pela temperatura. Nela nem pela temperatura. Maio tinha o calor de janeiro. Ela, aos quarenta anos, era a mesma senhora verde, com a mesmíssima alma azul.

Esta cor vinha-lhe do pai e do avô, mas o pai morreu cedo, antes do avô, que chegara aos oitenta e quatro. Nessa idade cria sinceramente que todas as delícias deste mundo, desde o café de manhã até os sonos sossegados, haviam sido inventados somente para ele. O melhor cozinheiro da terra nascera na China, para o único fim de deixar família, pátria, língua, religião, tudo, e vir assar-lhe as costeletas e fazer-lhe o chá. As estrelas davam às suas noites um aspecto esplêndido, o luar também, e a chuva, se chovia, era para que ele descansasse do sol. Lá está agora no cemitério de S. Francisco Xavier; se alguém pudesse ouvir a voz dos mortos, dentro das sepulturas, ouviria a dele, bradando que é tempo de fechar a porta ao cemitério e não deixar entrar ninguém, uma vez que ele já lá descansa para todo o sempre. Morreu azul; se chegasse aos cem anos, não teria outra cor.

Ora, se a natureza queria poupar esta senhora, a riqueza dava a mão à natureza, e de uma e de outra saía a mais bela cor que alma de gente pode ter. Tudo concorria assim para lhe secarem os olhos depressa, como vimos atrás. Se ela bebeu aquelas duas lágrimas solitárias, pudera ter bebido outras pela idade adiante, e isto é ainda uma prova daquele matiz espiritual; mostrará assim que as tem poucas, e engole-as para poupá-las.

Mas há ainda uma terceira causa que dava a esta senhora o sentimento da cor azul, causa tão particular que merecia ir em capítulo seu, mas não vai, por economia. Era a isenção, era o ter atravessado a vida intacta e pura. O cabo das Tormentas converteu-se em cabo da Boa Esperança, e ela venceu a primeira e a segunda mocidade, sem que os ventos lhe derribassem a nau, nem as ondas a engolissem. Não negaria que alguma lufada mais rija pudera levar-lhe a vela do traquete, como no caso de João de Melo, ou ainda pior, no de Aires, mas foram bocejos de Adamastor. Consertou a vela depressa e o gigante ficou atrás cercado de Tétis, enquanto ela seguiu o caminho da Índia. Agora lembrava-se da viagem próspera. Honrava-se dos ventos inúteis e perdidos. A memória trazia-lhe o sabor do perigo passado. Eis aqui a terra encoberta, os dois filhos nados, criados e amados da fortuna.

20
A Jóia

Os quarenta e um anos não lhe trouxeram arrepio. Já estava acostumada à casa dos quarenta. Sentiu sim um grande espanto; acordou e não viu o presente do costume, a "surpresa" do marido ao pé da cama. Não a achou no toucador; abriu gavetas, espiou, nada. Creu que o marido esquecera a data e ficou triste; era a primeira vez! Desceu olhando; nada. No gabinete estava o marido, calado, metido consigo, a ler jornais, mal lhe estendeu a mão. Os rapazes, apesar de ser domingo, estudavam a um canto; vieram dar-lhe o beijo do costume e tornaram aos livros. A mãe ainda relanceou os olhos pelo gabinete, a ver se achava algum mimo, um painel, um vestido, foi tudo vão. Embaixo de uma das folhas do dia que estava na cadeira fronteira à do marido podia ser que... Nada. Então sentou-se, e, abrindo a folha, ia dizendo consigo: "Será possível que não se lembre do dia de hoje? Será possível?". Os olhos entraram a ler à toa, saltando as notícias, tornando atrás...

Defronte o marido espreitava a mulher, sem absolutamente importar-lhe o que parecia ler. Assim se passaram alguns minutos. De repente, Santos viu uma expressão nova no rosto de Natividade; os olhos dela pareciam crescer, a boca entreabriu-se, a cabeça ergueu-se, a dele também, ambos deixaram a cadeira, deram dois passos e caíram nos braços um do outro, como dois namorados desesperados de amor. Um, dois, três, muitos beijos. Pedro e Paulo, espantados, estavam ao canto, de pé. O pai, quando pôde falar, disse-lhes:

— Venham beijar a mão da senhora baronesa de Santos.

Não entenderam logo. Natividade não sabia que fizesse; dava a mão aos filhos, ao marido, e tornava ao jornal para ler e reler que no despacho imperial da véspera o Sr. Agostinho José dos Santos fora agraciado com o título de Barão de Santos. Compreendeu tudo. O presente do dia era aquele; o ourives desta vez foi o imperador.

— Vão, vão, agora podem ir brincar, disse o pai aos filhos.

E os rapazes saíram a espalhar a notícia pela casa. Os criados ficaram felizes com a mudança dos amos. Os próprios escravos pareciam receber uma parcela de liberdade e condecoravam-se com ela: "Nhã Baronesa!" exclamavam saltando. E João puxava Maria, batendo castanholas com os dedos: "Gente, quem é esta crioula? Sou escrava de Nhã Baronesa!".

Mas o imperador não foi o único ourives; Santos tirou do bolso uma caixinha, com um broche em que a coroa nova rutilava de brilhantes. Natividade agradeceu-lhe a jóia e consentiu em pô-la, para que o marido a visse. Santos sentia-se autor da jóia, inventor da forma e das pedras; mas deixou logo que ela a tirasse e guardasse, e pegou das gazetas, para lhe mostrar que em todas vinha notícia, alguma com adjetivo, *conceituado* aqui, ali *distinto*, etc.

Quando Perpétua entrou no gabinete, achou-os andando de um lado para outro, com os braços passados pela cintura, conversando, calando, mirando os pés. Também ela deu e recebeu abraços.

Toda a casa estava alegre. Na chácara as árvores pareciam mais verdes que nunca, os botões do jardim explicavam as folhas, e o sol cobria a terra de uma claridade infinita. O céu, para colaborar com o resto, ficou azul o dia inteiro. Logo cedo entraram a vir cartões e cartas de parabéns. Mais tarde visitas. Homens do foro, homens do comércio, homens de sociedade, muitas senhoras, algumas titulares também, vieram ou mandaram. Devedores de Santos acudiram depressa, outros preferiram continuar o esquecimento. Nomes houve que eles só puderam reconhecer à força de grande pesquisa e muito almanaque.

21
Um Ponto Escuro

Sei que há um ponto escuro no capítulo que passou; escrevo este para esclarecê-lo.

Quando a esposa inquiriu dos antecedentes e circunstâncias do despacho, Santos deu as explicações pedidas. Nem todas seriam estritamente exatas; o tempo é um rato roedor das coisas, que as diminui ou altera no sentido de lhes dar outro aspecto. Demais, a matéria era tão propícia ao alvoroço, que facilmente traria confusão à memória. Há, nos mais graves acontecimentos, muitos pormenores que se perdem, outros que a imaginação inventa para suprir os perdidos, e nem por isso a história morre.

Resta saber (é o ponto escuro) como é que Santos pôde calar por longos dias um negócio tão importante para ele e para a esposa. Em verdade, esteve mais de uma vez a dizer por palavra ou por gesto, se achasse algum, aquele segredo de poucos; mas, sempre havia uma força maior que lhe tapava a boca. Ao que parece, foi a expectação de uma alegria nova e inesperada que lhe deu a alma de pacientar. Naquela cena do gabinete tudo foi composto de antemão, o silêncio, a indiferença, os filhos que ele pôs ali, estudando ao domingo, só para o efeito daquela frase: "Venha beijar a mão da senhora baronesa de Santos!".

22

Agora um Salto

Que os dois gêmeos participassem da lua-de-mel nobiliária dos pais não é coisa que se precise escrever. O amor que lhes tinham bastava a explicá-lo, mas acresce que, havendo o título produzido em outros meninos dois sentimentos opostos, um de estima, outra de inveja, Pedro e Paulo concluíram ter recebido com ele um mérito especial. Quando, mais tarde, Paulo adotou a opinião republicana nunca envolveu aquela distinção da família na condenação das instituições. Os estados de alma que daqui nasceram davam matéria a um capítulo especial, se eu não preferisse agora um salto, e ir a 1886. O salto é grande mas o tempo é um tecido invisível em que se pode bordar tudo, uma flor, um pássaro, uma dama, um castelo, um túmulo. Também se pode bordar nada. Nada em cima do invisível é a mais sutil obra deste mundo, e acaso do outro.

23
Quando Tiverem Barbas

Naquele ano, uma noite de agosto, como estivessem algumas pessoas na casa de Botafogo, sucedeu que uma delas, não sei se homem ou mulher, perguntou aos dois irmãos que idade tinham.

Paulo respondeu:

— Nasci no aniversário do dia em que Pedro I caiu do trono.

E Pedro:

— Nasci no aniversário do dia em que Sua Majestade subiu ao trono.

As respostas foram simultâneas, não sucessivas, tanto que a pessoa pediu-lhes que falasse cada um por sua vez. A mãe explicou:

— Nasceram no dia 7 de abril de 1870.

Pedro repetiu vagarosamente:

— Nasci no dia em que Sua Majestade subiu ao trono.

E Paulo, em seguida:

— Nasci no dia em que Pedro I caiu do trono.

Natividade repreendeu a Paulo a sua resposta subversiva. Paulo explicou-se, Pedro contestou a explicação e deu outra, e a sala viraria clube, se a mãe não os acomodasse por esta maneira:

— Isto hão de ser grupos de colégio; vocês não estão em idade de falar em política. Quando tiverem barbas.

As barbas não queriam vir, por mais que eles chamassem o buço com os dedos, mas as opiniões políticas e outras vinham e cresciam. Não eram propriamente opiniões, não tinham raízes grandes nem pequenas. Eram (mal comparando) gravatas de cor particular, que eles atavam ao pescoço, à espera que a cor cansasse e viesse outra. Naturalmente cada um tinha a sua. Também se pode crer que a de cada um era, mais ou menos, adequada à pessoa. Como recebiam as mesmas aprovações e distinções nos exames, faltava-lhes matéria a invejas; e, se a ambição os dividisse algum dia, não era por ora águia nem condor, ou sequer filhote; quando muito um ovo. No colégio de Pedro II todos lhes queriam bem. As barbas é que não queriam vir. Que é que se lhes há de fazer quando as barbas não querem vir? Esperar que venham por seu pé, que apareçam, que cresçam, que embranqueçam, como é costume delas, salvo as que não embranquecem nunca, ou só em parte e temporariamente. Tudo isto é sabido e banal, mas dá ensejo a dizer de duas barbas do ultimo gênero, célebres naquele tempo, e ora totalmente esquecidas. Não tendo outro lugar em que fale delas, aproveito este capítulo, e o leitor que volte a página, se prefere ir atrás da história. Eu ficarei durante algumas linhas recordando as duas barbas mortas, sem as entender agora, como não as entendemos então, as mais inexplicáveis barbas do mundo.

A primeira daquelas barbas era de um amigo de Pedro, um capucho, um italiano, frei ***. Podia escrever-lhe o nome – ninguém mais o conheceria, – mas prefiro esse sinal trino, número de mistério, expresso por estrelas, que são os olhos do céu. Trata-se de um frade. Pedro não lhe conheceu a barba preta, mas já grisalha, longa e basta, adornando uma cabeça máscula e formosa. A boca era risonha, os olhos rútilos. Ria por ela e por eles, tão docemente que metia a gente no coração. Tinha o peito largo, as espáduas fortes. O pé nu, atado à sandália, mostrava agüentar um corpo de Hércules. Tudo isso meigo e espiritual, como uma página evangélica. A fé era viva, a afeição segura, a paciência infinita.

Frei *** despediu-se um dia de Pedro. Ia ao interior, Minas, Rio de Janeiro, São Paulo, – creio que ao Paraná também, –

viagem espiritual, como a de outros confrades, e lá ficou por um semestre ou mais. Quando voltou trouxe-nos a todos grande alegria e maior espanto. A barba estava negra, não sei se tanto ou mais que dantes, mas negríssima e brilhantíssima. Não explicou a mudança, nem ninguém lhe perguntou por ela; podia ser milagre ou capricho da natureza; também podia ser correção de homem, posto que o último caso fosse mais difícil de crer que o primeiro. Durou nove meses esta cor; feita outra viagem por trinta dias, a barba apareceu de prata ou de neve, como vos parecer mais branca.

Quanto à segunda de tais barbas, foi ainda mais espantosa. Não era de frade, mas de maltrapilho, um sujeito que vivia de dívidas, e na mocidade corrigira um velho rifão da nossa língua por esta maneira: "Paga o que deves, vê o que te *não* fica". Chegou aos cinqüenta anos sem dinheiro, sem emprego, sem amigos. A roupa teria a mesma idade, os sapatos não menor que ela. A barba é que não chegou aos cinqüenta; ele pintava-a de negro e mal, provavelmente por não ser a tinta de primeira qualidade e não possuir espelho. Andava só, descia ou subia muita vez a mesma rua. Um dia dobrou a esquina da Vida e caiu na praça da Morte, com as barbas enxovalhadas, por não haver quem lhas pintasse na Santa Casa.

Or, bene, para falar como o meu capucho, por que é que este e o maltrapilho voltaram do grisalho ao negro? A leitora que adivinhe, se pode: dou-lhe vinte capítulos para alcançá-lo. Talvez eu, por essas alturas, lobrigue alguma explicação, mas por ora não sei nem aventuro nada. Vá que malignos atribuam a frei *** alguma paixão profana; ainda assim não se compreende que ele se descobrisse por aquele modo. Quanto ao maltrapilho, a que damas queria ele agradar, a ponto de trocar alguma vez o pão pela tinta? Que um e outro cedessem ao desejo de prender a mocidade fugitiva, pode ser. O frade, lido na Escritura, sabendo que Israel chorou pelas cebolas do Egito, teria também chorado, e as suas lágrimas caíram negras. Pode ser, repito. Este desejo de capturar o tempo é uma necessidade da alma e dos queixos; mas ao tempo dá Deus *habeas-corpus*.

24
Robespierre e Luís XVI

Tanto cresceram as opiniões de Pedro e Paulo que, um dia, chegaram a incorporar-se em alguma coisa. Iam descendo pela rua da Carioca. Havia ali uma loja de vidraceiro, com espelhos de vários tamanhos, e, mais que espelhos, também tinha retratos velhos e gravuras baratas, com e sem caixilho. Pararam alguns instantes, olhando à toa. Logo depois, Pedro viu pendurado um retrato de Luís XVI, entrou e comprou-o por oitocentos réis; era uma simples gravura atada ao mostrador por um barbante. Paulo quis ter igual fortuna, adequada às suas opiniões, e descobriu um Robespierre. Como o lojista pedisse por este mil e duzentos, Pedro exaltou-se um pouco.

— Então o senhor vende mais barato um rei, e um rei mártir?

— Há de perdoar, mas é que esta outra gravura custou-me mais caro, redargüiu o velho lojista. Nós vendemos conforme o preço da compra. Veja; está mais nova.

— Lá isso, não, acudiu Paulo. São do mesmo tempo; mas é que este vale mais que aquele.

— Ouvi dizer que também era rei.

— Qual rei! responderam os dois.

— Ou quis sê-lo, não sei bem... Que, eu de histórias, apenas conheço a dos mouros que aprendi na minha terra com a avó, alguns bocados em verso. E ainda há mouras lindas; por exemplo, esta; apesar do nome, creio que era moura, ou ainda é, se vive... Mal lhe saiba ao marido!

Foi a um canto e trouxe um retrato de Madame de Staël, com o famoso turbante na cabeça. Ó efeito da beleza! Os rapazes esqueceram por um instante as opiniões políticas e ficaram a olhar longamente a figura de Corina. O lojista, apesar dos seus setenta anos, tinha os olhos babados. Cuidou de sublinhar as formas, a cabeça, a boca um tanto grossa, mas expressiva, e dizia que não era caro. Como nenhum quisesse comprá-la, talvez por ser só uma, disse-lhes que ainda tinha outro, mas esse era "uma pouca-vergonha", frase que os deuses lhe perdoariam, quando soubessem que ele não quis mais que abrir o apetite aos fregueses. E foi a um armário, tirou de lá, e trouxe uma Diana, nua como vivia cá em baixo, outrora, nos matos. Nem por isso a vendeu. Teve de contentar-se com os retratos políticos.

Quis ainda ver se colhia algum dinheiro, vendendo-lhes um retrato de Pedro I, encaixilhado, que pendia da parede; mas, Pedro recusou por não ter dinheiro disponível, e Paulo disse que não daria um vintém pela "cara de traidores". Antes não dissesse nada! O lojista, tão depressa lhe ouviu a resposta como despiu as formas obsequiosas, vestiu outras indignadas, e bradou que sim, senhor, que o moço tinha razão.

— Tem muita razão. Foi um traidor, mau filho, mau irmão, mau tudo. Fez todo o mal que pôde a este mundo; e no inferno, onde está, se a religião não mente, deve ainda fazer mal ao Diabo. Este moço falou há pouco em rei mártir, — continuou mostrando-lhes um retrato de Dom Miguel de Bragança, meio perfil, sobrecasaca, mão ao peito, — este é que foi um verdadeiro mártir daquele, que lhe roubou o trono, que não era seu, para dá-lo a quem não pertencia; e foi morrer à míngua o meu pobre rei e senhor, dizem que na Alemanha, ou não sei onde. Ah! *malhados!* Ah! filhos do Diabo! Os senhores não podem imaginar o que era aquela canalha de liberais. Liberais! Liberais do alheio!

— É tudo a mesma farinha, reflexionou Paulo.

— Eu não sei se eles eram de farinha, sei que levaram muita pancada. Venceram mas apanharam deveras. Meu pobre rei!

Pedro quis responder ao remoque do irmão, e propôs comprar o retrato de Pedro I. Quando o lojista tornou a si, começou a negociar a venda, mas não puderam entender-se no preço; Pedro dava os mesmos oitocentos réis do outro, o lojista pedia mil-réis. Notava-lhe que estava encaixilhado, e Luís XVI não; além disso, era mais novo. E vinha à porta, a buscar melhor luz, chamava-lhe a atenção para o rosto, os olhos principalmente, que bela expressão que tinham! E o manto imperial...

— Que lhe custa dar dois mil-réis?

— Dou-lhe dez tostões; serve?

— Não serve. Mais que isso me custou ele.

— Pois então...

— Veja sempre. Pois isto não vale até três mil-réis? O papel não está encardido; a gravura é fina.

— Dez tostões, já disse.

— Não, senhor. Olhe, por dez tostões leve este de D. Miguel; o papel está bem conservado, e, com pouco dinheiro, mande-lhe pôr um caixilho. Vá; dez tostões.

— Se eu já estou arrependido... Dez tostões pelo imperador.

— Ah! isso não! Custou-me mil e setecentos, há três semanas; ganho uns trezentos réis, quase nada. Ganho menos com o senhor D. Miguel, mas também concordo que é menos procurado. Este de D. Pedro I, se passar amanhã, talvez já o não ache. Vá, sim?

— Eu passo depois.

Paulo já ia andando e mirando Robespierre; Pedro alcançou-o.

— Olhe, leve por sete tostões o senhor D. Miguel.

Pedro abanou a cabeça.

— Seis tostões serve?

Pedro, ao lado do irmão, desenrolara a sua gravura. O velho lojista quis ainda bradar: "Cinco tostões!" mas iam já longe, e ficava mal negociar assim.

25

D. Miguel

— Assim como assim, ficou pensando o velho, não há de ser enrolado e guardado que o hei de vender; vou mandá-lo encaixilhar; põem-se-lhe aqui umas tabuinhas velhas...

D. Miguel voltou para ele os olhos turvos de tristeza e reproche; assim lhe pareceu ao vidraceiro, mas podia ter sido ilusão. Em todo caso, pareceu também que os olhos tornavam ao seu lugar, fitando à direita, ao longo... Para onde? Para onde há justiça eterna, cuidou naturalmente o dono. Como estivesse a contemplá-lo, à porta, parou um homem, entrou, e olhou com interesse para o retrato. O lojista reparou na expressão; podia ser algum miguelista, mas também podia ser um colecionador...

— Quanto pede o senhor por isto?

— Isto? Há de perdoar; quer saber quanto peço pelo meu rico senhor D. Miguel? Não peço muito, está um tanto encardido, mas ainda se lhe aprecia bem a figura. Que soberba que ela é! Não é caro; dou-lhe pelo custo; se estivesse encaixilhado, valeria uns quatro mil-réis. Leve-o por três.

O freguês tirou tranqüilamente o dinheiro do bolso, enquanto o velho enrolava o retrato, e, trocados um por outro, despediram-se corteses e satisfeitos; o lojista, depois de ir até à porta, tornou à cadeira do costume. Talvez pensasse no mal a que escapara, se vendesse o retrato por dez tostões. Em todo caso, ficou a olhar para fora, para longe, para onde há justiça eterna... Três mil-réis!

26
A Luta dos Retratos

Quase que não é preciso dizer o destino dos retratos do rei e do convencional. Cada um dos pequenos pregou o seu à cabeceira da cama. Pouco durou esta situação, porque ambos faziam pirraças às pobres gravuras, que não tinham culpa de nada. Eram orelhas de burro, nomes feios, desenhos de animais, até que um dia Paulo rasgou a de Pedro, e Pedro a de Paulo. Naturalmente, vingaram-se a murro; a mãe ouviu rumor e subiu apressada. Conteve os filhos, mas já os achou arranhados e recolheu-se triste. Nunca mais acabaria aquela maldição de rivalidades? Fez esta pergunta calada, atirada à cama, a cara metida no travesseiro, que desta vez ficou seco, mas a alma chorou.

Natividade confiava na educação, mas a educação, por mais que ela a apurasse, apenas quebrava as arestas ao caráter dos pequenos, o essencial ficava; as paixões embrionárias trabalhavam por viver, crescer, romper, tais quais ela sentira os dois no próprio seio, durante a gestação... E recordava a crise de então, acabando por maldizer da cabocla do Castelo. Realmente, a cabocla devia ter calado; o mal calado não se muda, mas não se sabe. Agora, pode ser que isto de não calar confirme a opinião de que a cabocla era mandada por Deus para dizer a verdade aos homens. E afinal o que é que ela disse a Natividade? Não fez mais que uma pergunta misteriosa; a predição é que foi luminosa e clara... E outra vez as palavras do Castelo ressoaram aos ouvidos da mãe, e a imaginação fez o resto. Coisas futuras! Ei-los grandes e sublimes. Algumas brigas em pequenos, que importa? Natividade sorriu, ergueu-se, foi à porta, deu com o filho Pedro, que vinha explicar-se.

— Mamãe, Paulo é mau. Se mamãe ouvisse os horrores que ele solta pela boca fora, mamãe morria de medo. Custa-me muito não ir à cara dele; ainda lhe não tirei um olho...

— Meu filho, não fales assim, é teu irmão.

— Pois que não se meta comigo, não me aborreça. Que blasfêmias que ele dizia! Como eu rezava por alma de Luís XVI, ele, para machucar-me bem, rezava a Robespierre; compôs uma ladainha chamando santo ao outro e cantarolava baixinho para que papai nem mamãe ouvissem. Eu sempre lhe dei alguns cascudos...

— Aí está!

— Mas é que ele é que me dava primeiro, porque eu punha orelhas de burro em Robespierre... Então, eu havia de apanhar calado?

— Nem calado, nem falando.

— Então, como? Apanhar sempre, não é?

— Não, senhor; não quero pancadas; o melhor é que esqueçam tudo e se queiram bem. Você não vê como seus pais se querem? As brigas acabaram de todo. Não quero ouvir rusgas nem queixas. Afinal que têm vocês com um sujeito mau que morreu há tantos anos?

— É o que eu digo, mas ele não se emenda.

— Há de emendar-se; os estudos fazem esquecer criancices. Você também quando for médico tem muito que brigar com as moléstias e a morte; é melhor que andar dando pancada em seu irmão... Que é lá isso? Não quero arremessos, Pedro! Sossegue, ouça-me.

— Mamãe é sempre contra mim.

— Não sou contra nenhum, sou por ambos, ambos são meus filhos. E demais gêmeos. Anda cá, Pedro. Não penses que eu desaprovo as tuas opiniões políticas. Até gosto; são as minhas, são as nossas. Paulo há de tê-las também. Na idade dele aceita-se quanta tolice há, mas o tempo corrige. Olha, Pedro, a minha esperança é que vocês sejam grandes homens, mas com a condição de serem também grandes amigos.

— Eu estou pronto a ser grande homem, assentiu Pedro com ingenuidade, quase com resignação.

— E grande amigo também.

— Se ele for, serei.

— Grandes homens! exclamou Natividade, dando-lhe dois abraços, um para ele, outro para o irmão quando viesse.

Mas Paulo veio logo, e recebeu o abraço inteiro e de verdade. Vinha também queixar-se, e sempre resmungou alguma coisa, mas a mãe não quis ouvi-lo, e falou outra vez a linguagem das grandezas. Paulo consentiu também em ser grande.

— Você será médico, disse Natividade a Pedro, e você advogado. Quero ver quem faz as melhores curas, e ganha as piores demandas.

— Eu, disseram ambos a um tempo.

— Patetas! Cada um terá a sua carreira especial, a sua ciência diferente. Já estão curados do nariz? Já; não há mais sangue. Agora o primeiro que ferir seu irmão será degradado.

Foi um recurso hábil separá-los; um ficava no Rio, estudando Medicina, outro ia para São Paulo, estudar Direito. O tempo faria o resto, não contando que cada um casava e iria com a mulher para o seu lado. Era a paz perpétua; mais tarde viria a perpétua amizade.

27
De Uma Reflexão Intempestiva

Eis aqui entra uma reflexão da leitora: "Mas se duas velhas gravuras os levam a murro e sangue, contentar-se-ão eles com a sua esposa? Não quererão a mesma e única mulher?"

O que a senhora deseja, amiga minha, é chegar já ao capítulo do amor ou dos amores, que é o seu interesse particular nos livros. Daí a habilidade da pergunta, como se dissesse: "Olhe que o senhor ainda nos não mostrou a dama ou damas que têm de ser amadas ou pleiteadas por estes dois jovens inimigos. Já estou cansada de saber que os rapazes não se dão ou se dão mal; é a segunda ou terceira vez que assisto às blandícias da mãe ou aos seus ralhos amigos. Vamos depressa ao amor, às duas, se não é uma só a pessoa...".

Francamente, eu não gosto de gente que venha adivinhando e compondo um livro que está sendo escrito com método. A insistência da leitora em falar de uma só mulher chega a ser impertinente. Suponha que eles deveras gostem de uma só pessoa; não parecerá que eu conto o que a leitora me lembrou, quando a verdade é que eu apenas escrevo o que sucedeu e pode ser confirmado por dezenas de testemunhas? Não, senhora minha, não pus a pena na mão, à espreita do que me viessem sugerindo. Se quer compor o livro, aqui tem a pena, aqui tem papel, aqui tem um admirador; mas, se quer ler somente, deixe-se estar quieta, vá de linha em linha; dou-lhe que boceje entre dois capítulos, mas espere o resto, tenha confiança no relator destas aventuras.

28
O Resto é Certo

Sim, houve uma pessoa, mais moça que eles, um a dois anos, que os agrilhoou, à força de costume ou de natureza, se não foi de ambas as coisas. Antes dessa, pode ser que houvesse outras e mais velhas que eles, mas de tais não rezam as notas que servem a este livro. Se brigaram por elas, não ficou memória disso, mas é possível, dado que tivessem tido as mesmas preferências; no caso contrário também, como sucedia aos cavaleiros que defendiam a sua dama.

Conjeturas tudo. Era natural que, assim bonitos, iguais, elegantes, dados à vida e ao passeio, à conversação e à dança, finalmente herdeiros, era natural que mais de uma menina gostasse deles. As que os viam passar a cavalo, praia fora ou rua acima, ficavam namoradas daquela ordem perfeita de aspecto e de movimento. Os próprios cavalos eram igualzinhos, quase gêmeos, e batiam as patas com o mesmo ritmo, a mesma força e a mesma graça. Não creias que o gesto da cauda e das crinas fosse simultâneo nos dois animais; não é verdade e pode fazer duvidar do resto. Pois o resto é certo.

29
A Pessoa Mais Moça

A pessoa mais moça não entra já neste capítulo por uma razão valiosa, que é a conveniência de apresentar primeiro os pais. Não é que se não possa vê-la bem sem eles; pode-se, os três são diversos, acaso contrários, e, por mais especial que a acheis, não é preciso que os pais estejam presentes. Nem sempre os filhos reproduzem os pais. Camões afirmou que de certo pai só se podia esperar tal filho, e a ciência confirma esta regra poética. Pela minha parte creio na ciência como na poesia, mas há exceções, amigo. Sucede, às vezes, que a natureza faz outra coisa, e nem por isso as plantas deixam de crescer e as estrelas de luzir. O que se deve crer sem erro é que Deus é Deus; e, se alguma rapariga árabe me estiver lendo, ponha-lhe Alá. Todas as línguas vão dar ao céu.

30
A Gente Batista

A gente Batista conheceu a gente Santos em não sei que fazenda da província do Rio. Não foi Maricá, embora ali tivesse nascido o pai dos gêmeos; seria em qualquer outro município. Fosse qual fosse, ali é que se conheceram as duas famílias, e como morassem próximas em Botafogo, a assiduidade e a simpatia vieram ajudando o caso fortuito.

Batista, o pai da donzela, era homem de quarenta e tantos anos, advogado do cível, ex-presidente de província e membro do partido conservador. A ida à fazenda tivera por objeto exatamente uma conferência política para fins eleitorais, mas tão estéril que ele tornou de lá sem, ao menos, um ramo de esperança. Apesar de ter amigos no governo, não alcançara nada, nem deputação, nem presidência. Interrompera a carreira desde que foi exonerado daquele cargo "a pedido", disse o decreto, mas as queixas do exonerado fariam crer outra coisa. De fato, perdera as eleições, e atribuía a esse desastre político a demissão do cargo.

— Não sei o que é que ele queria que fizesse mais, dizia Batista falando do ministro. Cerquei igrejas, nenhum amigo pediu polícia que eu não mandasse; processei talvez umas vinte pessoas, outras foram para a cadeia sem processo. Havia de enforcar gente? Ainda assim houve duas mortes no Ribeirão das Moças.

O final era excessivo, porque as mortes não foram obra dele; quando muito, ele mandou abafar o inquérito, se se pode chamar inquérito a uma simples conversação sobre a ferocidade dos dois defuntos. Em suma, as eleições foram incruentas.

Batista dizia que por causa das eleições perdera a presidência, mas corria outra versão, um negócio de águas, concessão feita a um espanhol, a pedido do irmão da esposa do presidente. O pedido era verdadeiro, a imputação de sócio é que era falsa. Não importa; tanto bastou para que a folha da oposição dissesse que houve naquilo um bom "arranjo de família", acrescentando que, como era de águas, devia ser negócio limpo. A folha da administração retorquiu que, se águas havia, não eram bastantes para lavar o sujo do carvão deixado pela última presidência liberal, um fornecimento de palácio. Não era exato; a folha da oposição reviveu o processo antigo e mostrou que a defesa fora cabal. Podia parar aqui, mas continuou que, "como agora estávamos em Espanha", o presidente emendou o poeta espanhol, autor daquele epitáfio:

> *Cuñados y juntos:*
> *Es cierto que estan difuntos;*

e emendou-o por não ser obrigado a matar ninguém, antes deu vida a si e aos seus, dizendo pela nossa língua:

> *Cunhados e cunhadíssimos;*
> *É certo que são vivíssimos!*

Batista acudiu depressa ao mal, declarando sem efeito a concessão, mas isso mesmo serviu à oposição para novos arremessos: "Temos a confissão do réu!" foi o título do primeiro artigo que rendeu à folha da oposição o ato do presidente. Os correspondentes tinham já escrito para o Rio de Janeiro falando da concessão, e o governo acabou por demitir o seu delegado. Em verdade, só os políticos cuidaram do negócio. D. Cláudia apenas aludia à campanha da imprensa, que foi violentíssima.

– Não valia a pena sair daqui, disse Natividade.

– Lá isso não, baronesa!

E D. Cláudia afirmou que valia. Sofre-se, mas paciência. Era tão bom chegar à província! Tudo anunciado, as visitas a bordo, o desembarque, a posse, o funcionalismo, a oficialidade, muita calva, muito cabelo branco, a flor da terra, enfim, com as suas cortesias longas e demoradas, todas em ângulo ou em curva, e os louvores impressos. As mesmas descomposturas da oposição eram agradáveis. Ouvir chamar tirano ao marido, que ela sabia ter um coração de pomba, ia bem à alma dela. A sede de sangue que se lhe atribuía, ele que nem bebia vinho, o guante de ferro de um homem que era uma luva de pelica, a imoralidade, a desfaçatez, a falta de brio, todos os nomes injustos, mas fortes, que ela gostava de ler, como verdades eternas, onde iam eles agora? A folha da oposição era a primeira que D. Cláudia lia em palácio. Sentia-se vergastada também e tinha nisso uma grande volúpia, como se fosse na própria pele; almoçava melhor. Onde iam os látegos daquele tempo? Agora mal podia ler o nome dele impresso no fim de algumas razões do foro, ou então na lista das pessoas que iam visitar o imperador.

– Nem sempre, explicou D. Cláudia; Batista é muito acanhado; vai de longe em longe a S. Cristóvão, para não parecer que se faz lembrado, como se isto fosse crime; ao contrário, não ir nunca é que pode parecer arrufo. Note que o imperador nunca deixou de recebê-lo com muita benevolência, e a mim também. Nunca esqueceu o meu nome. Já deixei de lá ir dois anos, e quando apareci, perguntou-me logo: "Como vai, D. Cláudia?".

Afora essas saudades do poder, D. Cláudia era uma criatura feliz. A viveza das palavras e das maneiras, os olhos que pareciam não ver nada à força de não pararem nunca, e o sorriso benévolo, e a admiração constante, tudo nela era ajustado a curar as melancolias alheias. Quando beijava ou mirava as amigas era como se as quisesse comer vivas, comer de amor, não de ódio, metê-las em si, muito em si.

Batista não tinha as mesmas expansões. Era alto, e o ar sossegado dava um bom aspecto de governo. Só lhe faltava ação, mas a mulher podia inspirar-lha; nunca deixou de consultá-la nas crises da presidência. Agora mesmo, se lhe desse ouvidos, já teria ido pedir alguma coisa ao governo, mas neste ponto era firme, de uma firmeza que nascia da fraqueza: "Hão de chamar-me, deixa estar", dizia ele a D. Cláudia, quando aparecia alguma vaga de governo provincial. Certo é que ele sentia a necessidade de tornar à vida ativa. Nele a política era menos uma opinião que uma sarna; precisava coçar-se a miúdo e com força.

31
Flora

Tal era aquele casal de políticos. Um filho, se eles tivessem um filho varão, podia ser a fusão das suas qualidades opostas, e talvez um homem de Estado. Mas o céu negou-lhes essa consolação dinástica.

Tinham uma filha única, que era tudo o contrário deles. Nem a paixão de D. Cláudia, nem o aspecto governamental de Batista distinguia a alma ou a figura da jovem Flora. Quem a conhecesse por esses dias, poderia compará-la a um vaso quebradiço ou à flor de uma só manhã, e teria matéria para uma doce elegia. Já então possuía os olhos grandes e claros, menos sabedores, mas dotados de um mover particular, que não era o espalhado da mãe, nem o apagado do pai, antes mavioso e pensativo, tão cheio de graça que faria amável a cara de um avarento. Põe-lhe o nariz aquilino, rasga-lhe a boca meio risonha, formando tudo um rosto comprido, alisa-lhe os cabelos ruivos, e aí tens a moça Flora.

Nasceu em agosto de 1871. A mãe, que datava por ministérios, nunca negou a idade da filha:

– Flora nasceu no ministério Rio Branco, e foi sempre tão fácil de aprender, que já no ministério Sinimbu sabia ler e escrever correntemente.

Era retraída e modesta, avessa a festas públicas, e dificilmente consentiu em aprender a dançar. Gostava de música, e mais do piano que do canto. Ao piano, entregue a si mesma, era capaz de não comer um dia inteiro. Há aí o seu tanto de exagerado, mas a hipérbole é deste mundo, e as orelhas da gente andam já tão entupidas que só à força de muita retórica se pode meter por elas um sopro de verdade.

Até aqui nada há que extraordinariamente distinga esta moça das outras, suas contemporâneas, desde que a modéstia vai com a graça, e em certa idade é tão natural o devaneio como a travessura. Flora, aos quinze anos, dava-lhe para se meter consigo. Aires, que a conheceu por esse tempo, em casa de Natividade, acreditava que a moça viria a ser uma inexplicável.

– Como diz? inquiriu a mãe.

– Verdadeiramente, não digo nada, emendou Aires; mas, se me permite dizer alguma coisa, direi que esta moça resume as raras prendas de sua mãe.

– Mas eu não sou inexplicável, replicou D. Cláudia sorrindo.

– Ao contrário, minha senhora. Tudo está, porém, na definição que dermos a esta palavra. Talvez não haja nenhuma certa. Suponhamos uma criatura para quem não exista perfeição na terra, e julgue que a mais bela alma não passa de um ponto de vista; se não muda com o ponto de vista, a perfeição...

– A perfeição é copas, insinuou Santos.

Era um convite ao voltarete. Aires não teve ânimo de aceitar, tão inquieta lhe pareceu Flora, com os olhos nele, interrogativa, curiosos de saber por que é que ela era ou viria a ser inexplicável. Além disso, preferia a conversação das mulheres. É dele esta frase do *Memorial:* "Na mulher, o sexo corrige a banalidade; no homem agrava".

Não foi preciso aceitar nem recusar o convite de Santos; chegaram dois habituados do jogo, e com eles Batista, que estava na saleta próxima. Santos foi ao recreio de todas as noites. Um daqueles era o velho Plácido, doutor em espiritismo; o segundo era um corretor da praça, chamado Lopes, que amava as cartas pelas cartas, e sentia menos perder dinheiro de que partidas. Lá se foram ao voltarete, enquanto Aires ficava no salão, a ouvir a um canto as damas, sem que os olhos de Flora se despregassem dele.

32
O Aposentado

Já então este ex-ministro estava aposentado. Regressou ao Rio de Janeiro, depois de um último olhar às coisas vistas, para aqui viver o resto dos seus dias. Podia fazê-lo em qualquer cidade, era homem de todos os climas, mas tinha particular amor à sua terra, e porventura estava cansado de outras. Não atribuía a esta tantas calamidades. A febre amarela, por exemplo, à força de a desmentir lá fora, perdeu-lhe a fé, e cá dentro, quando via publicados alguns casos, estava já corrompido por aquele credo que atribuía todas as moléstias a uma variedade de nomes. Talvez porque era homem sadio.

Não mudara inteiramente; era o mesmo ou quase. Encalveceu mais, é certo, terá menos carnes, algumas rugas; ao cabo, uma velhice rija de sessenta anos. Os bigodes continuam a trazer as pontas finas e agudas. O passo é firme, o gesto grave, com aquele toque de galanteria, que nunca perdeu. Na botoeira, a mesma flor eterna.

Também a cidade não lhe pareceu que houvesse mudado muito. Achou algum movimento mais, alguma ópera menos, cabeças brancas, pessoas defuntas; mas a velha cidade era a mesma. A própria casa dele no Catete estava bem conservada. Aires despediu o inquilino, tão polidamente como se recebesse o ministro dos negócios estrangeiros, e meteu-se nela a si e a um criado, por mais que a irmã teimasse em levá-lo para Andaraí.

— Não, mana Rita, deixe-me ficar no meu canto.
— Mas eu sou a sua última parenta, disse ela.
— De sangue e de coração, isso é, concordou ele; pode acrescentar que a melhor de todas e a mais pia. Onde estão aqueles cabelos?... Não precisa baixar os olhos. Você os cortou para meter no caixão de seu finado marido. Os que aí estão embranqueceram; mas os que lá ficaram eram pretos, e mais de uma viúva os teria guardado todos para as segundas núpcias.

Rita gostou de ouvir aquela referência. Outrora, não; pouco depois de viúva, tinha vexame de um ato tão sincero; achava-se quase ridícula. Que valia cortar os cabelos por haver perdido o melhor dos maridos? Mas, andando o tempo, entrou a ver que fizera bem, a aprovar que lho dissessem, e, na intimidade, a lembrá-lo. Agora serviu a alusão para replicar:

— Pois se eu sou isso, por que é que você prefere viver com estranhos?

— Que estranhos? Não vou viver com ninguém. Viverei com o Catete, o largo do Machado, a praia de Botafogo e a do Flamengo, não falo das pessoas que lá moram, mas das ruas, das casas, dos chafarizes e das lojas. Há lá coisas esquisitas, mas sei eu se venho achar em Andaraí uma casa de pernas para o ar, por exemplo? Contentemo-nos do que sabemos. Lá os meus pés andam por si. Há ali coisas petrificadas e pessoas imortais, como aquele Custódio da confeitaria, lembra-se?

— Lembra-me, a *Confeitaria do Império*.

— Há quarenta anos que a estabeleceu; era ainda no tempo em que os carros pagavam imposto de passagem. Pois o diabo está velho mas não acaba; ainda me há de enterrar. Parece rapaz; aparece-me lá todas as semanas.

— Você também parece rapaz.

— Não brinque, mana; eu estou acabado. Sou um velho gamenho, pode ser; mas não é por agradar a moças, é porque me ficou este jeito... E a propósito, por que não vai você morar comigo?

— Ah! é para saber que também eu gosto de estar comigo. Irei lá de vez em quando, mas já não saio daqui, senão para o cemitério.

Ajustaram visitar um ao outro; Aires viria jantar às quintas-feiras. D. Rita ainda lhe falou dos casos de moléstia dele, ao que Aires replicou que não adoecia nunca, mas se adoecesse viria para Andaraí; o coração dela era o melhor dos hospitais. Talvez que em todas essas recusas houvesse também a necessidade de fugir à contradição, porque a irmã sabia inventar ocasiões de dissidência. Naquele mesmo dia (era ao almoço) ele achou o café delicioso, mas a irmã disse que era ruim, obrigando-o a um grande esforço para tornar atrás e achá-lo detestável.

A princípio, Aires cumpriu a solidão, separou-se da sociedade, meteu-se em casa, não aparecia a ninguém ou a raros e de longe em longe. Em verdade estava cansado de homens e de mulheres, de festas e de vigílias. Fez um programa. Como era dado a letras clássicas, achou no padre Bernardes esta tradução daquele salmo: "Alonguei-me fugindo e morei na soedade". Foi a sua divisa. Santos, se lha dessem, fá-la-ia esculpir, à entrada do salão, para regalo dos seus numerosos amigos. Aires deixou-a estar em si. Alguma vez gostava de a recitar calado, parte pelo sentido, parte pela linguagem velha: "Alonguei-me fugindo e morei na soedade".

Assim foi a princípio. Às quintas-feiras ia jantar com a irmã. Às noites passeava pelas praias, ou pelas ruas do bairro. O mais do tempo era gasto em ler e reler, compor o *Memorial* ou rever o composto, para relembrar as coisas passadas. Estas eram muitas e de feição diversa, desde a alegria até a melancolia, enterramentos e recepções diplomáticas, uma braçada de folhas secas, que lhe pareciam verdes agora. Alguma vez as pessoas eram designadas por um X ou ***, e ele não acertava logo quem fossem, mas era um recreio procurá-las, achá-las e completá-las.

Mandou fazer um armário envidraçado, onde meteu as relíquias da vida, retratos velhos, mimos de governos e de particulares, um leque, uma luva, uma fita e outras memórias femininas, medalhas e medalhões, camafeus, pedaços de ruínas gregas e romanas, uma infinidade de coisas que não nomeio, para não encher papel. As cartas não estavam lá, viviam dentro de uma mala, catalogadas por letras, por cidades, por línguas, por sexos. Quinze ou vinte davam para outros tantos capítulos e seriam lidas com interesse e curiosidade. Um bilhete, por exemplo, um bilhete encardido e sem data, moço como os bilhetes velhos, assinado por iniciais, um M e um P, que ele traduzia com saudades. Não vale a pena dizer o nome.

33

A Solidão Também Cansa

Mas tudo cansa, até a solidão Aires entrou a sentir uma ponta de aborrecimento; bocejava, cochilava, tinha sede de gente viva, estranha, qualquer que fosse, alegre ou triste. Metia-se por bairros excêntricos, trepava aos morros, ia às igrejas velhas, às ruas novas, a Copacabana e à Tijuca. O mar ali, aqui o mato e a vista acordavam nele uma infinidade de ecos, que pareciam as próprias vozes antigas. Tudo isso escrevia, às noites, para se fortalecer no propósito da vida solitária. Mas não há propósito contra a necessidade.

A gente estranha tinha a vantagem de lhe tirar a solidão, sem lhe dar a conversação. As visitas de rigor que ele fazia eram poucas, breves e apenas faladas. E tudo isso foram os primeiros passos. A pouco e pouco sentiu o sabor dos costumes velhos, a nostalgia das salas, e saudades do riso, e não tardou que o aposentado da diplomacia fosse reintegrado no emprego da recreação. A solidão, tanto no texto bíblico como na tradução do padre, era arcaica. Aires trocou-lhe uma palavra e o sentido: "Alonguei-me fugindo, e morei entre a gente".

Assim se foi o programa da vida nova. Não é que ele já a não entendesse nem amasse, ou que a não praticasse ainda alguma vez, a espaços, como se faz uso de um remédio que obriga a ficar na cama ou na alcova; mas, sarava depressa e tornava ao ar livre. Queria ver a outra gente, ouvi-la, cheirá-la, gostá-la, apalpá-la, aplicar todos os sentidos a um mundo que podia matar o tempo, o imortal tempo.

34
Inexplicável

Assim o deixamos, há apenas dois capítulos, a um canto da sala da gente Santos, em conversação com as senhoras. Hás de lembrar-te que Flora não despegava os olhos dele, ansiosa de saber por que é que a achava inexplicável. A palavra rasgava-lhe o cérebro, ferindo sem penetrar. Inexplicável que era? Que se não explica, sabia; mas que se não explica por quê?

Quis perguntá-lo ao conselheiro, mas não achou ocasião, e ele saiu cedo. A primeira vez, porém, que Aires foi a São Clemente, Flora pediu-lhe familiarmente o obséquio de uma definição mais desenvolvida. Aires sorriu e pegou na mão da mocinha, que estava de pé. Foi só o tempo de inventar esta resposta:

— Inexplicável é o nome que podemos dar aos artistas que pintam sem acabar de pintar. Botam tinta, mais tinta, outra tinta, muita tinta, pouca tinta, nova tinta, e nunca lhes parece que a árvore é árvore, nem a choupana choupana. Se se trata então de gente, adeus. Por mais que os olhos da figura falem, sempre esses pintores cuidam que eles não dizem nada. E retocam com tanta paciência, que alguns morrem entre dois olhos, outros matam-se de desespero.

Flora achou a explicação obscura; e tu, amiga minha leitora, se acaso és mais velha e mais fina que ela, pode ser que a não aches mais clara. Ele é que não acrescentou nada, para não ficar incluído entre os artistas daquela espécie. Bateu paternalmente na palma da mão de Flora, e perguntou pelos estudos. Os estudos iam bem; como é que não iriam bem os estudos? E sentando-se ao pé dele, a mocinha confessou que tinha idéia justamente de aprender desenho e pintura, mas se havia de pôr tinta demais ou de menos, e acabar não pintando nada, melhor seria ficar só na música. A música ia bem com ela, o francês também, e o inglês.

— Pois só a música, o inglês e o francês, concordou Aires.

— Mas o senhor promete que não me achará inexplicável? perguntou ela com doçura.

Antes que ele respondesse, entraram na sala os dois gêmeos. Flora esqueceu um assunto por outro, e o velho pelos rapazes. Aires não se demorou mais que o tempo de a ver rir com eles, e sentir em si alguma coisa parecida com remorsos. Remorsos de envelhecer, creio.

35

Em Volta da Moça

Já então os dois gêmeos cursavam, um a Faculdade de Direito, em São Paulo; outro a Escola de Medicina, no Rio. Não tardaria muito que saíssem formados e prontos, um para defender o direito e o torto da gente, outro para ajudá-la a viver e a morrer. Todos os contrastes estão no homem.

Não era tanta a política que os fizesse esquecer Flora, nem tanta Flora que os fizesse esquecer a política. Também não eram tais as duas que prejudicassem estudos e recreios. Estavam na idade em que tudo se combina sem quebra de essência de cada coisa. Lá que viessem a amar a pequena com igual força é o que se podia admitir desde já, sem ser preciso que ela os atraísse de vontade. Ao contrário; Flora ria com ambos, sem rejeitar nem aceitar especialmente nenhum; pode ser até que nem percebesse nada. Paulo vivia mais tempo ausente. Quando tornava pelas férias, como que a achava mais cheia de graça. Era então que Pedro multiplicava as suas finezas para se não deixar vencer do irmão, que vinha pródigo delas. E Flora recebia-as todas com o mesmo rosto amigo.

Note-se – e este ponto deve ser tirado à luz – note-se que os dois gêmeos continuavam a ser parecidos e eram cada vez mais esbeltos. Talvez perdessem estando juntos, porque a semelhança diminuía em cada um deles a feição pessoal. Demais,

Flora simulava às vezes confundi-los, para rir com ambos. E dizia a Pedro:
– Dr. Paulo!
E dizia a Paulo:
– Dr. Pedro!
Em vão eles mudavam da esquerda para a direita e da direita para a esquerda. Flora mudava os nomes também, e os três acabavam rindo. A familiaridade desculpava a ação e crescia com ela. Paulo gostava mais de conversa que de piano; Flora conversava. Pedro ia mais com o piano que com a conversa; Flora tocava. Ou então fazia ambas as coisas, e tocava falando, soltava a rédea aos dedos e à língua.

Tais artes, postas ao serviço de tais graças, eram realmente de acender os gêmeos, e foi o que sucedeu pouco a pouco. A mãe dela cuido que percebeu alguma coisa; mas a princípio não lhe deu grande cuidado. Também ela foi menina e moça, também se dividiu a si sem se dar nada a ninguém. Pode ser até que, a seu parecer, fosse um exercício necessário aos olhos do espírito e da cara. A questão é que estes se não corrompessem, nem se deixassem ir atrás de cantigas, como diz o povo, que assim exprime os feitiços de Orfeu. Ao contrário. Flora é que fazia de Orfeu, ela é que era a cantiga. Oportunamente, escolheria a um deles, pensava a mãe.

A intimidade tinha intervalos grandes, além das ausências obrigadas de Paulo. Apesar de não sair, Pedro não a buscava sempre, nem ela ia muita vez à casa da praia. Não se viam dias e dias. Que pensassem um no outro, é possível; mas não possuo o menor documento disto. A verdade é que Pedro tinha os seus companheiros de escola, os namoros de rua e de aventura, os partidos de teatro, os passeios à Tijuca e outros arrabaldes. Ao demais, os dois gêmeos estavam ainda no ponto de falar dela nas cartas, louvá-la, descrevê-la, dizer mil coisas doces, sem ciúme.

36
A Discórdia não é Tão Feia Como se Pinta

A discórdia não é tão feia como se pinta, meu amigo. Nem feia, nem estéril. Conta só os livros que tem produzido, desde Homero até cá, sem excluir... Sem excluir qual? Ia dizer que este, mas a Modéstia acena-me de longe que pare aqui. Paro aqui: e viva a Modéstia, que mal suporta a letra capital que lhe ponho, a letra e os vivas, mas há de ir com ela e com eles. Viva a Modéstia, e excluamos este livro; fiquem só os grandes livros épicos, e trágicos, a que a Discórdia deu vida, e digam-me se tamanhos efeitos não provam a grandeza da causa. Não, a discórdia não é tão feia como se pinta.

Teimo nisto para que as almas sensíveis não comecem de tremer pela moça ou pelos rapazes. Não há mister tremer, tanto mais que a discórdia dos dois começou por um simples acordo, naquela noite. Costeavam a praia, calados, pensando só, até que ambos, como se falassem para si, soltaram esta frase única:

– Está ficando bem bonita.

E voltando-se um para outro:

– Quem?

Ambos sorriram; acharam pico ao simultâneo da reflexão e da pergunta. Sei que este fenômeno é tal qual o do capítulo XXV, quando eles disseram da idade, mas não me culpem a mim; eram gêmeos, podiam ter o falar gêmeo. O principal é que não se amofinaram; não era ainda amor o que sentiam.

Cada um expôs a sua opinião acerca das graças da pequena, o gesto, a voz, os olhos e as mãos, tudo com tão boa sombra, que excluía a idéia de rivalidade. Quando muito, divergiam na escolha da melhor prenda, que para Pedro eram os olhos, e para Paulo a figura; mas como acabavam achando um total harmônico, era visto que não brigavam por isso. Nenhum deles atribuía ao outro a coisa vaga ou o que quer que era que principiavam a sentir, e mais pareciam estetas que enamorados. Aliás, a mesma política os deixou em paz essa noite: não brigaram por ela. Não é que não sentissem alguma coisa oposta, à vista da praia e do céu, que estavam deliciosos. Lua cheia, água quieta, vozes confusas e esparsas, algum tílburi a passo ou a trote, segundo ia vazio ou com gente. Tal ou qual brisa fresca.

A imaginação os levou então ao futuro, a um futuro brilhante, como ele é em tal idade. Botafogo teria um papel histórico, uma enseada imperial para Pedro, uma Veneza republicana para Paulo, sem doge, nem conselho dos dez, ou então um doge com outro título, um simples presidente, que se casaria em nome do povo com este pequenino Adriático. Talvez o doge fosse ele mesmo. Esta possibilidade, apesar dos anos verdes, enfunou a alma do moço. Paulo viu-se à testa de uma república, em que o antigo e o moderno, o futuro e o passado se mesclassem, uma Roma nova, uma Convenção Nacional, a República Francesa e os Estados Unidos da América.

Pedro, à sua parte, construía a meio caminho como um palácio para representação nacional, outro para o imperador, e via-se a si mesmo ministro e presidente do conselho. Falava, dominava o tumulto e as opiniões, arrancava um voto à Câmara dos Deputados ou então expedia um decreto de dissolução. É uma minúcia, mas merece inseri-la aqui: Pedro, sonhando com o governo, pensava especialmente nos decretos de dissolução. Via-se em casa, com o ato assinado, referendado, copiado, mandado aos jornais e às Câmaras, lido pelos secretários, arquivado na secretaria, e os deputados saindo cabisbaixos, alguns resmungando, outros irados. Só ele estava tranqüilo, no gabinete, recebendo os amigos que iam cumprimentá-lo e pedir os recados para a província.

Tais eram as grandes pinceladas da imaginação dos dois. As estrelas recebiam no céu todos os pensamentos dos rapazes, a lua seguia quieta e a vaga da praia estirava-se com a preguiça do costume. Voltaram a si ao pé da casa. Tal ou qual impulso quis levá-los a discutir acerca do tempo e da noite, da temperatura e da enseada. Algum murmúrio vago pode ser que lhes fizesse mover os beiços e começar a quebrar o silêncio, mas o silêncio era tão augusto que concordaram em respeitá-lo. E logo acharam de si para si, que a lua era esplêndida, a enseada bela e a temperatura divina.

37
Desacordo no Acordo

Não esqueça dizer que, em 1888, uma questão grave e gravíssima os fez concordar também, ainda que por diversa razão. A data explica o fato: foi a emancipação dos escravos. Estavam então longe um do outro, mas a opinião uniu-os.

A diferença única entre eles dizia respeito à significação da reforma, que para Pedro era um ato de justiça, e para Paulo era o início da revolução. Ele mesmo o disse, concluindo um discurso em S. Paulo, no dia 20 de maio: "A abolição é a aurora da liberdade; esperemos o sol; emancipado o preto, resta emancipar o branco".

Natividade ficou atônita quando leu isto; pegou da pena e escreveu uma carta longa e maternal. Paulo respondeu com trinta mil expressões de ternura, declarando no fim que tudo lhe poderia sacrificar, inclusive a vida e até a honra; as opiniões é que não.

"Não, mamãe; as opiniões é que não."

— As opiniões é que não, repetiu Natividade acabando de ler a carta.

Natividade não acabava de entender os sentimentos do filho, ela que sacrificara as opiniões aos princípios, como no caso de Aires, e continuou a viver sem mácula. Como então não sacrificar?... Não achava explicação. Relia a frase da carta e a do discurso e tinha medo de o ver perder a carreira política, se era a política que o faria grande homem. "Emancipado o preto, resta emancipar o branco", era uma ameaça ao imperador e ao império.

Não atinou... Nem sempre as mães atinam. Não atinou que a frase do discurso não era propriamente do filho; não era de ninguém. Alguém a proferiu um dia, em discurso ou conversa, em gazeta ou em viagem de terra ou de mar. Outrem a repetiu, até que muita gente a fez sua. Era nova, era enérgica, era expressiva, ficou sendo patrimônio comum.

Há frases assim felizes. Nascem modestamente, como a gente pobre; quando menos pensam, estão governando o mundo, à semelhança das idéias. As próprias idéias nem sempre conservam o nome do pai; muitas aparecem órfãs, nascidas de nada e de ninguém. Cada um pega delas, verte-as como pode, e vai levá-las à feira, onde todos as têm por suas.

38

Chegada a Propósito

Quando, às duas horas da tarde do dia seguinte, Natividade se meteu no bonde, para ir a não sei que compras na rua do Ouvidor, levava a frase consigo. A vista da enseada não a distraiu, nem a gente que passava, nem os incidentes da rua, nada; a frase ia diante e dentro dela, com o seu aspecto e tom de ameaça. No Catete, alguém entrou de salto, sem fazer parar o veículo. Adivinha que era o conselheiro; adivinha também que, posto o pé no estribo, e vendo logo adiante a nossa amiga, caminhou para lá rápido e aceitou a ponta do banco que ela lhe ofereceu. Depois dos primeiros cumprimentos:

— Pareceu-me vê-la olhar assustada, disse Aires.

— Naturalmente, não imaginei que fosse capaz deste ato de ginástica.

— Questão de costume. As pernas saltam por si mesmas. Um dia, deixam-me cair, as rodas passam por cima...

— Fosse como fosse, chegou a propósito.

— Chego sempre a propósito. Já lhe ouvi isso, uma vez, há muitos anos, ou foi a sua irmã... Ora, espere, não me esqueceu o motivo; creio que falavam da cabocla do Castelo. Não se lembra de uma tal ou qual cabocla que morava no Castelo, e adivinhava a sorte da gente? Eu estava aqui de licença, e ouvi dizer coisas do arco-da-velha. Como sempre tive fé em Sibilas, acreditei na cabocla. Que fim levou ela?

Natividade olhou para ele, como receando se teria adivinhado então a consulta que ela fez à cabocla. Pareceu-lhe que não, sorriu e chamou-lhe incrédulo. Aires negou que fosse incrédulo; ao contrário sendo tolerante, professava virtualmente todas as crenças deste mundo. E concluiu:

— Mas, enfim, por que é que chego a propósito?

Ou o passado, ou a pessoa, com suas maneiras discretas e espírito repousado, ou tudo isso junto, dava a este homem, relativamente a esta senhora, uma confiança que ela não achava agora em ninguém, ou acharia em poucos. Falou-lhe de uma confidência, um papel que não mostraria ao marido.

— Quero um conselho, conselheiro; e demais, para que incomodar a meu marido? Quando muito, contarei o negócio a mana Perpétua. Acho melhor não dizer nada a Agostinho.

Aires concordou que não valia a pena aborrecê-lo, se era caso disso, e esperou. Natividade, sem falar da cabocla, contou primeiro a rivalidade dos filhos, já manifesta em política, e tratando especialmente de Paulo, repetiu-lhe a frase da carta e perguntou o que cumpria fazer mais útil. Aires entendeu que eram ardores da mocidade. Que não teimasse; teimando, ele mudaria de palavras, mas não de sentimentos.

— Então crê que Paulo será sempre isto?

— Sempre, não digo; também não digo o contrário. Baronesa, a senhora exige respostas definitivas, mas diga-me o que é que há definitivo neste mundo, a não ser o voltarete de seu marido? Esse mesmo falha. Há quantos dias não sei o que é uma licença? É verdade que não tenho aparecido. E depois, o prazer da conversação paga bem o das cartas. Aposto que os homens casados que lá vão são de outro parecer?

— Talvez.

— Só os solteirões podem avaliar as idéias das mulheres. Um viúvo sem filhos, como eu, vale por um solteirão; minto, aos sessenta anos, como eu, vale por dois ou três. Quanto ao jovem Paulo, não pense mais no discurso. Também eu discursei em rapaz.

— Já cuidei em casá-los.
— Casar é bom, assentiu Aires.
— Não digo casar já, mas daqui a dois ou três anos. Talvez faça antes uma viagem com eles. Que lhe parece? Vamos lá, não me responda repetindo o que eu digo. Quero o seu pensamento verdadeiro. Acha que uma viagem?...
— Acho que uma viagem...
— Acabe.
— As viagens fazem bem, mormente na idade deles. Formam-se para o ano, não é? Pois então! Antes de começar qualquer carreira, casados ou não, é útil ver outras terras... Mas que necessidade tem a senhora de ir com eles?
— As mães...
— Mas eu também (desculpe interrompê-la), mas eu também sou seu filho. Não acha que o costume, o bom rosto, a graça, a afeição e todas as prendas grisalhas que a adornam compõem uma espécie de maternidade? Eu confesso-lhe que ficaria órfão.
— Pois venha conosco.
— Ah! baronesa, para mim já não há mundo que valha um bilhete de passagem. Vi tudo por várias línguas. Agora o mundo começa aqui no cais da Glória ou na rua do Ouvidor e acaba no cemitério de S. João Batista. Ouço que há uns mares tenebrosos para os lados da Ponta do Caju, mas eu sou um velho incrédulo, como a senhora dizia há pouco, e não aceito essas notícias sem prova cabal e visual, e para ir averiguá-las, faltam-me pernas.
— Sempre gracioso! Não as vi treparem agora? Sua irmã disse-me outro dia que o senhor anda como aos trinta anos.
— Rita exagera. Mas, voltando à viagem, a senhora ainda não comprou os bilhetes?
— Não.
— Não os encomendou sequer?
— Também não.

— Então, pensemos em outra coisa. Cada dia traz a sua ocupação, quanto mais as semanas e os meses. Pensemos em outra coisa, e deixe lá o Paulo pedir a república.

Natividade achou consigo que ele tinha razão; depois pensou em outra coisa, e esta foi a idéia do princípio. Não disse logo o que era; preferiu conversar alguns minutos. Não era difícil com este sujeito. Uma das suas qualidades era falar com mulheres, sem descair na banalidade nem subir às nuvens; tinha um modo particular, que não sei se estava na idéia, se no gesto, se na palavra. Não é que falasse mal de ninguém, e aliás seria uma distração. Quero crer que não dissesse mal por indiferença ou cautela; provisoriamente, ponhamos caridade.

— Mas, a senhora ainda me não disse o que queria de mim, além do conselho. Ou não quer mais nada?

— Custa-me pedir-lhe.

— Peça sempre.

— Sabe que os meus dois gêmeos não combinam em nada, ou só em pouco, por mais esforços que eu tenha feito para os trazer a certa harmonia. Agostinho não me ajuda; tem outros cuidados. Eu mesma já não me sinto com forças, e então pensei que um amigo, um homem moderado, um homem da sociedade, hábil, fino, cauteloso, inteligente, instruído...

— Eu, em suma?

— Adivinhou.

— Não adivinhei; é o meu retrato em pessoa. Mas então que lhe parece que possa fazer?

— Pode corrigi-los por boas maneiras, fazê-los unidos, ainda quando discordem, e que discordem pouco ou nada. Não imagina; parece até propósito. Não discordam da cor da lua, por exemplo, mas aos onze anos Pedro descobriu que as sombras da lua eram nuvens, e Paulo que eram falhas da nossa vista; e atracaram-se; eu é que os separei. Imagine em política...

— Imagine em amores, diga logo; mas não é propriamente para este caso...

— Oh! não!

— Para os outros é igualmente inútil, mas eu nasci para servir, ainda inutilmente. Baronesa, o seu pedido equivale a nomear-me aio ou preceptor... Não faça gestos; não me dou por diminuído. Contanto que me pague os ordenados... E não se assuste; peço pouco, pague-me em palavras; as suas palavras são de ouro. Já lhe disse que toda a minha ação é inútil.

— Por quê?

— É inútil.

— Uma pessoa de autoridade, como o senhor, pode muito, contanto que os ame, porque eles são bons, creia. Conhece-os bem?

— Pouco.

— Conheça-os mais e verá.

Aires concordou rindo. Para Natividade valia por uma tentativa nova. Confiava na ação do conselheiro, e para dizer tudo... Não sei se diga... Digo. Natividade contava com a antiga inclinação do velho diplomata. As cãs não lhe tirariam o desejo de a servir. Não sei quem me lê nesta ocasião. Se é homem, talvez não entenda logo, mas se é mulher creio que entenderá. Se ninguém entender, paciência; basta saber que ele prometeu o que ela quis, e também prometeu calar-se; foi a condição que a outra lhe pôs. Tudo isso polido, sincero e incrédulo.

39
Um Gatuno

Chegaram ao largo da Carioca, apearam-se e despediram-se; ela entrou pela rua Gonçalves Dias, ele enfiou pela da Carioca. No meio desta, Aires encontrou um magote de gente parada, logo depois andando em direção ao largo. Aires quis arrepiar caminho, não de medo, mas de horror. Tinha horror à multidão. Viu que a gente era pouca, cinqüenta ou sessenta pessoas, e ouviu que bradava contra a prisão de um homem. Entrou num corredor, à espera que o magote passasse. Duas praças de polícia traziam o preso pelo braço. De quando em quando, este resistia, e então era preciso arrastá-lo ou forçá-lo por outro método. Tratava-se, ao que parece, do furto de uma carteira.

— Não furtei nada! — bradava o preso detendo o passo. É falso! Larguem-me! sou um cidadão livre! Protesto! protesto!

— Siga para a estação!

— Não sigo!

— Não siga! bradava a gente anônima. Não siga! não siga!

Uma das praças quis convencer a multidão que era verdade, que o sujeito furtara uma carteira, e o desassossego pareceu minorar um pouco; mas, indo a praça a andar com a outra e o preso, — cada uma pegando-lhe um dos braços, a multidão recomeçou a bradar contra a violência. O preso sentiu-se animado, e ora lastimoso, ora agressivo, convidava a defesa. Foi então que a outra praça desembainhou a espada para fazer um claro.

A gente voou, não airosamente como a andorinha ou a pomba, em busca do ninho ou do alimento, voou de atropelo, pula aqui, pula ali, pula acolá, para todos os lados. A espada entrou na bainha, e o preso seguiu com as praças. Mas logo os peitos tomaram vingança das pernas, e um clamor ingente, largo, desafrontado, encheu a rua e a alma do preso. A multidão fez-se outra vez compacta e caminhou para estação policial. Aires seguiu caminho.

A vozeria morreu pouco a pouco, e Aires entrou na Secretaria do Império. Não achou o ministro, parece, ou a conferência foi curta. Certo é que, saindo à praça, encontrou partes do magote que tornavam comentando a prisão e o ladrão. Não diziam ladrão mas gatuno, fiando que era mais doce, e tanto bradavam há pouco contra a ação das praças como riam agora das lástimas do preso.

– Ora o sujeito!

Mas então?... perguntarás tu. Aires não perguntou nada. Ao cabo havia um fundo de justiça naquela manifestação dupla e contraditória; foi o que ele pensou. Depois, imaginou que a grita da multidão protestante era filha de um velho instinto de resistência à autoridade. Advertiu que o homem, uma vez criado, desobedeceu logo ao Criador, que aliás lhe dera um paraíso para viver; mas não há paraíso que valha o gosto da oposição. Que o homem se acostume às leis, vá; que incline o colo à força e ao bel-prazer, vá também; é o que se dá com a planta, quando sopra o vento. Mas que abençoe a força e cumpra as leis sempre, sempre, sempre, é violar a liberdade primitiva, a liberdade do velho Adão. Ia assim cogitando o conselheiro Aires.

Não lhe atribuam todas essas idéias. Pensava assim, como se falasse alto, à mesa ou na sala de alguém. Era um processo de crítica mansa e delicada, tão convencida em aparência, que algum ouvinte à cata de idéias acabava por lhe apanhar uma ou duas...

Ia descer pela rua Sete de Setembro, quando a lembrança da vozeria trouxe a de outra, maior e mais remota.

40
"Recuerdos"

Essa outra vozeria maior e mais remota não caberia aqui, se não fosse a necessidade de explicar o gesto repentino com que Aires parou na calçada. Parou, tornou a si e continuou a andar com os olhos no chão e a alma em Caracas. Foi em Caracas, onde ele servira na qualidade de adido da legação. Estava em casa, de palestra com uma atriz da moda, pessoa chistosa e garrida. De repente, ouviram um clamor grande, vozes tumultuosas, vibrantes, crescentes...

— Que rumor é este, Cármen? perguntou ele entre duas carícias.

— Não se assuste, amigo meu; é o governo que cai.

— Mas eu ouço aclamações...

— Então é o governo que sobe. Não se assuste. Amanhã é tempo de ir cumprimentá-lo.

Aires deixou-se ir rio abaixo daquela memória velha, que lhe surdia agora do alarido de cinqüenta ou sessenta pessoas. Essa espécie de lembranças tinha mais efeito nele que outras. Recompôs a hora, o lugar e a pessoa da sevilhana. Cármen era de Sevilha. O ex-rapaz ainda agora recordava a cantiga popular que lhe ouvia, à despedida, depois de retificar as ligas, compor as saias, e cravar o pente no cabelo, — no momento em que ia deitar a mantilha, meneando o corpo com graça:

> *Tienen las sevillanas,*
> *En la mantilla...*
> *Un letrero que dice:*
> *Viva Sevilla!*

Não posso dar a toada, mas Aires ainda a trazia de cor, e vinha a repeti-la consigo vagarosamente, como ia andando. Outrossim, meditava na ausência de vocação diplomática. A ascensão de um governo – de um regime que fosse, – com as suas idéias novas, os seus homens frescos, leis e aclamações, valia menos para ele que o riso da jovem comediante. Onde iria ela? A sombra da moça varreu tudo o mais, a rua, a gente, o gatuno, para ficar só diante do velho Aires, dando aos quadris e cantarolando a trova andaluza:

> *Tienen las sevillanas,*
> *En la mantilla...*

41

Caso do Burro

Se Aires obedecesse ao seu gosto, e eu a ele, nem ele continuaria a andar, nem eu começaria este capítulo; ficaríamos no outro, sem nunca mais acabá-lo. Mas não há na memória que dure, se outro negócio mais forte puxa pela atenção, e um simples burro fez desaparecer Cármen e a sua trova.

Foi o caso que uma carroça estava parada, ao pé da travessa de S. Francisco, sem deixar passar um carro, e o carroceiro dava muita pancada no burro da carroça. Vulgar embora, este espetáculo fez parar o nosso Aires não menos condoído do asno que do homem. A força despendida por este era grande, porque o asno ruminava se devia ou não sair do lugar; mas, não obstante esta superioridade, apanhava que era o diabo. Já havia algumas pessoas paradas, mirando. Cinco ou seis minutos durou esta situação; finalmente o bruto preferiu a marcha à pancada, tirou a carroça do lugar e foi andando.

Nos olhos redondos do animal viu Aires uma expressão profunda de ironia e paciência. Pareceu-lhe o gesto largo de espírito invencível. Depois leu neles este monólogo: "Anda, patrão, atulha a carroça de carga para ganhar o capim de que me alimentas. Vive de pé no chão para comprar as minhas ferraduras. Nem por isso me impedirás que te chame um nome feio, mas eu não te chamo nada; ficas sendo sempre o meu querido patrão. Enquanto te esfalfas em ganhar a vida, eu vou pensando que o teu domínio não vale muito, uma vez que me não tiras a liberdade de teimar...".

– Vê-se, quase que se lhe ouve a reflexão, notou Aires consigo.

Depois riu de si para si, e foi andando. Inventara tanta coisa no serviço diplomático, que talvez inventasse o monólogo do burro. Assim foi; não lhe leu nada nos olhos, a não ser a ironia e a paciência, mas não se pôde ter que lhes não desse uma forma de palavra, com as suas regras de sintaxe. A própria ironia estaria acaso na retina dele. O olho do homem serve de fotografia ao invisível, como o ouvido serve de eco ao silêncio. Tudo é o que o dono tenha um lampejo de imaginação para ajudar a memória a esquecer Caracas e Cármen, os seus beijos e experiência política.

42
Uma Hipótese

Visões e reminiscências iam assim comendo o tempo e o espaço ao conselheiro, a ponto de lhe fazerem esquecer o pedido de Natividade; mas não o esqueceu de todo, e as palavras trocadas há pouco surdiam-lhe das pedras da rua. Considerou que não perdia muito em estudar os rapazes. Chegou a apanhar uma hipótese, espécie de andorinha, que avoaça entre árvores, abaixo e acima, pousa aqui, pousa ali, arranca de novo um surto e toda se despeja em movimentos. Tal foi a hipótese vaga e colorida, a saber, que se os gêmeos tivessem nascido dele talvez não divergissem tanto nem nada, graças ao equilíbrio do seu espírito. A alma do velho entrou a ramalhar não sei que desejos retrospectivos, e a rever essa hipótese, outra Caracas, outra Cármen, ele pai, estes meninos seus, toda a andorinha que se dispersava num farfalhar calado de gestos.

43
O Discurso

Natividade é que não teve distrações de espécie alguma. Toda ela estava nos filhos, e agora especialmente na carta e no discurso. Começou por não dar resposta às efusões políticas de Paulo; foi um dos conselhos do conselheiro. Quando o filho tornou pelas férias tinha esquecido a carta que escrevera.

O discurso é que ele não esqueceu, mas quem é que esquece os discursos que faz? Se são bons, a memória os grava em bronze; se ruins, deixam tal ou qual amargor que dura muito. O melhor dos remédios, no segundo caso, é supô-los excelentes e, se a razão não aceita esta imaginação, consultar pessoas que a aceitem, e crer nelas. A opinião é um velho óleo incorruptível.

Paulo tinha talento. O discurso daquele dia podia pecar aqui ou ali por alguma ênfase, e uma ou outra idéia vulgar e exausta. Tinha talento Paulo. Em suma, o discurso era bom. Santos achou-o excelente, leu-o aos amigos e resolveu transcrevê-lo nos jornais. Natividade não se opôs, mas entendia que algumas palavras deviam ser cortadas.

— Cortadas, por quê? perguntou Santos; e ficou esperando a resposta.

— Pois você não vê, Agostinho? Estas palavras têm sentido republicano, explicou ela relendo a frase que a afligira.

Santos ouviu-as ler, leu-as para si, e não deixou de lhe achar razão. Entretanto, não havia de as suprimir.

— Pois não se transcreve o discurso.

— Ah! isso não! O discurso é magnífico e não há de morrer em S. Paulo; é preciso que a Corte o leia, e as províncias também, e até não se me daria fazê-lo traduzir em francês, pode ser que fique ainda melhor.

— Mas, Agostinho, isto pode fazer mal à carreira do rapaz; o imperador pode ser que não goste...

Pedro, que assistia desde alguns instantes ao debate, interveio docemente para dizer que os receios da mãe não tinham base; era bom pôr a frase toda, e, a rigor, não diferia muito do que os liberais diziam em 1848.

— Um monarquista liberal pode muito bem assinar esse trecho, concluiu ele depois de reler as palavras do irmão.

— Justamente! assentiu o pai.

Natividade, que em tudo via a inimizade dos gêmeos, suspeitou que o intuito de Pedro fosse justamente comprometer Paulo. Olhou para ele a ver se lhe descobria essa intenção torcida, mas a cara do filho tinha então o aspecto do entusiasmo. Pedro lia trechos do discurso, acentuando as belezas, repetindo as frases mais novas, cantando as mais redondas, revolvendo-as na boca, tudo com tão boa sombra que a mãe perdeu a suspeita, e a reimpressão do discurso foi resolvida. Também se tirou uma edição em folheto, e o pai mandou encadernar ricamente sete exemplares, que levou aos ministros, e um ainda mais rico para a Regente.

— Você diga-lhe, aconselhou Natividade, que o nosso Paulo é liberal ardente...

— Liberal de 1848, completou Santos lembrando as palavras de Pedro.

Santos cumpriu tudo à risca. A entrega se fez naturalmente, e, no palácio Isabel, a definição do "liberal de 1848" saiu mais viva que as outras palavras, ou para diminuir o cheiro revolucionário da frase condenada pela mulher, ou porque trazia valor histórico. Quando ele voltou a casa, a primeira coisa que lhe disse foi que a Regente perguntara por ela, mas apesar de lisonjeada com a lembrança, Natividade quis saber da impressão que lhe fizera o discurso, se já o lera.

— Parece que foi boa. Disse-me que já havia lido o discurso. Nem por isso deixei de lhe dizer que os sentimentos de Paulo eram bons; que, se lhe notávamos certo ardor, compreendíamos sempre que eles eram os de um liberal de 1848...

— Papai disse isso? perguntou Pedro.

— Por que não, se é verdade? Paulo é o que se pode chamar um liberal de 1848, repetiu Santos querendo convencer o filho.

44
O Salmão

Pelas férias é que Paulo soube da interpretação que o pai dera à Regente daquele trecho do discurso. Protestou contra ela, em casa; quis fazê-lo também em público, mas Natividade interveio a tempo. Aires pôs água na fervura, dizendo ao futuro bacharel:

— Não vale a pena, moço; o que importa é que cada um tenha as suas idéias e se bata por elas, até que elas vençam. Agora que outros as interpretem mal é coisa que não deve afligir o autor.

— Afligir, sim, senhor; pode parecer que é assim mesmo... Vou escrever um artigo a propósito de qualquer coisa, e não deixarei dúvidas...

— Para quê? inquiriu Aires.

— Não quero que suponham...

— Mas quem duvida dos seus sentimentos?

— Podem duvidar.

— Ora, qual! Em todo caso, vá primeiro almoçar comigo um dia destes... Olhe, vá domingo, e seu irmão Pedro também. Seremos três à mesa, um almoço de rapazes. Beberemos certo vinho que me deu o ministro da Alemanha...

No domingo foram os dois ao Catete, menos pelo almoço que pelo anfitrião. Aires era amado dos dois; gostavam de ouvi-lo, de interrogá-lo, pediam-lhe anedotas políticas de outro tempo, descrição de festas, notícias de sociedade.

— Vivam os meus dois jovens que não esqueceram o amigo velho. Papai como está? E mamãe?

— Estão bons, disse Pedro.

Paulo acrescentou que ambos lhe mandavam lembranças.

— E tia Perpétua?

— Também está boa, disse Paulo.

— Sempre com a homeopatia e as suas histórias do Paraguai, acrescentou Pedro.

Pedro estava alegre, Paulo preocupado. Depois das primeiras saudações e notícias, Aires notou essa diferença, e achou que era bom para tirar a monotonia da semelhança; mas, enfim, não queria caras fechadas, e indagou do estudante de Direito o que é que ele tinha.

— Nada.

— Não pode ser; acho-lhe um ar meio sorumbático. Pois eu acordei disposto a rir, e desejo que ambos riam comigo.

Paulo rosnou uma palavra que nenhum deles entendeu e sacou do bolso um maço de folhas de papel. Era um artigo...

— Um artigo?

— Um artigo em que tiro todas as dúvidas a meu respeito, e peço ao senhor que me ouça, é pequeno. Escrevi-o a noite passada.

Aires propôs ouvi-lo depois do almoço, mas o rapaz pediu que fosse logo, e Pedro concordou com este alvitre, alegando que, sobre o almoço, podia perturbar a digestão, como ruim droga que devia ser, naturalmente. Aires meteu o caso à bulha e aceitou ouvir o artigo.

— É pequeno, sete tiras.

— Letra miúda?

— Não senhor; assim, assim.

Paulo leu o artigo. Tinha por epígrafe isto de Amós: "Ouvi esta palavra, vacas gordas que estais no monte de Samaria..." As vacas gordas eram o pessoal do regímen, explicou Paulo. Não atacava o imperador, por atenção à mãe, mas com o príncipe e o pessoal era violento e áspero. Aires sentiu-lhe aquilo que, em tempo, se chamou "a bossa da combatividade". Quando Paulo acabou, Pedro disse em ar de mofa:

— Conheço tudo isso, são idéias paulistas.
— As tuas são idéias coloniais, replicou Paulo.

Deste intróito podiam nascer piores palavras, mas felizmente um criado chegou à porta anunciando que o almoço estava na mesa. Aires ergueu-se e disse que à mesa daria a sua opinião.

— Primeiro o almoço, tanto mais que temos um salmão, coisa especial. Vamos a ele.

Aires queria cumprir deveras o ofício que aceitara de Natividade. Quem sabe se a idéia de pai espiritual dos gêmeos, pai de desejo somente, pai que não o foi, que teria sido, não lhe dava uma afeição particular e um dever mais alto que o de simples amigo? Nem é fora de propósito que ele buscasse somente matéria nova para as páginas nuas do seu *Memorial*.

Ao almoço, ainda se falou do artigo. Paulo com amor, Pedro com desdém, Aires sem uma nem outra coisa. O almoço ia fazendo o seu ofício. Aires estudava os dois rapazes e suas opiniões. Talvez não passassem de uma erupção de pele da idade. E sorria, fazia-os comer e beber, chegou a falar de moças, mas aqui os rapazes, vexados e respeitosos, não acompanharam o ex-ministro. A política veio morrendo. Na verdade, Paulo ainda se declarou capaz de derribar a monarquia com dez homens, e Pedro de extirpar o gérmen republicano com um decreto. Mas o ex-ministro, sem mais decreto que uma caçarola, nem mais homens que o seu cozinheiro, envolveu os dois regimens no mesmo salmão delicioso.

45

Musa, Canta...

No fim do almoço, Aires deu-lhes uma citação de Homero, aliás duas, uma para cada um, dizendo-lhes que o velho poeta os cantara separadamente, Paulo no começo da *Ilíada:*

— "Musa, canta a cólera de Aquiles, filho de Peleu, cólera funesta aos gregos, que precipitou à estância de Plutão tantas almas válidas de heróis, entregues os corpos às aves e aos cães...".

Pedro estava no começo da *Odisséia:*

— "Musa, canta aquele herói astuto, que errou por tantos tempos, depois de destruída a santa Ílion...".

Era um modo de definir o caráter de ambos, e nenhum deles levou a mal a aplicação. Ao contrário, a citação poética valia por um diploma particular. O fato é que ambos sorriram de fé, de aceitação, de agradecimento, sem que achassem uma palavra ou sílaba com que desmentissem o adequado dos versos. Que ele, o conselheiro, depois de os citar em prosa nossa, repetiu-os no próprio texto grego e os dois gêmeos sentiram-se ainda mais épicos, tão certo é que traduções não valem originais. O que eles fizeram foi dar um sentido deprimente ao que era aplicável ao irmão:

— Tem razão, Sr. conselheiro, – disse Paulo, – Pedro é um velhaco...

— E você é um furioso...

— Em grego, meninos, em grego e em verso, que é melhor que a nossa língua e a prosa do nosso tempo.

46

Entre um Ato e Outro

Aqueles almoços repetiram-se. Os meses passaram, vieram as férias, acabaram-se as férias, e Aires penetrava bem os gêmeos. Escrevia-os no *Memorial*, onde se lê que a consulta ao velho Plácido dizia respeito aos dois, e mais a ida à cabocla do Castelo e a briga antes de nascer, casos velhos e obscuros que ele relembrou, ligou e decifrou.

Enquanto os meses passam, faze de conta que estás no teatro, entre um ato e outro, conversando. Lá dentro preparam a cena, e os artistas mudam de roupa. Não vás lá; deixa que a dama, no camarim, ria com os seus amigos o que chorou cá fora com os espectadores. Quanto ao jardim que se está fazendo, não te exponhas a vê-lo pelas costas; é pura lona velha sem pintura, porque só a parte do espectador é que tem verdes e flores. Deixa-te estar cá fora no camarote desta senhora. Examina-lhe os olhos; têm ainda as lágrimas que lhe arrancou a dama da peça. Fala-lhe da peça e dos artistas. Que é obscura. Que não sabem os papéis; ou então que é tudo sublime. Depois percorre os camarotes com o binóculo, distribui justiça, chama belas às belas e feias às feias, e não te esqueças de contar anedotas que desfeiem as belas, e virtudes que componham as feias. As virtudes devem ser grandes e as anedotas engraçadas. Também as há banais, mas a mesma banalidade na boca de um bom narrador faz-se rara e preciosa. E verás como as lágrimas secam inteiramente, e a realidade substitui a ficção. Falo por imagem; sabes que tudo aqui é verdade pura e sem choro.

47
S. Mateus, IV, 1 – 10

Se há muito riso quando um partido sobe, também há muita lágrima do outro que desce, e do riso e da lágrima se faz o primeiro dia da situação, como no Gênesis. Venhamos ao evangelista que serve de título ao capítulo. Os liberais foram chamados ao poder, que os conservadores tiveram de deixar. Não é mister dizer que o abatimento de Batista foi enorme.

— Justamente agora que eu tinha esperanças, disse ele à mulher.

— De quê?

— Ora de quê! de uma presidência. Não disse nada, porque podiam falhar, mas é quase certo que não. Tive duas conferências, não com ministros, mas com pessoa influente que sabia, e era negócio de esperar um mês ou dois...

— Presidência boa?

— Boa.

— Se você tivesse trabalhado bem...

— Se tivesse trabalhado bem, podia estar já de posse, mas vínhamos agora a toque de caixa.

— Isso é verdade, concordou D. Cláudia olhando para o futuro.

Batista passeava, as mãos nas costas, os olhos no chão, suspirando, sem prever o tempo em que os conservadores tornariam ao poder. Os liberais estavam fortes e resolutos. As mesmas idéias pairavam na cabeça de D. Cláudia. Este casal só não era igual na vontade; as idéias eram muitas vezes tais que, se aparecessem cá fora, ninguém diria quais eram as dele, nem quais as dela, pareciam vir de um cérebro único. Naquele momento nenhum achava esperança imediata ou remota. Uma só idéia vaga... E foi aqui que a vontade de D. Cláudia fincou os pés no chão e cresceu. Não falo só por imagem; D. Cláudia levantou-se da cadeira, rápida, e disparou esta pergunta ao marido:

— Mas, Batista, você o que é que espera mais dos conservadores?

Batista parou com um ar digno e respondeu com simplicidade:

— Espero que subam.

— Que subam? Espera oito ou dez anos, o fim do século, não é? E nessa ocasião você sabe se será aproveitado? Quem se lembrará de você?

— Posso fundar um jornal.

— Deixe-se de jornais. E se morrer?

— Morro no meu posto de honra.

D. Cláudia olhou fixa para ele. Os seus olhos miúdos enterravam-se pelos dele abaixo, como duas verrumas pacientes. Súbito, levantando as mãos abertas:

— Batista, você nunca foi conservador!

O marido empalideceu e recuou, como se ouvira a própria ingratidão de um partido. Nunca fora conservador? Mas que era ele então, que podia ser neste mundo? Que é que lhe dava a estima dos seus chefes? Não lhe faltava mais nada... D. Cláudia não atendeu a explicações; repetiu-lhe as palavras, e acrescentou:

— Você estava com eles, como a gente está num baile, onde não é preciso ter as mesmas idéias para dançar a mesma quadrilha.

Batista sorriu leve e rápido; amava as imagens graciosas e aquela pareceu-lhe graciosíssima, tanto que concordou logo; mas a sua estrela inspirou-lhe uma refutação pronta.

— Sim, mas a gente não dança com idéias, dança com as pernas.

— Dance com que for, a verdade é que todas as suas idéias iam para os liberais; e lembre-se que os dissidentes na província acusavam a você de apoiar os liberais...

— Era falso; o governo é que me recomendava moderação. Posso mostrar cartas.

— Qual moderação! Você é liberal.

— Eu liberal?

— Um liberalão, nunca foi outra coisa.

— Pense no que diz, Cláudia. Se alguém a ouvir é capaz de crer, e daí a espalhar...

— Que tem que espalhe? Espalha a verdade, espalha a justiça, porque os seus verdadeiros amigos não o hão de deixar na rua, agora que tudo se organiza. Você tem amigos pessoais no ministério; por que é que os não procura?

Batista recuou com horror. Isto de subir as escadas do poder e dizer-lhe que estava às ordens não era concebível sequer. D. Cláudia admitiu que não, mas um amigo faria tudo, um amigo íntimo do governo que dissesse ao Ouro Preto: "Visconde, você por que é que não convida o Batista? Foi sempre liberal nas idéias. Dê-lhe uma presidência, pequena que seja, e...".

Batista fez um gesto de ombros, outro de mão que se calasse. A mulher não se calou; foi dizendo as mesmas coisas, agora mais graves pela insistência e pelo tom. Na alma do marido a catástrofe era já tremenda. Pensando bem, não recusaria passar o Rubicão; só lhe faltava a força necessária. Quisera querer. Quisera não ver nada, nem passado, nem presente, nem futuro, não saber de homens nem de coisas, e obedecer aos dados da sorte, mas não podia.

E façamos justiça ao homem. Quando ele pensava só na fidelidade aos amigos sentia-se melhor; a mesma fé existia, o mesmo costume, a mesma esperança. O mal vinha de olhar para o lado de lá; e era D. Cláudia que lhe mostrava com o dedo a carreira, a alegria, a vida, a marcha certa e longa, a presidência, o ministério... Ele torcia os olhos e ficava.

A sós consigo, Batista pensou muita vez na situação pessoal e política. Apalpava-se moralmente. Cláudia podia ter razão. Que é que havia nele propriamente conservador, a não ser esse instinto de toda a criatura, que a ajuda a levar este mundo? Viu-se conservador em política, porque o pai o era, o tio, os amigos da casa, o vigário da paróquia, e ele começou na escola a execrar os liberais. E depois não era propriamente conservador, mas *saquarema*, como os liberais eram *luzias*. Batista agarrava-se agora a estas designações obsoletas e deprimentes que mudavam o estilo aos partidos; donde vinha que hoje não havia entre eles o grande abismo de 1842 e 1848. E lembrava-se do visconde de Albuquerque ou de outro senador que dizia em discurso não haver nada mais parecido com um conservador que um liberal, e vice-versa. E evocava exemplos, o partido progressista, Olinda, Nabuco, Zacarias. Que foram eles senão conservadores que compreenderam os tempos novos e tiraram às idéias liberais aquele sangue das revoluções, para lhes pôr uma cor viva, sim, mas serena? Nem o mundo era dos emperrados... Neste ponto passou-lhe um frio pela espinha. Justamente nessa ocasião apareceu Flora. O pai abraçou-a com amor, e perguntou-lhe se queria ir para alguma província, sendo ele presidente.

— Mas os conservadores não caíram?
— Caíram, sim, mas supõe que...
— Ah! não, papai!
— Não, por quê?
— Não desejo sair do Rio de Janeiro.

Talvez o Rio de Janeiro para ela fosse Botafogo, e propriamente a casa de Natividade. O pai não apurou as causas da recusa; supô-las políticas, e achou novas forças para resistir às tentações de D. Cláudia: "Vai-te, Satanás; porque escrito está: Ao Senhor teu Deus adorarás, e a ele servirás". E seguiu-se como na Escritura: "Então o deixou o Diabo; e eis que chegaram os anjos e o serviram". Os anjos foram só um, que valia por muitos; e o pai lhe disse beijando-a carinhosamente:

— Muito bem, muito bem, minha filha.

— Não é, papai?

Não, não foi a filha que tolheu a deserção do pai. Ao contrário. Batista, se tivesse de ceder, cederia à mulher ou ao Diabo, sinônimos neste capítulo. Não cedeu de fraqueza. Não tinha a força precisa de trair os amigos, por mais que estes parecessem havê-lo abandonado. Há dessas virtudes feitas de acanho e timidez, e nem por isso menos lucrativas, moralmente falando. Não valem só estóicos e mártires. Virtudes meninas também são virtudes. É certo, porém, que a linguagem dele, em relação aos liberais, não era já de ódio ou impaciência; chegava à tolerância, roçava pela justiça. Concordava que a alteração dos partidos era um princípio de necessidade pública. O que fazia era animar os amigos. Tornariam cedo ao poder. Mas D. Cláudia opinava o contrário; para ela, os liberais iriam ao fim do século. Quando muito, admitiu que na primeira entrada não dessem lugar a um converso da última hora; era preciso esperar um ano ou dois, uma vaga na câmara, uma comissão, a vice-presidência do Rio.

48

Terpsícore

Nenhuma dessas coisas preocupava Natividade. Mais depressa cuidaria do baile da ilha Fiscal, que se realizou em novembro para honrar os oficiais chilenos. Não é que ainda dançasse, mas sabia-lhe bem ver dançar os outros, e tinha agora a opinião de que a dança é um prazer dos olhos. Esta opinião é um dos efeitos daquele mau costume de envelhecer. Não pegues tal costume, leitora. Há outros, também ruins, nenhum pior, este é o péssimo. Deixa lá dizerem filósofos que a velhice é um estado útil pela experiência e outras vantagens. Não envelheças, amiga minha, por mais que os anos te convidem a deixar a primavera; quando muito, aceita o estio. O estio é bom, cálido, as noites são breves, é certo, mas as madrugadas não trazem neblina, e o céu aparece logo azul. Assim dançarás sempre.

Bem sei que há gente para quem a dança é antes um prazer dos olhos. Nem as bailadeiras são outra coisa mais que mulheres de ofício. Também eu, se é lícito citar alguém a si mesmo, também eu acho que a dança é antes prazer dos olhos que dos pés, e a razão não é só dos anos longos e grisalhos, mas também outra que não digo, por não valer a pena. Ao cabo, não estou contando a minha vida, nem as minhas opiniões, nem nada que não seja das pessoas que entram no livro. Estas é que preciso pôr aqui integralmente com as suas virtudes e imperfeições, se as têm. Entende-se isto, sem ser preciso notá-lo, mas não se perde nada em repeti-lo.

Por exemplo, D. Cláudia. Também ela pensava no baile da ilha Fiscal, sem a menor idéia de dançar, nem a razão estética da outra. Para ela, o baile da ilha era um fato político, era o baile do ministério, uma festa liberal que podia abrir ao marido as portas de alguma presidência. Via-se já com a família imperial. Ouvia a princesa:

— Como vai, D. Cláudia?

— Perfeitamente bem, Sereníssima senhora.

E Batista conversaria com o imperador, a um canto, diante dos olhos invejosos que tentariam ouvir o diálogo, à força de os fitarem de longe. O marido é que... Não sei que diga do marido relativamente ao baile da ilha. Contava lá ir, mas não se acharia a gosto; pode ser que traduzissem esse ato por meia conversão. Não é que só fossem liberais ao baile, também iriam conservadores, e aqui cabia bem o aforismo de D. Cláudia que não é preciso ter as mesmas idéias para dançar a mesma quadrilha.

Santos é que não precisava de idéias para dançar. Não dançaria sequer. Em moço dançou muito, quadrilhas, polcas, valsas, a valsa arrastada e a valsa pulada, como diziam então, sem que eu possa definir melhor a diferença; presumo que na primeira os pés não saíam do chão, e na segunda não caíam do ar. Tudo isso até os vinte e cinco anos. Então os negócios pegaram dele e o meteram naquela outra contradança, em que nem sempre se volta ao mesmo lugar ou nunca se sai dele. Santos saiu e já sabemos onde está. Ultimamente teve a fantasia de ser deputado. Natividade abanou a cabeça, por mais que ele explicasse que não queria ser orador nem ministro, mas tão-somente fazer da câmara um degrau para o senado, onde possuía amigos, pessoas de merecimento, e que era eterno.

— Eterno? interrompeu ela com um sorriso fino e descorado.

– Vitalício, quero dizer.
Natividade teimou que não, que a posição dele era comercial e bancária. Acrescentou que política era uma coisa e indústria outra. Santos replicou, citando o barão de Mauá, que as fundiu ambas. Então a mulher declarou por um modo seco e duro que aos sessenta anos ninguém começa a ser deputado.
– Mas é de passagem; os senadores são idosos.
– Não, Agostinho, concluiu a baronesa com um gesto definitivo.

Não conto Aires, que provavelmente dançaria, a despeito dos anos; também não falo de D. Perpétua, que nem iria lá. Pedro iria, e é natural que dançasse, e muito, não obstante o afinco e paixão dos seus estudos. Vivia enfeitiçado pela medicina. No quarto de dormir, além do busto de Hipócrates, tinha os retratos de algumas sumidades médicas da Europa, muito esqueleto gravado, muita moléstia pintada, peito cortado verticalmente para se lhe verem os vasos, cérebros descobertos, um cancro de língua, alguns aleijões, coisas todas que a mãe, por seu gosto, mandaria deitar fora, mas era a ciência do filho, e bastava. Contentava-se de não olhar para os quadros.

Quanto a Flora, ainda verde para os meneios de Terpsícore, era acanhada ou arrepiada, como dizia a mãe. E isto era o menos; o mais era que com pouco se enfadaria, e, se não pudesse vir logo para casa, ficaria adoentada o resto do tempo. Note-se que, estando na ilha, teria o mar em volta, e o mar era um dos seus encantos; mas, se lhe lembrasse o mar, e se consolasse com a esperança de o mirar, advertiria também que a noite escura tolheria a consolação. Que multidão de dependências na vida, leitor! Umas coisas nascem de outras, enroscam-se, desatam-se, confundem-se, perdem-se, e o tempo vai andando sem se perder a si.

Mas donde viria o tédio a Flora, se viesse? Com Pedro no baile, não; este era, como sabes, um dos dois que lhe queriam bem. Salvo se ela queria principalmente ao que estava em

S. Paulo. Conclusão duvidosa, pois não é certo que preferisse um a outro. Se já a vimos falar a ambos com a mesma simpatia, o que fazia agora a Pedro na ausência de Paulo, e faria a Paulo na ausência de Pedro, não me faltará leitora que presuma um terceiro... Um terceiro explicaria tudo, um terceiro que não fosse ao baile, algum estudante pobre, sem outro amigo nem mais casaca que o coração verde e quente. Pois nem esse, leitora curiosa, nem terceiro, nem quarto, nem quinto, ninguém mais. Uma esquisitona, como lhe chamava a mãe.

Não importa; a esquisitona foi ao baile da ilha Fiscal com a mãe e o pai. Assim também Natividade, o marido e Pedro, assim Aires, assim a demais gente convidada para a grande festa. Foi uma bela idéia do governo, leitor. Dentro e fora do mar e da terra, era como um sonho veneziano: toda aquela sociedade viveu algumas horas suntuosas, novas para uns, saudosas para outros, e de futuro para todos, – ou, quando menos, para a nossa amiga Natividade – e para o conservador Batista.

Aquela considerava o destino dos filhos, – coisas futuras! Pedro bem podia inaugurar, como ministro, o século XX e o terceiro reinado. Natividade imaginava outro e maior baile naquela mesma ilha. Compunha a ornamentação, via as pessoas e as danças, toda uma festa magna que entraria na história. Também ela ali estaria, sentada a um canto, sem se lhe dar do peso dos anos, uma vez que visse a grandeza e a prosperidade dos filhos. Era assim que enfiara os olhos pelo tempo adiante, descontando do presente a felicidade futura, caso viesse a morrer antes das profecias. Tinha a mesma sensação que ora lhe dava aquela cesta de luzes no meio da escuridão tranqüila do mar.

A imaginação de Batista era menos longa que a de Natividade. Quero dizer que ia antes do princípio do século, Deus sabe se antes do fim do ano. Ao som da música, à vista das galas, ouvia umas feiticeiras cariocas, que se pareciam com as escocesas; pelo menos, as palavras eram análogas às que saudaram Macbeth: – "Salve, Batista, ex-presidente de província!" –

"Salve, Batista, próximo presidente de província!" – "Salve, Batista, tu serás ministro um dia!". A linguagem dessas profecias era liberal, sem sombra de solecismo. Verdade é que ele se arrependia de as escutar, e forcejava por traduzi-las no velho idioma conservador, mas já lhe iam faltando dicionários. A primeira palavra ainda trazia o sotaque antigo: "Salve, Batista, expresidente de província!" mas a segunda e a última eram ambas daquela outra língua liberal, que sempre lhe pareceu língua de preto. Enfim, a mulher, como lady Macbeth, dizia nos olhos o que esta dizia pela boca, isto é, que já sentia em si aquelas futurações. O mesmo lhe repetiu na manhã seguinte, em casa. Batista, com um sorriso disfarçado, descria das feitiçarias, mas a memória guardava as palavras da ilha: "Salve, Batista, próximo presidente!". Ao que ele respondia com um suspiro: Não, não, filhas do Diabo...

Ao contrário do que ficou dito atrás, Flora não se aborreceu na ilha. Conjeturei mal, emendo-me a tempo. Podia aborrecer-se pelas razões que lá ficam, e ainda outras que poupei ao leitor apressado; mas, em verdade, passou bem a noite. A novidade da festa, a vizinhança do mar, os navios perdidos na sombra, a cidade defronte com os seus lampiões de gás, embaixo e em cima, na praia e nos outeiros, eis aí aspectos novos que a encantaram durante aquelas horas rápidas.

Não lhe faltavam pares, nem conversação, nem alegria alheia e própria. Toda ela compartia da felicidade dos outros. Via, ouvia, sorria, esquecia-se do resto para se meter consigo. Também invejava a princesa imperial, que viria a ser imperatriz um dia, com o absoluto poder de despedir ministros e damas, visitas e requerentes, e ficar só, no mais recôndito do paço, fartando-se de contemplação ou de música. Era assim que Flora definia o ofício de governar. Tais idéias passavam e tornavam. De uma vez alguém lhe disse, como para lhe dar força: "Toda alma livre é imperatriz!"

Não foi outra voz, semelhante à das feiticeiras do pai nem às que falavam interiormente a Natividade, acerca dos filhos.

Não; seria pôr aqui muitas vozes de mistério, coisa que, além do fastio da repetição, mentiria à realidade dos fatos. A voz que falou a Flora saiu da boca do velho Aires, que se fora sentar ao pé dela e lhe perguntara:

— Em que é que está pensando?
— Em nada, respondeu Flora.

Ora, o conselheiro tinha visto no rosto da moça a expressão de alguma coisa e insistia por ela. Flora disse como pôde a inveja que lhe metia a vista da princesa, não para brilhar um dia, mas para fugir ao brilho e ao mando, sempre que quisesse ficar súdita de si mesma. Foi então que ele lhe murmurou, como acima:

— Toda alma livre é imperatriz.

A frase era boa, sonora, parecia conter a maior soma de verdade que há na terra e nos planetas. Valia por uma página de Plutarco. Se algum político a ouvisse poderia guardá-la para os seus dias de oposição ao governo, quando viesse o terceiro reinado. Foi o que ele mesmo escreveu no *Memorial*. Com esta nota: "A meiga criatura agradeceu-me estas cinco palavras".

49

Tabuleta Velha

Toda a gente voltou da ilha com o baile na cabeça, muita sonhou com ele, alguma dormiu mal ou nada. Aires foi dos que acordaram tarde; eram onze horas. Ao meio-dia almoçou; depois escreveu no *Memorial* as impressões da véspera, notou várias espáduas, fez reparos políticos e acabou com as palavras que lá ficam no cabo do outro capítulo. Fumou, leu, até que resolveu ir à rua do Ouvidor. Como chegasse à vidraça de uma das janelas da frente, viu à porta da confeitaria uma figura inesperada, o velho Custódio, cheio de melancolia. Era tão novo o espetáculo que ali se deixou estar por alguns instantes; foi então que o confeiteiro, levantando os olhos, deu com ele entre as cortinas, e enquanto Aires voltava para dentro, Custódio atravessou a rua e entrou-lhe em casa.

— Que suba, disse o conselheiro ao criado.

Custódio foi recebido com a benevolência de outros dias e um pouco mais de interesse. Aires queria saber o que é que o entristecia.

— Vim para contá-lo a V. Ex.ª; é a tabuleta.

— Que tabuleta?

— Queira V. Ex.ª ver por seus olhos, disse o confeiteiro, pedindo-lhe o favor de ir à janela.

— Não vejo nada.

— Justamente, é isso mesmo. Tanto me aconselharam que fizesse reformar a tabuleta que afinal consenti, e fi-la tirar por dois empregados. A vizinhança veio para a rua assistir ao trabalho e parecia rir de mim. Já tinha falado a um pintor da rua da Assembléia; não ajustei o preço porque ele queria ver primeiro a obra. Ontem, à tarde, lá foi um caixeiro, e sabe V. Ex.ª o que me mandou dizer o pintor? Que a tábua está velha, e precisa outra; a madeira não agüenta tinta. Lá fui às carreiras. Não pude convencê-lo de pintar na mesma madeira; mostrou-me que estava rachada e comida de bichos. Pois cá de baixo não se via. Teimei que pintasse assim mesmo; respondeu-me que era artista e não faria obra que estragasse logo.

– Pois reforme tudo. Pintura nova em madeira velha não vale nada. Agora verá que dura pelo resto da nossa vida.

– A outra também durava; bastava só avivar as letras.

Era tarde, a ordem fora expedida, a madeira devia estar comprada, serrada e pregada, pintado o fundo, para então se desenhar e pintar o título. Custódio não disse que o artista lhe perguntara pela cor das letras, se vermelha, se amarela, se verde em cima de branco ou vice-versa, e que ele, cautelosamente, indagara do preço de cada cor para escolher as mais baratas. Não interessa saber quais foram.

Quaisquer que fossem as cores, eram tintas novas, tábuas novas, uma reforma que ele, mais por economia que por afeição, não quisera fazer; mas a afeição valia muito. Agora que ia trocar de tabuleta sentia perder algo do corpo, – coisa que outros do mesmo ou diverso ramo de negócio não compreenderiam, tal gosto acham em renovar as caras e fazer crescer com elas a nomeada. São naturezas. Aires ia pensando em escrever uma Filosofia das Tabuletas, na qual poria tais e outras observações, mas nunca deu começo à obra.

– Ex.ª há de me perdoar o incômodo que lhe trouxe, vindo contar-lhe isto, mas V. Ex.ª é sempre tão bom comigo, fala-me com tanta amizade, que eu me atrevi... Perdoe-me, sim?

– Sim, homem de Deus.

— Conquanto V. Ex.ª aprove a reforma da tabuleta, sentirá comigo a separação da outra, a minha amiga velha, que nunca me deixou, que eu, nas noites de luminárias, por S. Sebastião e outras, fazia aparecer aos olhos da gente. V. Ex.ª, quando se aposentou, veio achá-la no mesmo lugar em que a deixou por ocasião de ser nomeado. E tive alma para me separar dela!

— Está bom, lá vai; agora é receber a nova, e verá como daqui a pouco são amigos.

Custódio saiu recuando, como era seu costume, e desceu trôpego as escadas. Diante da confeitaria deteve-se um instante, para ver o lugar onde estivera a tabuleta velha. Deveras, tinha saudades.

50
O Tinteiro de Evaristo

— ... Este caso prova que tudo se pode amar muito bem, ainda pedaço de madeira velha. Creiam que não era só a despesa que ele naturalmente sentia, eram também saudades. Ninguém se despega assim de um objeto tão íntimo, que faz parte integral da casa e da pele, porque a tabuleta não foi sequer arriada um dia. Custódio não teve ocasião de ver se estava estragada. Vivia ali como as portadas e a parede.

Era ao jantar, em Botafogo. Só quatro pessoas, as duas irmãs, Santos e Aires. Pedro fora jantar a S. Clemente, com a família Batista.

D. Perpétua aprovou os sentimentos do confeiteiro. Citou, a propósito, o tinteiro de Evaristo. A irmã sorriu para o marido, e este para a mulher, como se dissessem: "lá vem ele!". Era um tinteiro que servira ao famoso jornalista do primeiro reinado e da Regência, obra simples, feita de barro, igual aos tinteiros que a gente chã comprava nas lojas de papel daquele e deste tempo. O sogro de D. Perpétua, que lho dera em lembrança, tivera um da mesma idade, massa e feição.

— Veio assim de mão em mão parar às minhas. Não chega aos tinteiros do mano Agostinho nem de Natividade, que são luxuosos, mas tem grande valor para mim.

— Sem dúvida, concordou Aires, valor histórico e político.

— Meu sogro dizia que dele saíram os grandes artigos da *Aurora*. A falar verdade, eu nunca li tais artigos, mas meu sogro era homem de verdade. Conhecia a vida de Evaristo, por ouvi-la a outros, e fazia-lhe louvores que não acabavam mais...

Natividade buscou desviar a conversação para o baile da véspera. Tinham já falado dele, mas não achou outro derivativo. Entretanto, o tinteiro ainda ficou algum tempo. Não era só uma das lembranças de D. Perpétua, relíquia de família, era também uma de suas idéias. Prometeu mostrá-lo ao conselheiro. Ele prometeu vê-lo com muito gosto. Confessou que tinha veneração aos objetos de uso dos grandes homens. Enfim, o jantar acabou, e eles passaram ao salão. Aires, falando da enseada:

— Aqui está uma obra, que é mais velha que o tinteiro do Evaristo e a tabuleta do Custódio, e, não obstante, parece mais moça, não é verdade, D. Perpétua? A noite é clara e quente; podia ser escura e fria, e o efeito seria o mesmo. A enseada não difere de si. Talvez os homens venham algum dia a atulhá-la de terra e pedras para levantar casas em cima, um bairro novo, com um grande circo destinado a corridas de cavalos. Tudo é possível debaixo do sol e da lua. A nossa felicidade, barão, é que morreremos antes.

— Não fale em morte, conselheiro.

— A morte é uma hipótese, redargüiu Aires, talvez uma lenda. Ninguém morre de uma boa digestão, e os seus charutos são deliciosos.

— Estes são novos. Parecem-lhe bons?

— Deliciosos.

Santos estimou ouvir este louvor; achava-lhe uma intenção direta à sua pessoa, aos seus méritos, ao seu nome, à posição que tinha na sociedade, à casa, à chácara, ao Banco, aos coletes. É talvez muito; seria um modo enfático de explicar a força da ligação dele aos charutos. Valiam pela tabuleta e pelo tinteiro, com a diferença que estes significavam só afeição e veneração e aqueles, valendo pelo sabor e pelo preço, tinham a superioridade do milagre, pela reprodução de todos os dias.

Tais eram as suspeitas que vagavam no cérebro de Aires, enquanto ele olhava mansamente para o anfitrião. Aires não podia negar a si mesmo a aversão que este lhe inspirava. Não lhe queria mal, decerto; podia até querer-lhe bem, se houvesse um muro entre ambos. Era a pessoa, eram as sensações, os dizeres, os gestos, o riso, a alma toda que lhe fazia mal.

51
Aqui Presente

Perto das nove horas ou logo depois, chegou Pedro com o casal Batista e Flora.
— Vimos trazer o seu menino, disse Batista a Natividade.
— Obrigado, doutor, acudiu Santos, mas ele já não está em idade de se perder por essas ruas e, se se perder, acha-se logo, acrescentou sorrindo.

Natividade não gostou da graça, tratando-se do filho e ao pé dela. Era talvez excesso de pudor. Há muito excesso nesse sentido, e o acertado é perdoá-lo. Há também excessos contrários, condescendências fáceis, pessoas que entram com prazer na troca de alusões picantes. Também se devem perdoar. Em suma, o perdão chega ao céu. Perdoai-vos uns aos outros é a lei do Evangelho.

Ele, o rapaz, é que não ouviu nada; interrompera a conversa que trazia com Flora, e trocadas algumas palavras, os dois foram reatar o fio a um canto. Aires reparou na atitude de ambos; ninguém mais lhes prestava atenção. Ao cabo, a conversa era em voz surda; não os poderiam ouvir. Ela escutava, ele falava; depois era o contrário, ela é que falava, ele é que ouvia, tão absortos que pareciam não atender a ninguém, mas atendiam. Possuíam o sexto sentido dos conspiradores e dos namorados. Que conversassem de amores, é possível; mas que conspiravam, é certo. Quanto à matéria da conspiração, podereis sabê-la depois, brevemente, daqui a um capítulo. O próprio Aires não descobriu nada, por mais que quisesse fartar os olhos naquele diálogo de mistérios. Persuadiu-se que não era grave, porque eles sorriam com freqüência; mas podia ser íntimo, escondido, pessoal, e acaso estranho. Supõe um fio de anedotas ou uma história comprida, coisa alheia; ainda assim podia ser deles somente, porque há estados da alma em que a matéria da narração é nada, o gosto de a fazer e de a ouvir é que é tudo. Também podia ser isto.

Vede, porém, como a natureza encaminha as coisas mínimas ou máximas, mormente se a fortuna a ajuda. A conversação tão doce, ao que parecia, começou por um enfado. A causa foi uma carta de Paulo, escrita ao irmão, e que este se lembrou de mostrar a Flora, dizendo-lhe que também a mostrara à mãe, e a mãe se zangara muito.

– Com o senhor?

– Com Paulo.

– Mas que dizia a carta?

Pedro leu-lhe o ponto principal, que era quase toda a carta; falava da questão militar. Já havia a "questão militar", um conflito de generais e ministros e a linguagem de Paulo era contra os ministros.

– Mas por que é que o senhor foi mostrar essa carta a sua mãe?

– Mamãe quis saber o que é que ele me dizia.

– E sua mãe zangou-se, aí está; vai talvez repreendê-lo.

– Tanto melhor; Paulo precisa ser emendado; mas, diga-me, por que é que a senhora defende sempre a meu irmão?

– Para ter o direito de defender também ao senhor.

– Então ele já lhe tem falado mal de mim?

Flora quis dizer que sim, depois que não, afinal calou. Desconversou, perguntando por que eles se davam mal. Pedro negou que se dessem mal. Ao contrário, viviam bem. Não teriam as mesmas opiniões, e também podia ser que tivessem o mesmo gosto... Daqui a dizer que ambos a amavam era uma vírgula; Pedro pingou o ponto final. Esse astuto era também tímido. Mais tarde, compreendeu que, calando, andou melhor, e deu a si mesmo o aplauso da escolha; mas era falso, não escolhera nada. Não digo isto para fazê-lo desmerecer; sim, porque o medo acerta muitas vezes, e é mister deixar aqui esta reflexão.

Veio a zanga. Flora não replicou mais nada e por seu gosto, não teria jantado, a tal ponto sentia piedade do outro. Felizmente, o outro era este mesmo, aqui presente, com os olhos presentes, as mãos presentes, as palavras presentes. Não tardou que a zanga fugisse diante da graça, da brandura e da adoração. Bem-aventurados os que ficam, porque eles serão compensados.

52
Um Segredo

Eis agora a matéria da conspiração. Na rua, ao virem de S. Clemente, foi que Pedro, gastado o melhor do tempo com a carta e o jantar, pôde revelar à moça um segredo:

— Titia disse lá em casa que D. Cláudia lhe contara em segredo (não diga nada) que seu pai vai ser nomeado presidente de província.

— Não sei nada disso, mas não creio, porque papai é conservador.

— D. Cláudia disse a titia que ele é liberal, quase radical. Parece que a presidência é certa; ela pediu segredo, e titia, quando nos contou, também pediu segredo. Eu também lhe peço que não diga nada, mas é verdade.

— Verdade como? Papai não vai com liberais; o senhor não sabe como papai é conservador. Se ele defende os liberais é porque é tolerante.

— Se a província fosse a do Rio de Janeiro, eu gostaria, porque não era preciso ir morar na Praia Grande, e se ele fosse, a viagem é só de meia hora, eu podia ir lá todos os dias.

— Era capaz?
— Apostemos.

Flora, depois de um instante:

— Para que, se não há presidência?
— Suponha que há.

— É preciso supor muito, — que há presidência e que a província é a do Rio. Não, não há nada.

— Então suponha só metade, — que há presidência e que é Mato-Grosso.

Flora teve um calafrio. Sem admitir a nomeação, tremeu ao nome da província. Pedro lembrou ainda o Amazonas, Pará, Piauí... Era o infinito, mormente se o pai fizesse boa administração, porque não voltaria tão cedo. Já agora a moça resistia menos, achava possível e abominável, mas dizia isto para si, dentro do coração. De repente, Pedro, quase estacando o passo:

— Se ele for, eu peço ao governo o lugar de secretário e vou também.

A luz intermitente das lojas, refletindo no rosto da moça, à medida que eles iam passando por elas, ajudava a dos lampiões da rua, e mostrava a emoção daquela promessa. Sentia-se que o coração de Flora devia estar batendo muito. Em breve, porém, começou ela a pensar em outra coisa. Natividade não consentiria nunca; depois um estudante... Não podia ser. Pensou em algum escândalo. Que ele fugisse, embarcasse, fosse atrás dela...

Tudo isto era visto ou pensado em silêncio. Flora não se admirava de pensar tanto e tão atrevidamente; era como o peso do corpo, que não sentia: andava, pensava, como transpirava. Não calculou sequer o tempo que ia gastando em imaginar e desfazer idéias. Que isto lhe desse mais prazer que desprazer, é certo. Ao pé dela, Pedro ia naturalmente cuidando, com os olhos nos pés, e os pés nas nuvens. Não sabia que dissesse no meio de tão longo silêncio. Entretanto, a solução parecia-lhe única. Já não pensava na presidência do Rio. Queria-se com ela, no ponto mais remoto do império, sem o irmão. A esperança de se desterrarem assim de Paulo verdejou na alma de Pedro. Sim, Paulo não iria também; a mãe não se deixaria ficar desamparada. Que perdesse um filho, vá; mas ambos...

A quem quer que este final de monólogo pareça egoísta, peço-lhe pelas almas dos seus parentes e amigos, que estão no céu, peço-lhe que considere bem as causas. Considere o estado da alma do rapaz, a contiguidade da moça, as raízes e as flores da paixão, a própria idade de Pedro, o mal da terra, o bem da mesma terra. Considere mais a vontade do céu, que vela por todas as criaturas que se querem, salvo se uma só é que quer a outra, porque então o céu é um abismo de iniqüidade, e não lhe importe esta imagem. Considere tudo, amigo; deixe-me ir contando só e contando mal o que se passou naquele curto trânsito entre as duas casas. Quando lá chegaram, falavam de boca.

Em cima, como viste, continuaram a falar, até que o assunto da presidência voltou. Flora notou então a cautelosa insistência com que Aires olhava para eles, como se buscasse adivinhar a matéria da conversação. Sentia que não estivesse ali também ouvindo e falando, finalmente prometendo fazer alguma coisa por ela. Aires podia, sim, – era seu amigo e todos o tinham em grande conta, – podia intervir e destruir o projeto da presidência.

Sem querer nem saber, diria isto mesmo com os olhos ao velho diplomata. Retirava-os, mas eles iam de si mesmos repetir o monólogo, e acaso perguntar alguma coisa que Aires não percebia e devia ser interessante. Pode ser que refletissem a angústia ou o que quer que era que lhe doía dentro. Pode ser; a verdade é que Aires começou a ficar curioso, e tão depressa Pedro deixou o lugar, para acudir ao chamado da mãe, deixou ele Natividade para ir falar à moça.

Flora, já de pé, mal teve tempo de trocar duas palavras, dessas que se não podem interromper sem dor ou prurido, ao menos. Aires perguntava-lhe se nunca lhe dissera que sabia adivinhar.

– Não senhor.

– Pois sei; adivinhei agora mesmo que me quer dizer um segredo.

Flora ficou espantada. Não querendo negar nem confessar, respondeu-lhe que só adivinhara metade.

— A outra é?...
— A outra é pedir-lhe um obséquio de amizade.
— Peça.
— Não, agora não, já nos vamos embora; mamãe e papai estão fazendo as despedidas. Só se for na rua. Quer vir conosco a S. Clemente?
— Com o maior prazer.

53

De Confidências

Entenda-se que não. Não era com prazer maior nem menor. Era imposição de sociedade, desde que Flora o pedira, não sei se discretamente. Que a isto ligasse tal ou qual desejo de saber algum segredo, não serei eu que o negue, nem tu, nem ele mesmo. Ao cabo de alguns instantes, Aires ia sentindo como esta pequena lhe acordava umas vozes mortas, falhadas ou não nascidas, vozes de pai. Os gêmeos não lhe deram um dia a mesma sensação, senão porque eram filhos de Natividade. Aqui não era a mãe, era a mesma Flora, o seu gesto, a sua fala, e porventura a sua fatalidade.

— Mas quer-me parecer que, desta vez, ela está presa; escolheu enfim, pensou Aires.

Flora falou-lhe da presidência, mas não lhe pediu segredo, como as outras pessoas; confessou-lhe que não queria ir daqui, fosse para onde fosse, e acabou dizendo que tudo estava nas mãos dele. Só ele podia despersuadir o pai de aceitar a presidência. Aires achou tão absurdo este pedido que esteve quase a rir, mas susteve-se bem. A palavra de Flora era grave e triste. Aires respondeu, com brandura, que não podia nada.

— Pode muito, todos atendem aos seus conselhos.

— Mas eu não dou conselhos a ninguém, acudiu Aires. Conselheiro é um título que o imperador me conferiu, por achar que o merecia, mas não obriga a dar conselhos; a ele mesmo só lhos darei se mos pedir. Imagine agora se eu vou à casa de um homem ou mando chamá-lo à minha para lhe dizer que não seja presidente de província. Que razão lhe daria?

Não tinha razões a moça; tinha necessidade. Apelou para os talentos do ex-ministro, que acharia uma razão boa. Nem se precisavam razões, bastava o falar dele, a arte que Deus lhe dera de agradar a toda a gente, de a arrastar, de influir, de obter o que quisesse. Aires viu que ela exagerava para o atrair, e não lhe pareceu mal. Não obstante, contestou tais méritos e virtudes. Deus não lhe dera arte nenhuma, disse ele, mas a moça ia sempre afirmando, em tal maneira que Aires suspendeu a contestação, e fez uma promessa.

— Vou pensar; amanhã ou depois, se achar algum recurso, tentarei o negócio.

Era um paliativo. Era também um modo de fazer cessar a conversação, estando a casa próxima. Não contava com o pai de Flora, que à fina força lhe quis mostrar, àquela hora, uma novidade, aliás uma velharia, um documento de valor diplomático. "Venha, suba, cinco minutos apenas, conselheiro."

Aires suspirou em segredo, e curvou a cabeça ao Destino. Não se luta contra ele, dirás tu; o melhor é deixar que pegue pelos cabelos e nos arraste até onde queira alçar-nos ou despenhar-nos. Batista nem lhe deu tempo de refletir; era todo desculpas.

— Cinco minutos e está livre de mim, mas verá que lhe pago o sacrifício.

O gabinete era pequeno; poucos livros e bons, os móveis graves, um retrato de Batista com a farda de presidente, um almanaque sobre a mesa, um mapa na parede, algumas lembranças do governo da província. Enquanto Aires circulava os olhos, Batista foi buscar o documento. Abriu uma gaveta, tirou uma pasta, abriu a pasta, tirou o documento, que não estava só, mas com outros. Conhecia-se logo, por ser um papel velho, amarelo, em partes roído. Era uma carta do conde de Oeiras, escrita ao ministro de Portugal na Holanda.

— É o dia das antigüidades, pensou Aires; a tabuleta, o tinteiro, este autógrafo...

— A carta é importante, mas longa, disse Batista, não podemos lê-la agora. Quer levá-la?

Não lhe deu tempo de responder; pegou de uma sobrecarta grande e meteu dentro o manuscrito, com esta nota por fora: "Ao meu excelentíssimo amigo conselheiro Aires". Enquanto ele fazia isto, Aires passava os olhos pela lombada de alguns livros. Entre eles havia dois *Relatórios* da presidência de Batista, ricamente encadernados.

— Não me atribua esse luxo, acudiu o ex-presidente; foi um mimo da secretaria do governo que nunca fez isto a ninguém. Era um pessoal muito distinto.

E foi à estante e tirou um dos relatórios para ser melhor visto. Aberto, mostrou a impressão e as vinhetas; lido podia mostrar o estilo por um lado, e por outro, a prosperidade das finanças. Batista limitou-se aos algarismos totais: despesa, mil duzentos e noventa e quatro contos, setecentos e noventa mil-réis; receita, mil quinhentos quarenta e quatro contos, duzentos e nove mil-réis; saldo, duzentos e quarenta e nove contos, quatrocentos e dezenove mil-réis. Verbalmente, explicou o saldo, que alcançou pela modificação de alguns serviços, e por um pequeno aumento de impostos. Reduziu a dívida provincial, que achou em trezentos e oitenta e quatro contos, e deixou em trezentos e cinqüenta contos. Fez obras novas e consertos importantes; iniciou uma ponte...

— A encadernação corresponde à matéria, disse Aires para concluir a visita.

Batista fechou o livro, e redargüiu que já agora não iria sem lhe resolver uma consulta.

— Tudo às avessas, concluiu; eu de manhã resolvo consultas, agora à noite sou eu que as faço.

Tal foi o intróito, mas do intróito ao *Credo* há sempre um passo estirado, e o principal da missa para ele estava no *Credo*.

Não achando o texto do missal, explicou-lhe um sinete, uma pena de ouro, um exemplar do Código Criminal. O código, posto que velho, valia por trinta novos, não que tivesse melhor rosto, senão que trazia anotações manuscritas de um grande jurista, Fulano. Tendo passado longa parte da vida no exterior, o conselheiro mal conhecera o autor das notas, mas desde que ouviu chamar-lhe grande, assumiu a expressão adequada. Pegou do código com cuidado, leu algumas notas com veneração.

Durante esse tempo, Batista ia criando fôlego. Compôs uma frase para iniciar a consulta, e só esperava que Aires fechasse o livro para soltá-la; mas o outro ia demorando o exame do código. Podia ser uma pontinha de malignidade, mas não era. Os olhos de Aires tinham uma faculdade particular, menos particular do que parece, porque outros a possuirão calados. Vinha a ser que eles não saíam da página, mas em verdade já lhe prestava menos atenção; o tempo, a gente, a vida, coisas passadas, surdiam a espiá-lo por detrás do livro com que tinham vivido, e Aires ia tornando a ver um Rio de Janeiro que não era este, ou apenas o fazia lembrado. Nem cuides que eram só réus e juízes, era o passeio da rua, a festa, velhos patuscos e mortos, rapazes frescos e agora enferrujados como ele. Batista tossiu. Aires voltou a si e leu alguma das notas que o outro devia trazer de cor, mas eram tão profundas! Enfim, mirou a encadernação, achou o livro bem conservado, fechou-o, restituiu-o à biblioteca.

Batista não perdeu um instante, correu imediato ao assunto, com medo de o ver pegar em outro livro.

— Confesso-lhe que tenho o temperamento conservador. Também eu guardo presentes antigos.

— Não é isto: refiro-me ao temperamento político. Verdadeiramente há opiniões e temperamentos. Um homem pode muito bem ter o temperamento oposto às suas idéias. As minhas idéias, se as cotejarmos com os programas políticos do mundo, são antes liberais e algumas libérrimas. O sufrágio universal, por exemplo, é para mim a pedra angular de um bom regímen representativo. Ao contrário, os liberais pediram e fizeram o voto censitário. Hoje estou mais adiantado que eles; aceito o que está, por ora, mas antes do fim do século é preciso rever artigos da Constituição, dois ou três.

Aires escondia o espanto... Convidado assim àquela hora... Uma profissão de fé política... Batista insistia na distinção do temperamento e das idéias. Alguns amigos velhos, que conheciam esta dualidade moral e mental, é que teimavam em querer que ele aceitasse uma presidência; ele não queria. Francamente, que lhe parecia ao conselheiro?

— Francamente, acho que não tem razão.

— Que não tenho razão em quê?

— Em recusar.

— Propriamente, não recusei nada; há um grande trabalho neste sentido, e o meu desejo, — acrescentou com mais clareza, — é que os bons amigos sagazes me digam se tal coisa é acertada; não me parece que seja...

— Eu penso que é.

— De maneira que, se o caso fosse com o senhor.

— Comigo não podia ser. Sabe que eu já não sou deste mundo, e politicamente nunca figurei em nada. A diplomacia tem este efeito que separa o funcionário dos partidos e o deixa tão alheio a eles que fica impossível de opinar com verdade, ou, quando menos, com certeza.

— Mas não me disse que acha...

— Acho.

— ... Que posso aceitar uma presidência, se me oferecerem?

— Pode; uma presidência aceita-se.

— Pois então saiba tudo; é a única pessoa de sociedade com quem me abro assim francamente. A presidência foi-me oferecida.

— Aceite, aceite.

— Está aceita.

— Já?

— O decreto assina-se sábado.
— Então aceite também os meus parabéns.
— Propriamente, a lembrança não foi do ministério; ao contrário o ministério não se resolveu antes de saber se efetivamente fiz uma eleição contra os liberais, há anos; mas logo que soube que por não os perseguir é que fui demitido, aceitou a indicação de chefes políticos, e recebi pouco depois este bilhete.

O bilhete estava no bolso, dentro da carteira. Qualquer outro, alvoroçado com a nomeação próxima, levaria tempo a achar o bilhete no meio dos papéis; mas Batista possuía o tato dos textos. Tirou a carteira, abriu-a descansado e com os dedos sacou o bilhete do ministro convidando-o a uma conversação. Na conversação ficou tudo assentado.

54

Enfim, Só!

Enfim, só! Quando Aires se achou na rua, só, livre, solto, entregue a si mesmo, sem grilhões nem considerações, respirou largo. Fez um monólogo, que daí a pouco interrompeu por se lembrar de Flora. Tudo o que ela não quisera ia acontecer; lá ia o pai a uma presidência, e ela com ele, e a recente inclinação ao jovem Pedro vinha parar a meio caminho. Entretanto, não se arrependia do que dissera e ainda menos do que não dissera. Os dados estavam lançados. Agora era cuidar de outra coisa.

55

"A Mulher é a Desolação do Homem"

Ao despedir-se, fez Aires uma reflexão, que ponho aqui, para o caso de que algum leitor a tenha feito também. A reflexão foi obra do espanto, e o espanto nasceu de ver como um homem tão difícil em ceder às instigações da esposa (Vai-te, Satanás, etc.; capítulo 57), deitou tão facilmente o hábito às urtigas. Não achou explicação, nem a acharia, se não soubesse o que lhe disseram mais tarde; que os primeiros passos da conversão do homem foram dados pela mulher. "A mulher é a desolação do homem", dizia não sei que filósofo socialista, creio que Proudhon. Foi ela, a viúva da presidência, que por meios vários e secretos, tramou passar a segundas núpcias. Quando ele soube do namoro, já os banhos estavam corridos; não havia mais que consentir e casar também.

Ainda assim, custou-lhe muito. O clamor dos seus aturdia-lhe de antemão os ouvidos, a alma ia cega, tonta, mas a esposa servia-lhe de guia e amparo, e, com poucas horas, Batista viu claro e ficou firme.

— Estamos à porta do terceiro reinado, ponderou D. Cláudia, e certamente o partido liberal não deixa tão cedo o poder. Os seus homens são válidos, a inclinação dos tempos é para o liberalismo, e você mesmo...

— Sim, eu... suspirou Batista.

D. Cláudia não suspirou, cantou vitória; a reticência do marido era a primeira figura de aquiescência. Não lhe disse isto assim, nu e cru; também não revelou alegria descomposta; falou sempre a linguagem da razão fria e da vontade certa. Batista, sentindo-se apoiado, caminhou para o abismo e deu o salto nas trevas. Não o fez sem graça, nem com ela. Posto que a vontade que trazia fosse de empréstimo, não lhe faltava desejo a que a vontade da esposa deu vida e alma. Daí a autoria de que se investiu e acabou confessando.

Tal foi a conclusão de Aires, segundo se lê no *Memorial*. Tal será a do leitor, se gosta de concluir. Note que lhe poupei o trabalho de Aires; não o obriguei a achar por si o que, de outras vezes, é obrigado a fazer. O leitor atento, verdadeiramente ruminante, tem quatro estômagos no cérebro, e por eles faz passar e repassar os atos e os fatos, até que deduz a verdade, que estava, ou parecia estar escondida.

56
O Golpe

O dia seguinte trouxe à menina Flora a grande novidade. Sábado seria assinado o decreto; a presidência era no Norte. D. Cláudia não lhe viu a palidez, nem sentiu as mãos frias, continuou a falar do caso e do futuro, até que Flora, querendo sentar-se, quase caiu. A mãe acudiu-lhe:

— Que é? Que tens?
— Nada mamãe, não é nada.

A mãe fê-la sentar-se.

— Foi uma tonteira, passou.

D. Cláudia deu-lhe a cheirar um pouco de vinagre, esfregou-lhe os pulsos; Flora sorriu.

— Este sábado? perguntou.
— O decreto? Sim, este sábado. Mas não digas por ora a ninguém; são segredos de gabinete. É coisa certa; enfim, alguém nos fez justiça; provavelmente o imperador. Amanhã irás comigo a algumas encomendas. Faze uma lista do que precisas.

Flora precisava não ir e só pensava nisso. Uma vez que o decreto estava prestes a ser assinado, não havia já desaconselhar a nomeação; restava-lhe a ela ficar. Mas como? Todos os sonhos são próprios ao sono de uma criança. Não era fácil, mas não seria impossível. Flora cria tudo; não tirava o pensamento em Aires, e já agora de Natividade também. Os dois podiam fazê-lo, ou antes os três, se contardes também o barão, e se vier a cunhada deste, quatro. Juntai aos quatro as cinco estrelas do Cruzeiro, as nove musas, anjos e arcanjos, virgens e mártires... Juntai-os todos, e todos poderiam fazer esta simples ação de impedir que Flora fosse para a província. Tais eram as esperanças vagas, rápidas, que corriam a substituir as tristezas do rosto da moça, enquanto a mãe, atribuindo o efeito ao vinagre, ajustava a rolha de vidro ao frasco, e restituía o frasco ao toucador.

— Faze uma lista do que precisas, repetiu à filha.
— Não, mamãe, eu não preciso nada.
— Precisas, sim, eu sei o que precisas.

57
Das Encomendas

Não escreveria este capítulo, se ele fosse propriamente das encomendas, mas não é. Tudo são instrumentos nas mãos da Vida. As duas saíram de casa, uma lépida, a outra melancólica, e lá foram a escolher uma quantidade de objetos de viagem e de uso pessoal. D. Cláudia pensava nos vestidos da primeira recepção e de visitas; também ideou o do desembarque. Tinha ordem do marido para comprar algumas gravatas. Os chapéus, entretanto, foram o principal artigo da lista. Ao parecer de D. Cláudia, o chapéu da mulher é que dava a nota verdadeira do gosto, das maneiras e da cultura de uma sociedade. Não valia a pena aceitar uma presidência para levar chapéu sem graça, dizia ela sem convicção, porque intimamente pensava que a presidência dá graça a tudo.

Estavam justamente na loja de chapéus, rua do Ouvidor, sentadas, os olhos fora e longe, quando a verdadeira matéria deste capítulo apareceu. Era o gêmeo Paulo, que chegara pelo trem noturno, e sabendo que elas andavam a compras, viera procurá-las.

– Cheguei esta manhã.

Flora tinha-se levantado, com o alvoroço que lhe deu a vista inesperada de Paulo. Ele correu a elas, apertou-lhes as mãos, indagou da saúde, e reconheceu que pareciam vender saúde e alegria. A impressão era exata; Flora tinha agora uma agitação, que contrastava com o abatimento daquela triste manhã, e um riso que a fazia alegre.

— Tive sempre notícias das senhoras, que mamãe me dava, e Pedro também, às vezes. Da senhora, continuou ele falando a D. Cláudia, recebi duas cartas. Como vai o doutor?

— Bem.

— Ora, enfim, cá estou!

E Paulo dividia os olhos com as duas, mas a melhor parte ia naturalmente para a filha. Pouco depois era todo e pouco para esta. D. Cláudia voltara à escolha dos chapéus, e Flora, que até então opinava de cabeça, perdeu este último gesto. Paulo sentou-se na cadeira que um empregado lhe trouxe, e ficou a olhar para a moça; falavam de coisas mínimas, alheias ou próprias, tudo o que bastasse para os reter disfarçadamente na contemplação um do outro. Paulo viera o mesmo que fora, o mesmo que Pedro, sempre com alguma nota particular, que ela não podia achar claramente, menos ainda definir. Era um mistério; Pedro teria o seu.

D. Cláudia interrompia-os, de vez em quando, a propósito da escolha; mas, tudo acaba, até a escolha de chapéus. Foram dali aos vestidos. Paulo, não sabendo da presidência, estimou esta casualidade para as acompanhar de loja em loja. Contava anedotas de S. Paulo, sem grande interesse para Flora; as notícias que ela lhe dava acerca das amigas eram mais ou menos dispensáveis. Tudo valia pelos dois interlocutores. A rua ajudava aquela absorção recíproca; as pessoas que iam ou vinham, damas ou cavalheiros, parassem ou não, serviam de ponto de partida a alguma digressão. As digressões entraram a dar as mãos ao silêncio, e os dois seguiam com os olhos espraiados e a cabeça alta, ele mais que ela, porque uma pontinha de melancolia começava a espancar do rosto da moça a alegria da hora recente.

Na rua Gonçalves Dias indo para o largo da Carioca, Paulo viu dois ou três políticos de S. Paulo, republicanos, parece que fazendeiros. Havendo-os deixado lá, admirou-se de os ver aqui, sem advertir que a última vez que os vira ia já a alguma distância.

— Conhecem? perguntou às duas.

Não, não os conheciam. Paulo disse-lhes os nomes. A mãe talvez fizesse alguma pergunta política, mas deu por falta de um objeto, advertiu que o não comprara, e propôs voltarem atrás. Tudo era aceito por ambos, com docilidade, apesar do véu de tristeza, que se ia cerrando mais no rosto da moça. Aquelas encomendas tinham já um ar de bilhetes de passagem, não tardava o paquete, iam correr às malas, aos arranjos, às despedidas, ao camarote de bordo, ao enjôo de mar, e àquele outro de mar e terra, que a mataria, com certeza, cuidava Flora. Daí o silêncio crescente, que Paulo mal podia vencer de quando em quando; e contudo ela estava bem com ele, gostava de lhe ouvir dizer coisas soltas, algumas novas, outras velhas, recordações anteriores à partida daqui para S. Paulo.

Assim se deixaram ir, guiados por D. Cláudia, quase esquecida deles. No meio daquela conversação truncada, mais entretida por ele que por ela, Paulo sentia ímpetos de lhe perguntar, ao ouvido, na rua, se pensara nele, ou, ao menos, sonhara com ele algumas noites. Ouvindo que não, daria expansão à cólera, dizendo-lhe os últimos impropérios; se ela corresse, correria também, até pegá-la pelas fitas do chapéu ou pela manga do vestido, e, em vez de a esganar, dançaria com ela uma valsa de Strauss ou uma polca de ***. Logo depois, ria destes delírios, porque, a despeito da melancolia da moça, os olhos que ela erguia para ele eram de quem sonhou e pensou muito na pessoa, e agora cuida de descobrir se é a mesma do sonho e do pensamento. Assim lhe parecia ao estudante de Direito; pelo que, quando ele desviava o rosto, era para repetir a experiência e tornar a ver-lhe os olhos aguçados do mesmo espírito crítico e de livre exame. Quanto ao tempo que os três gastaram nessa agitação de compras e escolhas, visões e comparações, não há memória dele, nem necessidade. Tempo é propriamente ofício de relógio, e nenhum deles consultou o relógio que trazia.

58

Matar Saudades

Ora bem, acabas de ver como Flora recebeu o irmão de Pedro; tal qual recebia o irmão de Paulo. Ambos eram apóstolos. Paulo achava-a agora mais bonita que alguns meses antes, e disse-lho nessa mesma tarde em S. Clemente, com esta palavra familiar e cordial:

– A senhora enfeitou muito.

Flora julgava a mesma coisa, relativamente ao estudante de Direito; calou a impressão. Ou a tristeza que trazia, ou qualquer outra sensação particular, fê-la acanhada, a princípio. Não tardou, porém, que achasse outra vez o gêmeo no gêmeo, e que ele e ela matassem saudades.

Como é que se matam saudades não é coisa que se explique de um modo claro. E não há ferro nem fogo, corda nem veneno, e todavia as saudades expiram, para a ressurreição, alguma vez antes do terceiro dia. Há quem creia que, ainda mortas, são doces, mais que doces. Esse ponto, no nosso caso, não pode ser ventilado, nem eu quero desenvolvê-lo, como aliás cumpria.

As saudades morreram, não todas, nem logo, mas em parte e tão vagarosamente que Paulo aceitou o convite de lá jantar. Era o dia da chegada; Natividade quisera tê-lo consigo à mesa, ao pé de Pedro, para cimentar a pacificação começada pela distância. Paulo nem se deu ao trabalho de lá mandar; deixou-se estar com a bela criatura, entre o pai e a mãe que pensavam em outra coisa, próxima no tempo e remota no espaço. Sabendo o que era, Flora passava do prazer ao tédio, e Paulo não entendia essa alteração de sentimentos. De quando em quando, vendo a mãe agitada e preocupada, mas com outra expressão, Paulo interrogava a filha. Em vez de dar uma explicação qualquer, Flora passou uma vez a mão pelos olhos e ficou alguns instantes sem os descobrir. A ação do estudante de Direito devia ser arredar-lhe a mão, encará-la de perto, mais perto, totalmente perto, e repetir a pergunta por um modo em que a eloqüência do gesto dispensasse a fala. Se tal idéia teve, não saiu cá fora. Nem ela lhe consentiu mais tempo que o da pergunta:

— Que é que tem?
— Nada, respondeu Flora.
— Tem alguma coisa, insistiu ele querendo pegar-lhe a mão.

Não acabou o gesto, não o começou sequer; abriu e fechou os dedos apenas, enquanto Flora sorria para sacudir tristezas, e deixou-se estar a matar saudades.

59
Noite de 14

Tudo se explicou à noite, em casa da família Santos. O ex-presidente de província confessou as esperanças de uma investidura nova; a esposa afirmou a iminência do ato. Daí a publicidade da notícia, que pouco antes D. Cláudia só dizia em segredo. Já não havia segredos que calar.

Paulo soube então tudo, e Pedro, que conhecia alguns preliminares, acabou sabendo o resto. Ambos naturalmente sentiram a separação próxima. A dor os fez amigos por instantes; é uma das vantagens dessa grande e nobre sensação. Já me não lembra quem afirmava, ao contrário, que um ódio comum é o que liga duas pessoas. Creio que sim, mas não descreio do meu postulado, por esta razão que uma coisa não tolhe a outra, e ambas podem ser verdadeiras.

Demais, a dor não era ainda o desespero. Havia até uma consolação para os dois gêmeos; é que a moça ficaria longe de ambos. Nenhum deles teria o gozo exclusivo ao pé da porta. Não há mal que não traga um pouco de bem, e por isso é que o mal é útil, muita vez indispensável, alguma vez delicioso. Os dois quiseram falar à amiguinha, em particular, para sondá-la acerca daquela separação, já agora certa, mas nenhum conseguiu esse desejo. Vigiavam-se, isso sim. Quando lhe falavam, era sempre juntos, e de coisas familiares e ordinárias. O gesto de Flora não traduzia o estado da alma; este podia ser lépido, melancólico, ou indiferente, não vinha cá fora. Em verdade, ela falava pouco. Os olhos também não diziam muito. Mais de uma vez, Pedro deu com ela fitando Paulo, e gemeu com a preferência, mas também ele era o preferido depois, e achava compensação; Paulo então é que rangia os dentes, figuradamente. Natividade, toda entregue à sua recepção, que era a última do ano, não acompanhou de perto as agitações morais daquele trio. Quando deu por elas, chegou a senti-las também.

Pouco a pouco, a gente se foi dispersando. Não era muita, e dominava a nota íntima. Quando a maioria saiu, ficou só a porção mais íntima, três ou quatro homens a um canto da sala, falando e rindo de ditos e anedotas. Não conversavam de política, e aliás não faltaria matéria. As moças, pela segunda ou terceira vez, trocavam as impressões do grande baile recente. Também falavam de músicas e teatros, das festas próximas de Petrópolis, da gente que ia naquele ano, e da que só iria em janeiro. Natividade dividia-se com todos, até que, podendo ficar alguns instantes com Aires, confiara-lhe o seu receio acerca do amor dos filhos, e ao mesmo tempo o prazer que lhe trazia a esperança de uma longa separação de Flora. O conselheiro não desdizia do receio, nem da esperança.

— É uma felicidade que o Batista seja nomeado e leve a filha daqui, disse ela.

— Certamente, mas...

— Mas quê?

— Certamente a levará, mas a senhora pode não conhecer bem aquela menina.

— Penso que é boa.

— Também eu penso assim. A bondade, porém, não tem nada com o resto da pessoa. Flora é, como já lhe disse há tempos, uma inexplicável. Agora é tarde para lhe expor os fundamentos da minha impressão; depois lhe direi. Note que gosto muito dela; acho-lhe um sabor particular naquele contraste de uma pessoa assim, tão humana e tão fora do mundo, tão etérea e tão ambiciosa, ao mesmo tempo, de uma ambição recôndita... Vá perdoando estas palavras mal embrulhadas, e até amanhã, concluiu ele, estendendo-lhe a mão. Amanhã virei explicá-las.

— Explique-as agora, enquanto os outros parecem rir de algum dito engraçado.

Efetivamente, os homens riam de algum dito ou trocadilho: Aires quis falar, mas reteve a língua, e desculpou-se. A explicação era longa e difícil, e não era urgente, disse ele.

— Eu mesmo não sei se me entendo, baronesa, nem se penso a verdade; pode ser. Em todo caso, minha boa amiga, até amanhã ou até Petrópolis. Quando espera subir?

— Lá para o fim do ano.

— Então ainda nos veremos algumas vezes.

— Sim, e, se me não vir a mim, quero que veja os meus rapazes, que os receba e estime. Eles o têm em grande conta; não lhe fazem senão justiça. Pedro acha que o senhor é o espírito mais fino, e Paulo o mais rijo da nossa terra...

— Veja como a senhora os educa, ensinando-lhes a pensar errado, disse Aires sorrindo e fazendo um gesto de agradecimento. Eu, rijo?

— O mais rijo e o mais fino.

Os últimos habituados da casa vieram dar boa noite à dona. Dez minutos depois, Aires despedia-se do casal Santos.

A noite era clara e tranquila. Aires recompôs uma parte do serão para escrevê-la no *Memorial*. Poucas linhas, mas interessantes, nas quais Flora era a principal figura: "Que o Diabo a entenda, se puder; eu, que sou menos que ele, não acerto de a entender nunca. Ontem parecia querer a um, hoje quis ao outro; pouco antes das despedidas, queria a ambos. Encontrei outrora desses sentimentos alternados e simultâneos; eu mesmo fui uma e outra coisa, e sempre me entendi a mim. Mas aquela menina e moça... A condição dos gêmeos explicará esta inclinação dupla; pode ser também que alguma qualidade falta a um que sobre a outro, e vice-versa, e ela, pelo gosto de ambas, não acaba de escolher de vez. É fantástico, sei; menos fantástico é se eles, destinados à inimizade, acharem nesta mesma criatura um campo estreito de ódio, mas isto os explicaria a eles, não a ela... Seja o que for, a nossa organização política é útil; a presidência de província, arredando Flora daqui, por algum tempo, tira esta moça da situação em que se acha, como a asna de Buridan. Quando voltar, a água estará bebida e a cevada comida. Um decreto ajudará a natureza".

Isto feito, Aires meteu-se na cama, rezou uma ode do seu Horácio e fechou os olhos. Nem por isso dormiu. Tentou então uma página do seu Cervantes, outra do seu Erasmo, fechou novamente os olhos, até que dormiu. Pouco foi; às cinco horas e quarenta minutos estava de pé. Em novembro sabes que é dia.

60

Manhã de 15

Quando lhe acontecia o que ficou contado, era costume de Aires sair cedo, a espairecer. Nem sempre acertava. Desta vez foi ao Passeio Público. Chegou às sete horas e meia, entrou, subiu o terraço e olhou para o mar. O mar estava crespo. Aires começou a passear ao longo do terraço, ouvindo as ondas, e chegando-se à borda, de quando em quando, para vê-las bater e recuar. Gostava delas assim; achava-lhes uma espécie de alma forte, que as movia para meter medo à terra. A água, enroscando-se em si mesma, dava-lhe uma sensação, mais que de vida, de pessoa também, a que não faltavam nervos nem músculos, nem a voz que bradava as suas cóleras.

Enfim, cansou e desceu, foi-se ao lago, ao arvoredo, e passeou à toa, revivendo homens e coisas, até que se sentou em um banco. Notou que a pouca gente que havia ali não estava sentada, como de costume, olhando à toa, lendo gazetas ou cochilando a vigília de uma noite sem cama. Estava de pé, falando entre si, e a outra que entrava ia pegando na conversação sem conhecer os interlocutores; assim lhe pareceu, ao menos. Ouviu umas palavras soltas, *Deodoro, batalhões, campo, ministério*, etc. Algumas, ditas em tom alto, vinham acaso para ele, a ver se lhe espertavam a curiosidade, e se obtinham mais uma orelha às notícias. Não juro que assim fosse, porque o dia vai longe, e as pessoas não eram conhecidas. O próprio Aires, se tal coisa suspeitou, não a disse a ninguém; também não afiou o ouvido para alcançar o resto. Ao contrário, lembrando-lhe algo particular, escreveu a lápis uma nota na carteira. Tanto bastou para que os curiosos se dispersassem, não sem algum epíteto de louvor, uns ao governo, outros ao exército: podia ser amigo de um ou de outro.

Quando Aires saiu do Passeio Público, suspeitava alguma coisa, e seguiu até o largo da Carioca. Poucas palavras e sumidas, gente parada, caras espantadas, vultos que arrepiavam caminho, mas nenhuma notícia clara nem completa. Na rua do Ouvidor, soube que os militares tinham feito uma revolução, ouviu descrições da marcha e das pessoas, e notícias desencontradas. Voltou ao largo, onde três tílburis o disputaram; ele entrou no que lhe ficou mais à mão, e mandou tocar para o Catete. Não perguntou nada ao cocheiro; este é que lhe disse tudo e o resto. Falou de uma revolução, de dois ministros mortos, um foragido, os demais presos. O imperador, capturado em Petrópolis, vinha descendo a serra.

Aires olhava para o cocheiro, cuja palavra saía deliciosa de novidade. Não lhe era desconhecida esta criatura. Já a vira, sem o tílburi, na rua ou na sala, à missa ou a bordo, nem sempre homem, alguma vez mulher, vestida de seda ou de chita. Quis saber mais, mostrou-se interessado e curioso, e acabou perguntando se realmente houvera o que dizia. O cocheiro contou que ouvira tudo a um homem que trouxera da rua dos Inválidos e levara ao largo da Glória, por sinal que estava assombrado, não podia falar, pedia-lhe que corresse, que lhe pagaria o dobro; e pagou.

— Talvez fosse algum implicado no barulho, sugeriu Aires.

— Também pode ser, porque ele levava o chapéu derrubado, e a princípio pensei que tinha sangue nos dedos, mas reparei e vi que era barro; com certeza, vinha de descer algum muro. Mas, pensando bem creio que era sangue; barro não tem aquela cor. A verdade é que ele pagou o dobro da viagem, e com razão, porque a cidade não está segura, e a gente corre grande risco levando pessoas de um lado para outro...

Chegavam justamente à porta de Aires; este mandou parar o veículo, pagou pela tabela e desceu. Subindo a escada, ia naturalmente pensando nos acontecimentos possíveis. No alto achou o criado que sabia de tudo, e lhe perguntou se era certo...

— O que é que não é certo, José? É mais que certo.

— Que mataram três ministros?

— Não; há só um ferido.

— Eu ouvi que mais gente também, falaram em dez mortos...

— A morte é um fenômeno igual à vida; talvez os mortos vivam. Em todo caso, não lhes rezes por alma, porque não és bom católico, José.

61
Lendo Xenofonte

Como é que, tendo ouvido falar da morte de dois e três ministros, Aires afirmou apenas o ferimento de um, ao retificar a notícia do criado? Só se pode explicar de dois modos, – ou por um nobre sentimento de piedade, ou pela opinião de que toda a notícia pública cresce de dois terços, ao menos. Qualquer que fosse a causa, a versão do ferimento era a única verdadeira. Pouco depois passava pela rua do Catete a padiola que levava um ministro, ferido. Sabendo que os outros estavam vivos e sãos e o imperador era esperado de Petrópolis, não acreditou na mudança de regímen que ouvira ao cocheiro do tílburi e ao criado José. Reduziu tudo a um movimento que ia acabar com a simples mudança de pessoal.

– Temos gabinete novo, disse consigo.

Almoçou tranqüilo, lendo Xenofonte: "Considerava eu um dia quantas repúblicas têm sido derribadas por cidadãos que desejam outra espécie de governo, e quantas monarquias e oligarquias são destruídas pela sublevação dos povos; e de quantos sobem ao poder, uns são depressa derribados, outros, se duram, são admirados por hábeis e felizes...". Sabes a conclusão do autor, em prol da tese de que o homem é difícil de governar; mas logo depois a pessoa de Ciro destrói aquela conclusão, mostrando um só homem que regeu milhões de outros, os quais não só o temiam, mas ainda lutavam por lhe fazer as vontades. Tudo isto em grego, e com tal pausa que ele chegou ao fim do almoço, sem chegar ao fim do primeiro capítulo.

62

"Pare no D."

— Mas, S. Ex.ª está almoçando, dizia o criado no patamar da escada a alguém que pedia para falar ao conselheiro.

Era falso, Aires acabava justamente de almoçar; mas o criado sabia que o amo gostava de saborear o charuto depois do almoço, sem interrupção. Agora estava no canapé e ouviu o diálogo do patamar. A pessoa insistia em dizer uma palavrinha.

— Não pode ser.
— Bem, eu espero; logo que S. Ex.ª acabe...
— O melhor é voltar depois; não mora ali defronte? Pois volte daqui a uma ou duas...

A pessoa era o Custódio e foi para casa, mas o velho diplomata, sabendo quem era, não esperou que acabasse o charuto; mandou-lhe dizer que viesse. Custódio saiu, correu, subiu e entrou assombrado.

— Que é isso, Sr. Custódio? disse-lhe Aires. O senhor anda a fazer revoluções?
— Eu, senhor? Ah! senhor! Se V. Ex.ª soubesse...
— Soubesse o quê?

Custódio explicou-se. Vá, resumamos a explicação.

Na véspera, tendo de ir abaixo, Custódio foi à rua da Assembléia, onde se pintava a tabuleta. Era já tarde; o pintor suspendera o trabalho. Só algumas das letras ficaram pintadas, — a palavra *Confeitaria* e a letra *d*. A letra *o* e a palavra *Império* estavam só debuxadas a giz. Gostou da tinta e da cor, reconciliou-se com a forma, e apenas perdoou a despesa. Recomendou pressa. Queria inaugurar a tabuleta no domingo.

Ao acordar de manhã não soube logo do que houvera na cidade, mas pouco a pouco vieram vindo as notícias, viu passar um batalhão, e creu que lhe diziam a verdade os que afirmavam a revolução e vagamente a república. A princípio, no meio do espanto, esqueceu-lhe a tabuleta. Quando se lembrou dela, viu que era preciso sustar a pintura. Escreveu às pressas um bilhete e mandou um caixeiro ao pintor. O bilhete dizia só isto: "Pare no D". Com efeito, não era preciso pintar o resto, que seria perdido, nem perder o princípio, que podia valer. Sempre haveria palavra que ocupasse o lugar das letras restantes. "Pare no D".

Quando o portador voltou trouxe a notícia de que a tabuleta estava pronta.

— Você viu-a pronta?
— Vi, patrão.
— Tinha escrito o nome antigo?
— Tinha, sim, senhor: *"Confeitaria do Império"*.

Custódio enfiou um casaco de alpaca e voou à rua da Assembléia. Lá estava a tabuleta, por sinal que coberta com um pedaço de chita; alguns rapazes que a tinham visto, ao passar na rua, quiseram rasgá-la; o pintor, depois de a defender com boas palavras, achou mais eficaz cobri-la. Levantada a cortina, Custódio leu: *"Confeitaria do Império"*. Era o nome antigo, o próprio, o célebre, mas era a destruição agora; não podia conservar um dia a tabuleta, ainda que fosse em beco escuro, quanto mais na rua do Catete...

— O senhor vai despintar tudo isto, disse ele.

— Não entendo. Quer dizer que o senhor paga primeiro a despesa. Depois, pinto outra coisa.

— Mas que perde o senhor em substituir a última palavra por outra? A primeira pode ficar, e mesmo o *d*... Não leu o meu bilhete?

— Chegou tarde.
— E por que pintou, depois de tão graves acontecimentos?
— O senhor tinha pressa, e eu acordei às cinco e meia para servi-lo. Quando me deram as notícias, a tabuleta estava pronta. Não me disse que queria pendurá-la domingo? Tive de pôr muito secante na tinta, e, além da tinta, gastei tempo e trabalho.

Custódio quis repudiar a obra, mas o pintor ameaçou de pôr o número da confeitaria e o nome do dono na tabuleta, e expô-la assim, para que os revolucionários lhe fossem quebrar as vidraças do Catete. Não teve remédio senão capitular. Que esperasse; ia pensar na substituição; em todo caso, pedia algum abate no preço. Alcançou a promessa do abate e voltou a casa. Em caminho, pensou no que perdia mudando de título, – uma casa tão conhecida, desde anos e anos? Nisso lembrou o vizinho Aires e correu a ouvi-lo.

63
Tabuleta Nova

Referido o que lá fica atrás, Custódio confessou tudo o que perdia no título e na despesa, o mal que lhe trazia a conservação do nome da casa, a impossibilidade de achar outro, um abismo, em suma. Não sabia que buscasse; faltava-lhe invenção e paz de espírito. Se pudesse, liquidava a confeitaria. E afinal que tinha ele com política? Era um simples fabricante e vendedor de doces, estimado, afreguesado, respeitado, e principalmente respeitador da ordem pública...

— Mas o que é que há? perguntou Aires.
— A república está proclamada.
— Já há governo?
— Penso que já; mas diga-me V. Ex.ª: ouviu alguém acusar-me jamais de atacar o governo? Ninguém. Entretanto... Uma fatalidade! Venha em meu socorro, Excelentíssimo. Ajude-me a sair deste embaraço. A tabuleta está pronta, o nome todo pintado. — *"Confeitaria do Império"*, a tinta é viva e bonita. O pintor teima em que lhe pague o trabalho, para então fazer outro. Eu, se a obra não estivesse acabada, mudava de título, por mais que me custasse, mas hei de perder o dinheiro que gastei? V. Ex.ª crê que, se ficar *"Império"*, venham quebrar-me as vidraças?

— Isso não sei.

— Realmente, não há motivo; é o nome da casa, nome de trinta anos, ninguém a conhece de outro modo...

— Mas pode pôr *"Confeitaria da República"*...

— Lembrou-me isso, em caminho, mas também me lembrou que, se daqui a um ou dois meses, houver nova reviravolta, fico no ponto em que estou hoje, e perco outra vez o dinheiro.

— Tem razão... Sente-se.

— Estou bem.

— Sente-se e fume um charuto.

Custódio recusou o charuto, não fumava. Aceitou a cadeira. Estava no gabinete de trabalho, em que algumas curiosidades lhe chamariam a atenção, se não fosse o atordoamento do espírito. Continuou a implorar o socorro do vizinho. S. Ex.ª, com a grande inteligência que Deus lhe dera, podia salvá-lo. Aires propôs-lhe um meio-termo, um título que iria com ambas as hipóteses. — *"Confeitaria do Governo"*.

— Tanto serve para um regímen como para outro.

— Não digo que não, e, a não ser a despesa perdida... Há, porém, uma razão contra. V. Ex.ª sabe que nenhum governo deixa de ter oposição. As oposições, quando descerem à rua, podem implicar comigo, imaginar que as desafio, e quebrarem-me a tabuleta; entretanto, o que eu procuro é o respeito de todos.

Aires compreendeu bem que o terror ia com a avareza. Certo, o vizinho não queria barulhos à porta, nem malquerenças gratuitas, nem ódios de quem quer que fosse; mas, não o afligia menos a despesa que teria de fazer de quando em quando, se não achasse um título definitivo, popular e imparcial. Perdendo o que tinha, já perdia a celebridade, além de perder a pintura e pagar mais dinheiro. Ninguém lhe compraria uma tabuleta condenada. Já era muito ter o nome e o título no *Almanaque de Laemmert*, onde podia lê-lo algum abelhudo e ir com outros, puni-lo do que estava impresso desde o princípio do ano...

— Isso não, interrompeu Aires; o senhor não há de recolher a edição de um almanaque.

E depois de alguns instantes:

— Olhe, dou-lhe uma idéia, que pode ser aproveitada, e, se não a achar boa, tenho outra à mão, e será a última. Mas eu creio que qualquer delas serve. Deixe a tabuleta pintada como está, e à direita, na ponta, por baixo do título, mande escrever estas palavras que explicam o título: "Fundada em 1860". Não foi em 1860 que abriu a casa?

— Foi, respondeu Custódio.

— Pois...

Custódio refletia. Não se lhe podia ler *sim* nem *não;* atônito, a boca entreaberta, não olhava para o diplomata, nem para o chão, nem para as paredes ou móveis, mas para o ar. Como Aires insistisse, ele acordou e confessou que a idéia era boa. Realmente, mantinha o título e tirava-lhe o sedicioso, que crescia com o fresco da pintura. Entretanto, a outra idéia podia ser igual ou melhor, e quisera comparar as duas.

— A outra idéia não tem a vantagem de pôr a data à fundação da casa, tem só a de definir o título, que fica sendo o mesmo, de uma maneira alheia ao regímen. Deixe-lhe estar a palavra *império* e acrescente-lhe em baixo, ao centro, estas duas, que não precisam ser graúdas: das leis. Olhe, assim, concluiu Aires, sentando-se à secretária, e escrevendo em uma tira de papel o que dizia.

Custódio leu, releu e achou que a idéia era útil; sim, não lhe parecia má. Só lhe viu um defeito; sendo as letras de baixo menores, podiam não ser lidas tão depressa e claramente como as de cima, e estas é que se meteriam pelos olhos ao que passasse. Daí a que algum político ou sequer inimigo pessoal não entendesse logo, e... A primeira idéia, bem considerada, tinha o mesmo mal, e ainda este outro: pareceria que o confeiteiro, marcando a data da fundação, fazia timbre em ser antigo. Quem sabe se não era pior que nada?

— Tudo é pior que nada.
— Procuremos.

Aires achou outro título, o nome da rua, *"Confeitaria do Catete"*, sem advertir que havendo outra confeitaria na mesma rua, era atribuir exclusivamente à do Custódio a designação local. Quando o vizinho lhe fez tal ponderação, Aires achou-a justa, e gostou de ver a delicadeza de sentimentos do homem; mas logo depois descobriu que o que fez falar o Custódio foi a idéia de que esse título ficava comum às duas casas. Muita gente não atinaria com o título escrito, e compraria na primeira que lhe ficasse à mão, de maneira que só ele faria as despesas da pintura, e ainda por cima perdia a freguesia. Ao perceber isto, Aires não admirou menos a sagacidade de um homem que em meio de tantas tribulações, contava os maus frutos de um equívoco. Disse-lhe então que o melhor seria pagar a despesa feita e não pôr nada, a não ser que preferisse o seu próprio nome: *"Confeitaria do Custódio"*. Muita gente certamente lhe não conhecia a casa por outra designação. Um nome, o próprio nome do dono, não tinha significação política ou figuração histórica, ódio nem amor, nada que chamasse a atenção dos dois regimes, e conseguintemente que pusesse em perigo os seus pastéis de Santa Clara, menos ainda a vida do proprietário e dos empregados. Por que é que não adotava esse alvitre? Gastava alguma coisa com a troca de uma palavra por outra, *Custódio* em vez de *Império*, mas as revoluções trazem sempre despesas.

— Sim, vou pensar, Excelentíssimo. Talvez convenha esperar um ou dois dias, a ver em que param as modas, disse Custódio agradecendo.

Curvou-se, recuou e saiu. Aires foi à janela para vê-lo atravessar a rua. Imaginou que ele levaria da casa do ministro aposentado um lustre particular que faria esquecer por instantes a crise da tabuleta. Nem tudo são despesas na vida, e a glória das relações podia amaciar as agruras deste mundo. Não acertou desta vez. Custódio atravessou a rua, sem parar nem olhar para trás, entrando pela confeitaria dentro com todo o seu desespero.

64
Paz!

Que, em meio de tão graves sucessos, Aires tivesse bastante pausa e claridade para imaginar tal descoberta no vizinho, só se pode explicar pela incredulidade com que recebera as notícias. A própria aflição de Custódio não lhe dera fé. Vira nascer e morrer muito boato falso. Uma de suas máximas é que o homem vive para espalhar a primeira invenção de rua, e que tudo se fará crer a cem pessoas juntas ou separadas. Só às duas horas da tarde, quando Santos lhe entrou em casa, acreditou na queda do império.

— É verdade, conselheiro, vi descer as tropas pela rua do Ouvidor, ouvi as aclamações à república. As lojas estão fechadas, os bancos também, e o pior é se se não abrem mais, se vamos cair na desordem pública; é uma calamidade.

Aires quis aquietar-lhe o coração. Nada se mudaria; o regímen, sim, era possível, mas também se muda de roupa sem trocar de pele. Comércio é preciso. Os bancos são indispensáveis. No sábado, ou quando muito na segunda-feira, tudo voltaria ao que era na véspera, menos a constituição.

— Não sei, tenho medo, conselheiro.
— Não tenha medo. A baronesa já sabe o que há?
— Quando eu saí de casa, não sabia, mas agora é provável.
— Pois vá tranqüilizá-la; naturalmente está aflita.

Santos receava os fuzilamentos; por exemplo, se fuzilassem o imperador, e com ele as pessoas de sociedade? Recordou que o Terror... Aires tirou-lhe o Terror da cabeça. As ocasiões fazem as revoluções, disse ele, sem intenção de rimar mas gostou que rimasse, para dar forma fixa à idéia. Depois lembrou a índole branda do povo. O povo mudaria de governo, sem tocar nas pessoas. Haveria lances de generosidade. Para provar o que dizia referiu um caso que lhe contara um velho amigo, o marechal Beaurepaire Rohan. Era no tempo da Regência. O imperador fora ao teatro de S. Pedro de Alcântara. No fim do espetáculo, o amigo, então moço, ouviu grande rumor do lado da igreja de S. Francisco, e correu a saber o que era. Falou a um homem, que bradava indignado, e soube dele que o cocheiro do imperador não tirara o chapéu no momento em que este chegara à porta para entrar no coche; o homem acrescentou: "Eu sou *ré*...". Naquele tempo os republicanos por brevidade eram assim chamados. "Eu sou *ré*, mas não consinto que faltem ao respeito a este menino!"

Nenhuma feição de Santos mostrou apreciar ou entender aquele rasgo anônimo. Ao contrário, todo ele parecia entregue ao presente, ao momento, ao comércio fechado, aos bancos sem operações, ao receio de uma suspensão total de negócios, durante prazo indeterminado. Cruzava e descruzava as pernas. Afinal ergueu-se e suspirou.

– Então, parece-lhe?...
– Que descanse.

Santos aceitou o conselho, mas vai muito do aceitar ao cumprir, e a aparência era mui diversa do coração. O coração batia-lhe. A cabeça via esboroar-se tudo. Quis despedir-se, mas fez duas ou três investidas antes de pousar o pé fora do gabinete e caminhar para a escada. Instava pela certeza. Conquanto tivesse visto e ouvido a república, podia ser... Em todo caso, a paz é que era necessária, e haveria paz? Aires inclinava-se a crer que sim, e novamente o convidou a descansar.

— Até logo, concluiu.
— Por que não vai lá jantar conosco?
— Tenho de jantar com um amigo, no Hotel dos Estrangeiros. Depois, talvez, ou amanhã. Vá, vá tranqüilizar a baronesa e os rapazes. Os rapazes estarão em paz? Esses brigam, com certeza; vá pô-los em ordem.
— O senhor podia ajudar-me nisso. Vá lá de noite.
— Pode ser; se puder, vou. Amanhã com certeza.

Santos saiu; tinha o carro à espera, entrou e seguiu para Botafogo. Não levava a paz consigo, não a poderia dar à mulher, nem à cunhada, nem aos filhos. Quisera chegar a casa, por medo da rua, mas quisera também ficar na rua, por não saber que palavras nem que conselhos daria aos seus. O espaço do carro era pequeno e bastante para um homem; mas, enfim, não viveria ali a tarde inteira. Ao demais, a rua estava quieta. Via gente à porta das lojas. No largo do Machado viu outra que ria, alguma calada, havia espanto, mas não havia propriamente susto.

65

Entre os Filhos

Quando Santos chegou a casa, Natividade estava inquieta, sem notícia exata e definitiva dos acontecimentos. Não sabia da república. Não sabia do marido nem dos filhos. Aquele saíra antes dos primeiros rumores, estes iam fazer a mesma coisa, logo que os boatos chegaram. O primeiro gesto da mãe foi para impedir que os filhos saíssem, mas não pôde, era tarde. Não os podendo reter, pegou-se com a Virgem Maria, a fim de que os poupasse, e esperou. A irmã fez o mesmo. Era perto de meio-dia; foi então que os minutos entraram a parecer séculos.

A ânsia da mãe era naturalmente maior que a da tia. Natividade via andar o tempo com ferros aos pés. Não havia alvoroço que atasse um par de asas àquelas horas longas do relógio da casa, nem aos do cinto, o dela e o da irmã; todos eles coxeavam de ambos os ponteiros. Enfim, ouviu na areia do jardim as rodas de um carro; era Santos.

Natividade acudiu ao patamar da escada. Santos subiu, e as mãos de ambos estenderam-se e agarraram-se. Longa vida conjunta acaba por fazer da ternura uma coisa grave e espiritual. Entretanto, parece que o gesto do marido não foi original, mas secundário, filho ou imitativo do da mulher. Pode ser que a corda da sensibilidade fosse menos vibrante na lira dele que na dela, posto que muitos anos atrás, aquele outro gesto no cupê, quando voltavam da missa de S. Domingos, lembraste?... Sobre isto escrevi agora algumas linhas, que não ficariam mal, se as acabasse, mas recuo a tempo, e risco-as. Não vale a pena ir à cata das palavras riscadas. Menos vale supri-las.

Que nos bastem as quatro mãos apertadas. Natividade perguntou pelos filhos. Santos opinou que não tivesse medo. Não havia nada; tudo parecia estar como no dia anterior, as ruas sossegadas, as caras mudas. Não correria sangue, o comércio ia continuar. Toda a animação de Aires tinha agora brotado nele, com a mesma verdura e o mesmo estilo.

Os filhos chegaram tarde, cada um por sua vez, e Pedro mais cedo que Paulo. A melancolia de um ia com a alma da casa, a alegria de outro destoava desta, mas tais eram uma e outra que, apesar da expansão da segunda, não houve repressão nem briga. Ao jantar, falaram pouco. Paulo referia os sucessos amorosamente. Conversara com alguns correligionários e soube do que se passara à noite e de manhã, a marcha e a reunião dos batalhões no campo, as palavras de Ouro Preto ao marechal Floriano, a resposta deste, a aclamação da República. A família ouvia e perguntava, não discutia, e esta moderação contrastava com a glória de Paulo. O silêncio de Pedro principalmente era como um desafio. Não sabia Paulo que a própria mãe é que o pedira ao irmão com muitos beijos, motivo que em tal momento, ia com o aperto do coração do rapaz.

O coração de Paulo, ao contrário, era livre, deixava circular o sangue, como a felicidade. Os sentimentos republicanos, em que os princípios se incrustavam, viviam ali tão fortes e quentes, que mal deixavam ver o abatimento de Pedro e o acanhamento da outra gente sua. Ao fim do jantar, bebeu à República, mas calado, sem ostentação, apenas olhando para o teto, e levantando o copo um tantinho mais que de costume. Ninguém replicou por outro gesto ou palavra.

Certamente, o moço Pedro quis dizer alguma frase de piedade relativamente ao regímen imperial e às pessoas de Bragança, mas a mãe quase que não tirava os olhos dele, como impondo ou pedindo silêncio. Demais, ele não cria nada mudado; a despeito de decretos e proclamações, Pedro imaginava que tudo podia ficar como dantes, alterado apenas o pessoal do governo. Custa pouco, dizia ele baixinho à mãe, ao deixarem a mesa; é só o imperador falar ao Deodoro.

Paulo saiu logo, depois do jantar, prometendo vir cedo. A mãe, receosa de o ver metido em barulhos, não queria que ele saísse; mas outro receio fê-la consentir, e este era que os dois irmãos brigassem finalmente. Assim, um medo vence o outro, e a gente acaba por dar o que negou. Não é menos certo que ela raciocinou alguns minutos antes de resolver, do mesmo modo que eu escrevi uma página antes da que vou escrever agora; mas ambos nós, Natividade e eu, acabamos por deixar que os atos se praticassem, sem oposição dela, sem comentário meu.

66
O Basto e a Espadilha

Vieram amigos da casa, trazendo notícias e boatos. Variavam pouco e geralmente não havia opinião segura acerca do resultado. Ninguém sabia se a vitória do movimento era um bem, se um mal, apenas sabiam que era um fato. Daí a ingenuidade com que alguém propôs o voltarete do costume, e a boa vontade de outros em aceitá-lo. Santos, embora declarasse que não jogava, mandou pôr as cartas e os tentos, mas os outros opinaram que sempre faltava um parceiro, e sem ele, não havia graça. Quis resistir; não era bonito que no próprio dia em que o regímen caíra ou ia cair, entregasse o espírito a recreações de sociedade... Não pensou isto em voz alta nem baixa, mas consigo, e talvez o leu no rosto da mulher. Acharia um pretexto para resistir, se buscasse algum, mas amigos e cartas não deixavam buscar nada. Santos acabou aceitando. Provavelmente era essa mesma a inclinação íntima. Muitas há que precisam ser atraídas cá fora como um favor ou concessão da pessoa. Enfim, o basto e a espadilha fizeram naquela noite o seu ofício, como as mariposas e os ratos, os ventos e as ondas, o lume das estrelas e o sono dos cidadãos.

67

A Noite Inteira

Saindo de casa, Paulo foi à de um amigo, e os dois entraram a buscar outros da mesma idade e igual intimidade. Foram aos jornais, ao quartel do Campo, e passaram algum tempo diante da casa de Deodoro. Gostavam de ver os soldados, a pé ou a cavalo, pediam licença, falavam-lhes, ofereciam cigarros. Era a única concessão destes; nenhum lhes contou o que se passara, nem todos saberiam nada.

Não importa, iam cheios de si. Paulo era o mais entusiasta e convicto. Aos outros valia só a mocidade, que é um programa, mas o filho de Santos tinha frescas todas as idéias do novo regímen, e possuía ainda outras que não via aceitar; bater-se-ia por elas. Trazia até o desejo de achar alguém na rua, que soltasse um grito, já agora sedicioso, para lhe quebrar a cabeça com a bengala. Note-se que esquecera ou perdera a bengala. Não deu por falta dela; se desse, bastavam-lhe os braços e as mãos.

Propôs cantarem a *Marselhesa;* os outros não quiseram ir tão longe, não por medo, senão de cansados. Paulo, que resistia mais que eles à fadiga, lembrou-lhes esperar a aurora.

— Vamos esperá-la do alto de um morro, ou da praia do Flamengo; teremos tempo de dormir amanhã.

— Eu não posso, disse um.

Os outros repetiram a recusa, e assentaram de ir para suas casas. Era perto de duas horas. Paulo acompanhou-os a todos, e só depois de ver o último recolhido foi sozinho para Botafogo.

Quando entrou, deu com a mãe que esperava por ele, inquieta e arrependida de o haver deixado sair. Paulo não achou desculpa e censurou a mãe por não dormir, à espera dele. Natividade confessou que não teria sono, antes de o saber em casa são e salvo. Falavam baixo e pouco; tendo-se beijado antes, beijaram-se depois e despediram-se.

— Olha, disse Natividade, se achares Pedro acordado não lhe contes nem lhe perguntes nada; dorme, e amanhã saberemos tudo e o mais que se passar esta noite.

Paulo entrou no quarto pé ante pé. Era ainda aquele vasto quarto em que os dois gêmeos brigaram por causa de duas velhas gravuras, Robespierre e Luís XVI. Agora, havia mais que os retratos, uma revolução de poucas horas e um governo fresco. Obedecendo ao conselho da mãe, Paulo não quis saber se Pedro dormia, posto desconfiasse que não. Efetivamente, não. Pedro viu as cautelas de Paulo, e cumpriu também os conselhos da mãe; fingiu que não via nada. Até aí os conselhos; mas um pouco de glória fez com que Paulo cantarolasse entre os dentes, baixinho, para si, a primeira estrofe da *Marselhesa* que os amigos tinham recusado fora:

Allons, enfants de la patrie,
Le jour de gloire est arrivé!

Pedro percebeu antes pela toada que pela letra, e concluiu que a intenção do outro era afligi-lo. Não era, mas podia ser. Vacilou entre a réplica e o silêncio, até que uma idéia fantástica lhe atravessou o cérebro, cantarolar, também baixinho, a segunda parte da estrofe: *"Entendez-vous dans vos campagnes..."* que alude às tropas estrangeiras, mas desviada do natural sentido histórico, para restringi-las às tropas nacionais. Era um desforço vago, a idéia passou depressa. Pedro contentou-se de simular a indiferença suprema do sono. Paulo não acabou a estrofe; despiu-se agitado, sem tirar o pensamento da vitória dos seus sonhos políticos. Não se meteu logo na cama; foi primeiro à do irmão, a ver se dormia. Pedro respirava tão naturalmente, como se não perdera nada. Teve ímpeto de acordá-lo, bradar-lhe que perdera tudo, se alguma coisa era a instituição derribada. Recuou a tempo e foi meter-se entre os lençóis.

Nenhum dormia. Enquanto o sono não chegava, iam pensando nos acontecimentos do dia, ambos espantados de como foram fáceis e rápidos. Depois cogitavam no dia seguinte e nos efeitos ulteriores. Não admira que não chegassem à mesma conclusão.

– Como diabo é que eles fizeram isto, sem que ninguém desse pela coisa? refletia Paulo. Podia ter sido mais turbulento. Conspiração houve, decerto, mas uma barricada não faria mal. Seja como for, venceu-se a campanha. O que é preciso é não deixar esfriar o ferro, batê-lo sempre, e renová-lo. Deodoro é uma bela figura. Dizem que a entrada do marechal no quartel, e a saída, puxando os batalhões, foram esplêndidas. Talvez fáceis demais; é que o regímen estava podre e caiu por si...

Enquanto a cabeça de Paulo ia formulando estas idéias, a de Pedro ia pensando o contrário; chamava ao movimento um crime.

– Um crime e um disparate, além de ingratidão; o imperador devia ter pegado os principais cabeças e mandá-los executar. Infelizmente, as tropas iam com eles. Mas, nem tudo acabou. Isto é fogo de palha; daqui a pouco está apagado, e o que antes era torna a ser. Eu acharei duzentos rapazes bons e prontos, e desfaremos esta caranguejola. A aparência é que dá um ar de solidez, mas isto é nada. Hão de ver que o imperador não sai daqui, e, ainda que não queira, há de governar; ou governará a filha, e, na falta dela, o neto. Também ele ficou menino e governou. Amanhã é tempo; por ora tudo são flores. Há ainda um punhado de homens...

A reticência final dos discursos de ambos quer dizer que as idéias se iam tornando esgarçadas, nevoentas e repetidas, até que se perderam e eles dormiram. Durante o sono, cessou a revolução e a contra-revolução, não houve monarquia nem república, D. Pedro II nem marechal Deodoro, nada que cheirasse a política. Um e outro sonharam com a bela enseada de Botafogo, um céu claro, uma tarde clara e uma só pessoa: Flora.

68

De Manhã

Flora abriu os olhos de ambos, e esvaiu-se tão depressa que eles mal puderam ver a barra do vestido e ouvir uma palavrinha meiga e remota. Olharam um para o outro, sem rancor aparente. O receio de um e a esperança de outro deram tréguas. Correram aos jornais. Paulo, meio tonto, temia alguma traição sobre a madrugada. Pedro tinha uma idéia vaga de restauração, e contava ler nas folhas um decreto imperial de anistia. Nem traição nem decreto. A esperança e o receio fugiram deste mundo.

69
Ao Piano

Enquanto eles sonhavam com Flora, esta não sonhou com a república. Teve uma daquelas noites em que a imaginação dorme também, sem olhos nem ouvidos, ou, quando muito, a retina não deixa ver claro, e as orelhas confundem o som de um rio com o latir de um cão remoto. Não posso dar melhor definição, nem ela é precisa; cada um de nós terá tido dessas noites mudas e apagadas.

Não sonhou sequer com música; e, aliás, tocara antes algumas das suas páginas queridas. Não as tocou somente por gostar delas, senão por fugir à consternação dos pais, que era grande. Nenhum destes podia crer que as instituições tivessem caído, outras nascido, tudo mudado. D. Cláudia ainda apelava para o dia seguinte e perguntava ao marido se vira bem, e o que é que vira; ele mordia os beiços, batia na perna, erguia-se, dava alguns passos, e tornava a narrar os acontecimentos; as notícias coladas às portas dos jornais, a prisão dos ministros, a situação, tudo extinto, extinto, extinto...

Flora não era avessa à piedade, nem à esperança, como sabeis; mas não ia com a agitação dos pais, e meteu-se com o seu piano e as suas músicas. Escolheu não sei que sonata. Tanto bastou para lhe tirar o presente. A música tinha para ela a vantagem de não ser presente, passado ou futuro; era uma coisa fora do tempo e do espaço, uma idealidade pura. Quando parava, sucedia-lhe ouvir alguma frase solta do pai, ou da mãe: "... Mas como foi que... ?" – "Tudo às escondidas..." – "Há sangue?" Às vezes um deles fazia algum gesto, e ela não via o gesto. O pai, com a alma trôpega, falava muito e incoerente. A mãe trazia outro vigor. Já lhe sucedia calar por instantes, como se pensasse, ao contrário do marido que, em se calando, coçava a cabeça, apertava as mãos ou suspirava, quando não ameaçava o teto com o punho.

– Lá, lá, dó, ré, sol, ré, ré, lá, ia dizendo o piano da filha, por essas ou por outras notas, mas eram notas que vibravam para fugir aos homens e suas dissensões.

Também se pode achar na sonata de Flora uma espécie de acordo com a hora presente. Não havia governo definitivo. A alma da moça ia com esse primeiro albor do dia, ou com esse derradeiro crepúsculo da tarde, – como queiras, – em que nada é tão claro ou tão escuro que convide a deixar a cama ou acender velas. Quando muito, ia haver um governo provisório. Flora não entendia de formas nem de nomes. A sonata trazia a sensação da falta absoluta de governo, a anarquia da inocência primitiva naquele recanto do Paraíso que o homem perdeu por desobediente, e um dia ganhará, quando a perfeição trouxer a ordem eterna e única. Não haverá então progresso nem regresso, mas estabilidade. O seio de Abraão agasalhará todas as coisas e pessoas, e a vida será um céu aberto. Era o que as teclas lhe diziam sem palavras, ré, ré, lá, sol, lá, lá, dó...

70

De Uma Conclusão Errada

Os sucessos vieram vindo, à medida que as flores iam nascendo. Destas houve que serviram ao último baile do ano. Outras morreram na véspera. Poetas de um e outro regímen tiraram imagem do fato para cantarem a alegria e a melancolia do mundo. A diferença é que a segunda abafava os seus suspiros, enquanto a primeira levava longe os seus tripúdios. O metal das trompas dava outro som que o das harpas. As flores é que continuavam a nascer e morrer, igual e regularmente.

D. Cláudia colheu as rosas do último baile do ano, primeiro da República, e adornou a filha com elas. Flora obedeceu e aceitou-as. Pai de família antes de tudo, Batista acompanhou a esposa e a filha ao baile. Também lá foi Paulo, pela moça e pelo regímen. Se, em conversa com o ex-presidente de província, disse todo o bem que pensava do Governo Provisório, não lhe ouviu palavras de acordo nem de contestação. Não entrou mais fundo na confissão do homem, porque a moça o atraía, e ele gostava mais dela que do pai.

Flora viu uma semelhança entre o baile da ilha Fiscal e este, apesar de particular e modesto. Este era dado por pessoa que vinha dos tempos da propaganda e um dos ministros lá esteve, ainda que só meia hora. Daí a ausência de Pedro, apesar de convidado. Flora sentiu a falta de Pedro, como sentira a de Paulo na ilha; tal era a semelhança das duas festas. Ambas traziam a ausência de um gêmeo.

— Por que é que seu irmão não veio? perguntou ela.
Paulo enfiou; depois de alguns instantes:
— Pedro é teimoso, disse. Teimou em recusar o convite. Crê naturalmente que a monarquia levou a arte de dançar. Não faça caso; é um lunático.
— Não diga isso.
— Acha também que a dança se foi com o império?
— Não, a prova é que estamos dançando. Não; digo que lhe não chame nomes feios.
— Parece-lhe então que Pedro é um rapaz de juízo?
— Certamente, como o senhor.
— Mas...

Paulo ia a perguntar-lhe qual deles, tendo ela de jurar por um ou por outro, lhe mereceria o juramento; mas recuou a tempo. Então ela falou do calor, e ele achou que sim, que estava quente. Acharia que estava frio, se ela se queixasse de frio. Flora, se só cedesse à vista, era também capaz de aceitar todas as opiniões de Paulo, para ir com ele. Em verdade, Paulo tinha agora um ar brilhante e petulante, olhava por cima, firme em que os seus escritos de um ano é que haviam feito a República, posto que incompleta, sem certas idéias que expusera e defendera, e teriam de vir um dia, breve. Tal ia dizendo à moça, e ela escutava com prazer, sem opinião; era só o gosto de o escutar. Quando a lembrança de Pedro surgia na cabeça da moça, a tristeza empanava a alegria, mas a alegria vencia depressa a outra, e assim acabou o baile. Então as duas, tristeza e alegria, agasalharam-se no coração de Flora, como as suas gêmeas que eram.

O baile acabou. O capítulo é que não acaba sem que deixe um pouco de espaço a quem quiser pensar naquela criatura. Pai nem mãe podiam entendê-la, os rapazes também não, e provavelmente Santos e Natividade menos que ninguém. Tu, mestra de amores ou aluna deles, tu, que escutas a diversos, concluis que ela era...

Custa pôr o nome do ofício. Se não fosse a obrigação de contar a história com as próprias palavras, preferia calá-lo, mas tu sabes que é ele, e aqui fica. Concluis que Flora era namoradeira, e concluis mal.

Leitora, é melhor negar já isto que esperar pelo tempo. Flora não conhecia as doçuras do namoro, e menos ainda se podia dizer namoradeira de ofício. A namoradeira de ofício é a planta das esperanças, e alguma vez das realidades, se a vocação o impõe e a ocasião o permite. Também é preciso ter em lembrança aquilo de um publicista, filho de Minas e do outro século, que acabou senador, e escrevia contra os ministros adversários: "Pitangueira não dá manga". Não, Flora não dava para namorados.

A prova disto é que no Estado em que viveu alguns meses de 1891, com o pai e a mãe, para o fim que direi adiante, ninguém alcançou o menor dos seus olhares amigos ou sequer complacentes. Mais de um rapaz consumiu o tempo em se fazer visto e atraído dela. Mais de uma gravata, mais de uma bengala, mais de uma luneta levaram-lhe as cores, os gestos e os vidros, sem obter outra coisa que a atenção cortês e acaso uma palavra sem valor.

Flora só se lembrava dos gêmeos. Se nenhum deles a esqueceu, ela não os perdeu de memória. Ao contrário, escrevia por todos os correios a Natividade para se fazer lembrada de ambos. As cartas falavam pouco da terra ou da gente, e não diziam mal nem bem. Usavam muito a palavra *saudades*, que cada um dos dois gêmeos lia para si. Também eles a escreviam nas cartas que mandavam a D. Cláudia e a Batista, com a mesma intenção duplicada e misteriosa, que ela entendia muito bem.

Tais eram de longe, ela e eles. A rixa velha, que os desunia na vida, continuava a desuni-los no amor. Podiam amar cada um a sua moça, casar com ela e ter os seus filhos, mas preferiam amar a mesma, e não ver o mundo por outros olhos, nem ouvir melhor verbo, nem diversa música, antes, durante e depois da comissão do Batista.

71
A Comissão

Lá me escapou a palavra. Sim, foi uma comissão dada ao pai, e da qual não sei nada, nem ela. Negócio reservado. Flora chamava-lhe comissão do inferno. O pai, sem ir tão fundo, concordava mentalmente com ela; verbalmente, desmentia a definição.

– Não digas isso, Flora; é comissão de confiança para fins nobremente políticos.

Creio que sim, mas daí a saber o objeto especial e real, ia largo espaço. Também não se sabe como foi parar às mãos de Batista aquele recado do governo. Sabe-se que ele não desprezou a escolha, quando um amigo íntimo correu a chamá-lo ao palácio do generalíssimo. Viu que era reconhecer nele muita finura e capacidade de trabalho. Não é menos certo, porém, que a comissão entrava a aborrecê-lo, posto que na correspondência oficial dissesse exatamente o contrário. Se tais papéis mostrassem sempre o coração da gente, Batista, cujas instruções eram, aliás, de concórdia, parecia querer levar a concórdia a ferro e fogo; mas o estilo não é o homem. O coração de Batista fechava-se, quando ele escrevia, e deixava ir a mão adiante, com a chave do coração apertada... "Já é tempo, suspirava o músculo, já é tempo de um lugar de governador."

Quanto a D. Cláudia, não queria ver acabada a comissão, que restituía ao esposo a ação política; faltava-lhe somente uma coisa, oposição. Nenhum jornal dizia mal dele. Aquele prazer de ler todas as manhãs as descomposturas dos adversários, lê-las e relê-las com os seus nomes feios, como látegos de muitas pontas, que lhe rasgavam as carnes e a excitavam ao mesmo tempo, esse prazer não lhe dava a comissão reservada. Ao contrário, havia uma espécie de aposta em achar o comissário justo, eqüitativo e conciliador, digno de admiração, tipo cívico, caráter sem mácula. Tudo isto ela conheceu outrora, mas para lhe achar sabor foi sempre preciso que viesse entremeado de ralhos e calúnias. Sem eles, era água insossa. Também não tinha aquela parte de cerimônias a que obrigava o sumo cargo, mas não lhe faltavam atenções, e era alguma coisa.

72
O Regresso

Quando o marechal Deodoro dissolveu o congresso nacional, em 3 de novembro, Batista recordou o tempo dos manifestos liberais, e quis fazer um. Chegou a principiá-lo, em segredo, empregando as belas frases que trazia de cor, citações latinas, duas ou três apóstrofes. D. Cláudia reteve-o à beira do abismo, com razões claras e robustas. Antes de tudo, o golpe de Estado podia ser um benefício. Serve-se muita vez a liberdade parecendo sufocá-la. Depois, era o mesmo homem que a havia proclamado que convidava agora a nação a dizer o que queria, e a emendar a constituição, salvo nas partes essenciais. A palavra do generalíssimo, como a sua espada, bastava a defender e consumar a obra principiada. D. Cláudia não tinha estilo próprio, mas sabia comunicar o calor do discurso ao coração de um homem de boa vontade. Batista, depois de a escutar e pensar, bateu-lhe no ombro imperativamente:

— Tens razão, filha.

Não rasgou o papel escrito; queria guardá-lo como simples lembrança, e a prova é que ia escrever uma carta ao Presidente. D. Cláudia também lhe tirou esta idéia da cabeça. Não havia necessidade de lhe mandar o seu sufrágio; bastava conservar-se na comissão.

— O governo não está satisfeito com você?
— Está.

— Vendo que você se conserva, conclui que aprova tudo, e basta.

— Sim, Cláudia, concordou ele após alguns instantes. Ao contrário, qualquer coisa que escrevesse contra a assembléia sediciosa que o Presidente acaba de dissolver, pareceria falta de piedade. Paz aos mortos! Tens razão, filha.

Conservou-se calado, operando, fiel às instruções recebidas. Vinte dias depois, o marechal Deodoro passava o governo às mãos do marechal Floriano, o congresso era restabelecido e todos os decretos do dia 3 anulados.

Ao saber de tais fatos, Batista pensou morrer. Ficou sem fala por alguns instantes, e D. Cláudia não achou a menor parcela de ânimo que lhe desse. Nenhum contara com a marcha rápida dos acontecimentos, uns sobre outros, com tal atropelo que parecia um bando de gente que fugia. Vinte dias apenas; vinte dias de força e sossego, esperanças e grande futuro. Um dia mais e tudo ruiu como casa velha.

Agora é que Batista compreendeu o erro de haver dado ouvidos à esposa. Se tem acabado e publicado o manifesto no dia 4 ou 5, estaria com um documento de resistência na mão para reivindicar um posto de honra qualquer, – ou só estima que fosse. Releu o manifesto; chegou a pensar em imprimi-lo, embora incompleto. Tinha conceitos bons, como este: "O dia da opressão é a véspera da liberdade". Citava a bela Roland caminhando para a guilhotina: "Ó liberdade, quantos crimes em teu nome!". D. Cláudia fez-lhe ver que era tarde, e ele concordou.

— Sim, é tarde. Naquele dia é que não era tarde, vinha à hora própria, para o efeito certo.

Batista amarrotou o papel distraidamente; depois alisou-o e guardou-o. Em seguida, fez um exame de consciência, profundo e sincero. Não devia ter cedido; a resistência era o melhor; se tem resistido às palavras da mulher, a situação seria outra. Apalpou-se, achou que sim, que podia muito bem haver-lhe trancado os ouvidos e passado adiante. Insistiu muito neste ponto. Se pudesse, faria voltar atrás o tempo, e mostraria como é que a alma escolhe de si mesma o melhor dos partidos. Não era preciso saber nada do que anteriormente sucedeu: a consciência dizia-lhe que, em situação idêntica à do dia 3, faria outra coisa... Oh! com certeza! faria coisa muito diversa, e mudaria o seu destino.

Um ofício ou telegrama veio arrancar Batista à comissão política e reservada. A volta para o Rio de Janeiro foi breve e triste, sem os epítetos que o haviam regalado por alguns meses, nem acompanhamento de amigos. Só uma pessoa vinha alegre, a filha, que rezara todas as noites pela terminação daquele exílio.

— Parece que estás contente com o desastre de teu pai, disse-lhe a mãe já a bordo.

— Não, mamãe; alegro-me de ver que acabou esta canseira. Papai pode muito bem fazer política no Rio de Janeiro, onde é muito apreciado. A senhora verá. Eu, se fosse papai, apenas desembarcasse, ia logo ao marechal explicar tudo, mostrar as instruções e dizer o que tinha feito; dizia mais que a dispensa veio muito a propósito, a fim de não parecer que ficara amofinado. Depois pedia-lhe para trabalhar lá mesmo...

D. Cláudia, a despeito do amargor dos tempos, gostou de ver que a filha pensava e dava conselhos em política. Não advertiu, como fez o leitor, que a alma do discurso da moça era não sair da capital, fazer aqui mesmo o seu congresso, que em breve seria uma só assembléia legislativa, como no Rio Grande do Sul; mas a qual das câmaras, Pedro ou Paulo, caberia esse único poder político? Eis o que ela mesma não sabia.

Ambos se lhe apresentaram a bordo, logo que o paquete entrou no porto do Rio de Janeiro. Não foram em duas lanchas, foram na mesma, e saltaram com tal presteza para a escada, que escaparam de cair ao mar. Talvez fosse o melhor desfecho do livro. Ainda assim não acaba mal o capítulo, porque a razão da presteza com que eles saltaram para a escada foi a ambição de ser o primeiro que cumprimentasse a moça; aposta de amor, que ainda uma vez os igualou na alma dela. Enfim chegaram, e não consta qual efetivamente a cumprimentou primeiro; pode ser que ambos.

73
Um Eldorado

No cais Pharoux esperavam por eles três carruagens, – dois cupês e um landô, com três belas parelhas de cavalos. A gente Batista ficou lisonjeada com a fineza da gente Santos, e entrou no landô. Os gêmeos foram cada um no seu cupê. A primeira carruagem tinha o seu cocheiro e o seu lacaio, fardados de castanho, botões de metal branco, em que se podiam ver as armas da casa. Cada uma das outras tinha apenas o cocheiro, com igual libré. E todas três se puseram a andar, estas atrás daquela, os animais batendo rijo e compassado, a golpes certos, como se houvessem ensaiado por longos dias aquela recepção. De quando em quando, encontravam outros trens, outras librés, outras parelhas, a mesma beleza e o mesmo luxo.

A capital oferecia ainda aos recém-chegados um espetáculo magnífico. Vivia-se dos restos daquele deslumbramento e agitação, epopéia de ouro da cidade e do mundo, por que a impressão total é que o mundo inteiro era assim mesmo. Certo, não lhe esqueceste o nome, encilhamento, a grande quadra das empresas e companhias de toda espécie. Quem não viu aquilo não viu nada. Cascatas de idéias, de invenções, de concessões rolavam todos os dias sonoras e vistosas para se fazerem contos de réis, centenas de contos, milhares, milhares de milhares, milhares de milhares de milhares de contos de réis. Todos os papéis, aliás ações, saíam frescos e eternos do prelo. Eram estradas de ferro, bancos, fábricas, minas, estaleiros, navegação, edificação, exportação, importação, ensaques, empréstimos, todas as uniões, todas as regiões, tudo o que esses nomes comportam e mais o que esqueceram. Tudo andava nas ruas e praças, com estatutos, organizadores e listas. Letras grandes enchiam as folhas públicas, os títulos sucediam-se, sem que se repetissem, raro morria, e só morria o que era frouxo, mas a princípio não era frouxo. Cada ação trazia a vida intensa e liberal, alguma vez imortal, que se multiplicava daquela outra vida com que a alma colhe as religiões novas. Nasciam as ações a preço alto, mais numerosas que as antigas crias da escravidão, e com dividendos infinitos.

Pessoas do tempo, querendo exagerar a riqueza, dizem que o dinheiro brotava do chão, mas não é verdade. Quando muito, caía do céu. Cândido e Cacambo... Ai, pobre Cacambo nosso! Sabes que é o nome daquele índio que Basílio da Gama cantou no *Uruguai*. Voltaire pegou dele para o meter no seu livro, e a ironia do filósofo venceu a doçura do poeta. Pobre José Basílio! tinhas contra ti o assunto estreito e a língua escusa. O grande homem não te arrebatou Lindóia, felizmente, mas Cacambo é dele, mais dele que teu, patrício da minha alma.

Cândido e Cacambo, ia eu dizendo, ao entrarem no Eldorado, conta Voltaire que viram crianças brincando na rua com rodelas de ouro, esmeralda e rubi; apanharam algumas, e na primeira hospedaria em que comeram quiseram pagar o jantar com duas delas. Sabes que o dono da casa riu às bandeiras despregadas, já por quererem pagar-lhes com pedras do calçamento, já porque ali ninguém pagava o que comia; era o governo que pagava tudo. Foi essa hilaridade do hospedeiro, com a liberalidade atribuída ao Estado, que fez crer iguais fenômenos entre nós, mas é tudo mentira.

O que parece ser verdade é que as nossas carruagens brotavam do chão. Às tardes, quando uma centena delas se ia enfileirar no largo de S. Francisco de Paula, à espera das pessoas, era um gosto subir a rua do Ouvidor, parar e contemplá-las. As parelhas arrancavam os olhos à gente; todas pareciam descer das rapsódias de Homero, posto fossem corcéis de paz. As carruagens também. Juno certamente as aparelhara com suas correias de ouro, freios de ouro, rédeas de ouro, tudo de ouro incorruptível. Mas nem ela nem Minerva entravam nos veículos de ouro para os fins da guerra contra Ílion. Tudo ali respirava a paz. Cocheiros e lacaios, barbeados e graves, esperando tesos e compostos, davam uma bela idéia do ofício. Nenhum aguardava o patrão, deitado no interior dos carros, com as pernas de fora. A impressão que davam era de uma disciplina rígida e elegante, aprendida em alta escola e conservada pela dignidade do indivíduo.

"Casos há, – escrevia o nosso Aires – em que a impassibilidade do cocheiro na boléia contrasta com a agitação do dono no interior da carruagem, fazendo crer que é o patrão que, por desfastio, trepou à boléia e leva o cocheiro a passear."

74
A Alusão do Texto

Antes de continuar, é preciso dizer que o nosso Aires não se referia vagamente ou de modo genérico a algumas pessoas, mas a uma só pessoa particular. Chamava-se então Nóbrega; outrora não se chamava nada, era aquele simples andador das almas que encontrou Natividade e Perpétua na rua de S. José, esquina da Misericórdia. Não esqueceste que a recente mãe deitou uma nota de dois mil-réis à bacia do andador. A nota era nova e bela; passou da bacia à algibeira, no fundo de um corredor, não sem algum combate.

Poucos meses depois, Nóbrega abandonou as almas a si mesmas, e foi a outros purgatórios, para os quais achou outras opas, outras bacias e finalmente outras notas, esmolas de piedade feliz. Quero dizer que foi a outras carreiras. Com pouco deixou a cidade, e não se sabe se também o país. Quando tornou, trazia alguns pares de contos de réis, que a fortuna dobrou, redobrou e tresdobrou. Enfim, alvoreceu a famosa quadra do "encilhamento". Esta foi a grande opa, a grande bacia, a grande esmola, o grande purgatório. Quem já sabia do andador das almas? A antiga roda perdera-se na obscuridade e na morte. Ele era outro; as feições não eram as mesmas, senão as que o tempo lhe veio compondo e melhorando.

Se a grande bacia, ou qualquer das outras recebeu notas que tivessem o destino da primeira, é o que se não sabe, mas é possível. Foi por esse tempo que Aires o viu de carro, quase a sair pela portinhola fora, cumprimentando muito, espiando tudo. Como o cocheiro e o lacaio (creio que eram escoceses) salvassem a dignidade pessoal da casa, Aires fez a observação do fim do outro capítulo, sem nenhuma intenção geral.

Posto não achasse já nenhum conhecido antigo, Nóbrega tinha medo de tornar ao bairro, onde andara a pedir para as primeiras almas. Um dia, porém, tais foram as saudades dele que pensou em afrontar o perigo e lá foi. Tinha cócegas de mirar as ruas e as pessoas, recordava as casas e as lojas, um barbeiro, os sobrados de grade de pau, onde apareciam tais e tais moças... Quando ia a ceder, teve outra vez medo e enfiou por outra parte. Só passava de carro; depois quis ver tudo a pé, devagar, parando, se fosse possível, e revivendo o extinto.

Lá se foi a pé; desceu pela rua de S. José, dobrou a da Misericórdia, foi parar à praia de Santa Luzia, tornou pela rua de D. Manuel, enfiou de beco em beco. A princípio olhava de esguelha, rápido, os olhos no chão. Aqui via a loja de barbeiro, e o barbeiro era outro. Dos sobrados de grade de pau debruçaram-se ainda moças, velhas e meninas e nenhuma era a mesma. Nóbrega foi-se animando e encarando. Talvez esta velha fosse moça há vinte anos; a moça talvez mamasse e dá agora de mamar a outra criança. Nóbrega acabou parando e andando devagar.

Voltou mais vezes. Só as casas, que eram as mesmas, pareciam reconhecê-lo, e algumas quase que lhe falavam. Não é poesia. O ex-andador sentia necessidade de ser conhecido das pedras, ouvir-se admirar delas, contar-lhes a vida, obrigá-las a comparar o modesto de outrora com o garrido de hoje, e escutar-lhes as palavras mudas: "Vejam, manas, é ele mesmo". Passava por elas, fitava-as, interrogava-as, quase ria, quase as tocava para sacudi-las com força: "Falem, diabos, falem!".

Não confiaria de homem aquele passado, mas às paredes mudas, às grades velhas, às portas gretadas, aos lampiões antigos, se os havia ainda, tudo o que fosse discreto, a tudo quisera dar olhos, ouvidos e boca, uma boca que só ele escutasse, e que proclamasse a prosperidade daquele velho andador.

Uma vez, viu a matriz de S. José aberta e entrou. A igreja era a mesma; aqui estão os altares, aqui está a solidão, aqui está o silêncio. Persignou-se, mas não orou; olhava só a um lado e outro, andando na direção do altar-mor. Tinha receio de ver aparecer o sacristão, podia ser o mesmo, e conhecê-lo. Ouviu passos, recuou depressa e saiu.

Ao subir pela rua S. José, encostou-se à parede, para deixar passar uma carroça. A carroça subiu a calçada, ele refugiou-se num corredor. O corredor podia ser qualquer; aquele era o próprio em que ele fez a operação da nota de dois mil-réis de Natividade. Olhou bem, era o mesmo. Ao fundo estavam os três ou quatro degraus da primeira escada que dobrava à esquerda e pegava com a grade. Sorriu do acaso, reviu por um instante aquela manhã, viu no ar a nota de dois mil-réis. Outras lhe teriam vindo às mãos por maneiras assim fáceis, mas que nunca lhe esqueceu aquela graciosa folha gravada com tantos símbolos, números, datas e promessas, entregue por uma senhora desconhecida, sabe Deus se a própria Santa Rita de Cássia. Era a sua particular devoção. Sem dúvida, trocou a nota e gastou-a, mas as partes dispersas não foram senão levar a outras notas um convite para a algibeira do dono, e todas acudiram a mancheias, obedientes e caladas, para que não as ouvissem crescer.

Por mais que ele olhasse pela vida dentro, não achava igual obséquio do céu, ou sequer do inferno. Mais tarde, se alguma jóia lhe levou os olhos, não lhe levou as mãos. Tinha aprendido a respeitar o alheio, ou ganhara com que o comprar. A nota de dois mil-réis... Um dia, ousando mais, chamou-lhe presente de Nosso Senhor.

Não, leitor, não me apanhas em contradição. Eu bem sei que a princípio o andador das almas atribuiu a nota ao prazer que a dama traria de alguma aventura. Ainda me lembram as palavras dele: "Aquelas duas viram passarinho verde!" Mas se agora atribuía a nota à proteção da santa, não mentia então nem agora. Era difícil atinar com a verdade. A única verdade certa eram os dois mil-réis. Nem se pode dizer que era a mesma em ambos os tempos. Então, a nota de dois mil-réis equivalia, pelo menos, a vinte (lembra-te dos sapatos velhos do homem); agora não subia de uma gorjeta de cocheiro.

Também não há contradição em pôr a santa agora e a namorada outrora. Era mais natural o contrário, quando era maior a intimidade dele com a igreja. Mas, leitor dos meus pecados, amava-se muito em 1871, como já se amava em 1861, 1851 e 1841, não menos que em 1881, 1891 e 1901. O século dirá o resto. E depois, é preciso não esquecer que a opinião do andador das almas acerca de Natividade foi anterior ao gesto do corredor, quando ele agasalhou a nota na algibeira. É duvidoso que, depois do gesto, a opinião fosse a mesma.

75
Provérbio Errado

Pessoa a quem li confidencialmente o capítulo passado, escreve-me dizendo que a causa de tudo foi a cabocla do Castelo. Sem as suas predições grandiosas, a esmola de Natividade seria mínima ou nenhuma, e o gesto do corredor não se daria por falta de nota. "A ocasião faz o ladrão", conclui o meu correspondente.

Não conclui mal. Há todavia alguma injustiça ou esquecimento, porque as razões do gesto do corredor foram todas pias. Além disso, o provérbio pode estar errado. Uma das afirmações de Aires, que também gostava de estudar adágios, é que esse não estava certo.

– Não é a ocasião que faz o ladrão, dizia ele a alguém; o provérbio está errado. A forma exata deve ser esta: "A ocasião faz o furto; o ladrão nasce feito".

76
Talvez Fosse a Mesma!

Nóbrega saiu enfim do corredor, mas foi obrigado a deter-se, porque uma mulher lhe estendia a mão:

— Meu senhor, uma esmolinha por amor de Deus!

Nóbrega meteu a mão no bolso do colete e pegou um níquel, entre dois que lá havia, um de tostão, outro de dois. Pegou o primeiro, mas indo a dar-lho, mudou de idéia; não deu o níquel; disse à velha que esperasse, e entrou mais fundo no corredor. De costas para a rua, introduziu a mão na algibeira das calças e sacou um maço de dinheiro; procurou e achou uma nota de dois mil-réis, não nova, antes velha, tão velha como a mendiga que a recebeu espantada, mas tu sabes que o dinheiro não perde com a velhice.

— Tome lá, murmurou ele.

Quando a mendiga voltou do espanto, Nóbrega acabava de restituir o maço à algibeira e ia a querer sair. O que a mendiga então disse veio entremeado de lágrimas:

— Meu senhor! Obrigada, meu senhor! Deus lhe pague! A Virgem Santíssima...

E beijava a nota, e queria beijar a mão que lhe dera a esmola, mas ele a escondeu, como no Evangelho, murmurando que não, que se fosse embora. Em verdade, a palavra da mendiga tinha um som quase místico, uma espécie de melodia do céu, um coro de anjos, e fazia bem fitar-lhe os olhos encarquilhados, a mão trêmula, segurando a nota. Nóbrega não esperou que ela se fosse, saiu, desceu a rua, com as bênçãos da mulher atrás de si; dobrou a esquina, a passo rápido, e aí foi pensando não se sabe em quê.

Atravessou a praça, passou a catedral e a igreja do Carmo, e chegou ao Carceler, onde entregou as botas a um italiano para que lhas engraxasse. Mentalmente, olhava para cima ou para baixo, para a direita ou para esquerda, – em todo caso para longe, – e acabou murmurando esta frase, que tanto podia referir-se à nota como à mendiga mas provavelmente era à nota:

– Talvez fosse a mesma!

Nenhum obséquio, por íntimo que seja, esquece ao beneficiado. Há exceções. Também há casos em que a memória dos obséquios aflige, persegue e morde, como os mosquitos; mas não é regra. A regra é guardá-los na memória, como as jóias nos seus escrínios; comparação justa, porque o obséquio é muita vez alguma jóia, que o obsequiado esqueceu de restituir.

77
Hospedagem

A família Batista foi aposentada em casa de Santos. Natividade não pôde ir a bordo, e o marido estava ocupado em "lançar uma companhia"; mandaram recado pelos filhos que a casa de Botafogo tinha já os quartos preparados. Desde que o carro se pôs a andar, Batista confessou que ia ficar constrangido por alguns dias.

— Numa casa de pensão era melhor, até que nos despejassem a de S. Clemente.

— Que queria você? Não havia remédio senão aceitar, ponderou a mulher.

Flora não disse nada, mas sentia o contrário do pai e da mãe. Pensar, não pensou; ia tão atordoada com a vista dos rapazes que as idéias não se enfileiraram naquela forma lógica do pensamento. A própria sensação não era nítida. Era uma mistura de opressivo e delicioso, de turvo e claro, uma felicidade truncada, uma aflição consoladora, e o mais que puderes achar no capítulo das contradições. Eu nada mais lhe ponho. Nem ela saberia dizer o que sentia. Teve alucinações extraordinárias.

Agora o que é mister dizer é que a idéia da hospedagem cabe toda aos dois jovens doutores. Que eles eram já doutores, posto não houvessem ainda encetado a carreira de advogado nem de médico. Viviam do amor da mãe e da bolsa do pai, inesgotáveis ambos. O pai abanou as orelhas à lembrança, mas os gêmeos insistiram pelo obséquio, a tal ponto que a mãe, contente de os ver de acordo, saiu do silêncio e concordou com eles. A idéia de ter a pequena ao pé de si por alguns dias, e discernir qual era o melhor aceito, e o que deveras a amava, pode ser que também influísse na adoção do voto, mas não afirmo nada a tal respeito. Também não asseguro que tivesse grande gosto em agasalhar a mãe e o pai de Flora. Não obstante, o encontro foi cordial de parte a parte. Foi um abraçar, um beijar, um perguntar, um trocar de mimos que não acabava mais. Todos estavam mais gordos, outra cor, outro ar. Flora era um encanto para Natividade e Perpétua; nenhuma destas sabia aonde iria parar aquela moça tão senhoril, tão esbelta, tão...

— Não digam o resto, interrompeu a moça sorrindo; eu tenho a mesma opinião.

Santos recebeu-os, à tarde, com a mesma cordialidade, — talvez menos aparente, mas tudo se desculpa a quem anda com grandes negócios.

— Uma idéia sublime, disse ele ao pai de Flora; a que lancei hoje foi das melhores, e as ações valem já ouro. Trata-se de lã de carneiro, e começa pela criação deste mamífero nos campos do Paraná. Em cinco anos poderemos vestir a América e a Europa. Viu o programa nos jornais?

— Não, não leio jornais daqui desde que embarquei.

— Pois verá!

No dia seguinte, antes de almoçar, mostrou ao hóspede o programa e os estatutos. As ações eram maços e maços, e Santos ia dizendo o valor de cada um. Batista somava mal, em regra; daquela vez pior. Mas os algarismos cresciam à vista, trepavam uns nos outros, enchiam o espaço, desde o chão até às janelas, e precipitavam-se por elas abaixo, com um rumor de ouro que ensurdecia. Batista saiu dali fascinado, e foi repetir tudo à mulher.

78
Visita ao Marechal

D. Cláudia, quando ele acabou, perguntou-lhe com simplicidade:
— Você vai hoje ao marechal?
Batista, caindo em si:
— Naturalmente.

Tinham ajustado que ele iria ter com o presidente da República explicar-lhe a comissão que exercera, toda reservada, e, sem embargo, imparcial. Diria o espírito de concórdia com que andou e a estima que adquiriu. Em seguida, falaria da conveniência de um governo que, pela fortaleza e pela liberdade, excedesse o do generalíssimo; e uma frase final bem estudada.

— Isso na ocasião, disse Batista.

— Não, é melhor levá-la feita. Eu lembrei-me desta: "Creia V. Ex.ª que Deus está com os fortes e os bons".

— Sim, não é má. Você pode acrescentar um gesto que indique o céu.

— Isso é que não. Você sabe que eu não dou para gestos, não sou ator. Eu, sem mexer um pé, inspiro respeito.

D. Cláudia dispensou o gesto; não era essencial. Quis que ele escrevesse a frase, mas já estava de cor. Batista tinha boa memória.

Naquele mesmo dia, Batista foi ao marechal Floriano. Não disse nada às pessoas da casa; contaria tudo na volta. D. Cláudia também calou, era por pouco tempo; ficou esperando ansiosa. Esperou duas mortais horas, chegou a imaginar que lhe tivessem encarcerado o esposo, por intrigas. Não era devota, mas o medo inspira devoção, e ela rezou consigo. Enfim, chegou Batista. Ela correu a recebê-lo, alvoroçada, pegou-lhe na mão e recolheram-se ao quarto. Perpétua (vede o que são testemunhos pessoais na história!) exclamou enternecida:

— Parecem dois pombinhos!

Batista contou que a recepção foi melhor do que esperava, conquanto o marechal não lhe dissesse nada, mas escutou-o com interesse. A frase? A frase saiu bem, apenas com uma emenda. Não estando certo se ele preferia *bons* a *fortes*, ou se *fortes* a *bons*...

— Deviam ser as duas palavras, interrompeu a mulher.

— Sim, mas lembrou-me empregar uma terceira: "Creia V. Ex.ª que Deus está com os dignos!".

Com efeito, a última palavra podia abranger as duas, e trazia esta vantagem de dar à frase um arranjo pessoal dele.

— Mas o marechal que disse?

— Não disse nada; ouviu-me com atenção obsequiosa e chegou a sorrir, — um sorriso leve, um sorriso de acordo...

— Ou seria... Quem sabe... Você não andou bem, decerto. Comigo ele diria alguma coisa. Você expôs tudo, conforme tínhamos combinado?

— Tudo.

— Expôs as razões da comissão, o desempenho, a nossa moderação?...

— Tudo, Cláudia.

— E o aperto de mão do marechal?

— Não estendeu a mão, a princípio; fez um gesto de cabeça; eu é que estendi a minha, dizendo: Sempre às ordens de Vossa Ex.ª .

— E ele?

— Ele apertou-me a mão.

— Apertou bem?
— Você sabe, não podia ser um apertão de amigo, mas deve ter sido cordial.
— E nenhuma palavra? Um *passe bem*, ao menos?
— Não, nem era preciso. Cortejei-o e saí.

D. Cláudia deixou-se estar pensando. A recepção não lhe pareceu que fosse má, mas podia ser melhor. Com ela, seria muito melhor.

79
Fusão, Difusão, Confusão

Atrás falei das alucinações de Flora. Realmente, eram extraordinárias.

Em caminho, depois do desembarque, não obstante virem os gêmeos separados e sós, cada um no seu cupê, cismou que os ouvia falar; primeira parte da alucinação. Segunda parte: as duas vozes confundiam-se, de tão iguais que eram, e acabaram sendo uma só. Afinal, a imaginação fez dos dois moços uma pessoa única.

Este fenômeno não creio que possa ser comum. Ao contrário, não faltará quem absolutamente me não creia, e suponha invenção pura o que é verdade puríssima. Ora, é de saber que, durante a comissão do pai, Flora ouviu mais de uma vez as duas vozes que se fundiam na mesma voz e mesma criatura. E agora, na casa de Botafogo, repetia-se o fenômeno. Quando ouvia os dois, sem os ver, a imaginação acabava a fusão do ouvido pela da vista, e um só homem lhe dizia palavras extraordinárias.

Tudo isto não é menos extraordinário, concordo. Se eu consultasse o meu gosto, nem os dois rapazes fariam um só mancebo, nem a moça seria uma só donzela. Corrigiria a natureza desdobrando Flora. Não podendo ser assim, consinto na unificação de Pedro e Paulo. Porquanto, esse efeito de visão repetia-se ao pé deles, tal qual na ausência, quando ela se deixava esquecer do lugar, e soltava a rédea a si mesma. Ao piano, à palestra, ao passeio na chácara, à mesa de jantar, tinha dessas visões repentinas e breves, e das quais ela mesma sorria, a princípio.

Se alguém quiser explicar este fenômeno pela lei da hereditariedade, supondo que ele era a forma afetiva da variação política da mãe de Flora, não achará apoio em mim, e creio que em ninguém. São coisas diversas. Conheceis os motivos de D. Cláudia; a filha teria outros que ela própria não sabia. O único ponto de semelhança é que, tanto na mãe como na filha, o fenômeno era agora mais freqüente, mas em relação à primeira vinha do atropelo dos acontecimentos exteriores. Nenhuma revolução se faz como a simples passagem de uma sala a outra; as mesmas revoluções chamadas de palácio trazem alguma agitação que fica por certo prazo, até que a água volte ao nível. D. Cláudia cedia à inquietação dos tempos.

A filha obedeceria a outra causa qualquer, que se não podia descobrir logo, nem sequer entender. Era um espetáculo misterioso, vago, obscuro, em que as figuras visíveis se faziam impalpáveis, o dobrado ficava único, o único desdobrado, uma fusão, uma confusão, uma difusão...

80

Transfusão, Enfim

Uma transfusão, tudo o que puder definir melhor, pela repetição e graduação das formas e dos estados, aquele particular fenômeno, podes empregá-lo no outro e neste capítulo.

Dito o fenômeno, é preciso dizer também que Flora, a princípio, achava-lhe graça. Minto; nos primeiros tempos, como estava longe, não lhe achou nada; depois, sentiu uma espécie de susto ou vertigem, mas logo que se acostumou a passar de dois a um e de um a dois, pareceu-lhe graciosa a alternação, e chegava a evocá-la com o propósito de divertir a vista. Afinal nem isto era preciso, a alternação fazia-se de si mesma. Umas vezes era mais lenta que outras, alguma instantânea. Não eram tão freqüentes que confinassem com o delírio. Enfim, ela se foi acostumando e deleitando.

Uma ou outra vez, na cama, antes de dormir, repetia-se o fenômeno depois de muita resistência da parte dela, que não queria perder o sono. Mas o sono vinha, e o sonho completava a vigília. Flora passeava então pelo braço do mesmo garção amado, Paulo se não Pedro, e ambos iam admirar estrelas e montanhas, ou então o mar, que suspirava ou tempestuava, e as flores e as ruínas. Não era raro ficarem os dois a sós, diante de uma nesga de céu, claro de luar, ou todo repregado de estrelas como um pano azul-escuro. Era à janela, supõe; vinha de fora a cantiga dos ventos mansos, um espelho grande, pendente da parede, reproduzia as figuras dela e dele, confirmando a imaginação dela. Como era sonho, a imaginação trazia espetáculos desconhecidos, tais e tantos que mal se podia crer bastasse o espaço de uma noite. E bastava. E sobrava. Sucedia que Flora acordava de repente, perdia o quadro e o vulto, e persuadia-se que era tudo ilusão, e raro então dormia. Se era cedo, erguia-se, andava, cansava-se, até adormecer novamente e sonhar outra coisa.

Outras vezes, a visão ficava sem o sonho, e diante dela uma só figura esbelta, com a mesma voz namorada, o mesmo gesto súplice. Uma noite, indo a deitar-lhe os braços sobre os ombros com o fim inconsciente de cruzar os dedos atrás do pescoço, a realidade, posto que ausente, clamou pelos seus foros, e o único moço se desdobrou nas duas pessoas semelhantes.

A diferença deu às duas visões de acordada um tal cunho de fantasmagoria que Flora teve medo e pensou no Diabo.

81

Ai, Duas Almas...

Anda, Flora, ajuda-me, citando alguma coisa, verso ou prosa, que exprima a tua situação. Cita Goethe, amiga minha, cita um verso de *Fausto*, adequado:

Ai, duas almas no meu seio moram!

A mãe dos gêmeos, a bela Natividade, podia havê-lo citado também, antes de eles nascerem, quando ela os sentia lutando dentro em si mesma:

Ai, duas almas no meu seio moram!

Nisto as duas se parecem, – uma os concebeu, outra os recolheu. Agora, como é que se dá ou se dará a escolha de Flora, nem o próprio Mefistófeles no-lo explicaria de modo claro e certo. O verso basta:

Ai, duas almas no meu seio moram!

Talvez aquele velho Plácido, que lá deixamos nas primeiras páginas, chegasse a deslindar estas outras. Doutor em matérias escuras e complicadas, sabia muito bem o valor dos números, a significação dos gestos não só visíveis como invisíveis, a estatística da eternidade, a divisibilidade do infinito. Era já morto desde alguns anos. Hás de lembrar-te que ele, consultado pelo pai de Pedro e Paulo, acerca da hostilidade original dos gêmeos, explicou-a prontamente. Morreu no seu ofício; expunha a três discípulos novos a correspondência das letras vogais com os sentidos do homem, quando caiu de bruços e expirou.

Já então os adversários de Plácido, – que os tinha na própria seita – afirmavam haver ele enlouquecido. Santos nunca se deixou ir com esses divergentes da causa comum, que acabaram formando outra igrejinha em outro bairro, onde pregavam que a correspondência exata não era entre as vogais. Esta outra fórmula, parecendo mais clara, fez com que muitos discípulos da primeira hora acompanhassem os da última e proclamem agora, como conclusão final, que o homem é um alfabeto de sensações.

Venceram estes, ficando mui poucos fiéis à doutrina do velho Plácido. Evocado algum tempo depois de morto, confessou ele ainda uma vez a sua fórmula como a única das únicas, e excomungou a quantos pregassem o contrário. Aliás, os dissidentes já o haviam excomungado também, declarando abominável a sua memória com aquele ódio rijo, que fortalece alguma vez o homem contra a frouxidão da piedade.

Talvez o velho Plácido deslindasse o problema em cinco minutos. Mas para isso era preciso evocá-lo, e o discípulo Santos cuidava agora de umas liquidações últimas e lucrativas. Não só de fé vive o homem, mas também de pão e seus compostos e similares.

82

Em S. Clemente

Ao cabo de poucas semanas, a família Batista saiu da casa de Santos, e tornou à rua de S. Clemente. A despedida foi terna, as saudades começaram antes da separação, mas a afeição, o costume, a estima, – a necessidade, em suma, de se verem a miúdo compensaram a melancolia, e a gente Batista levou promessa de que a gente Santos iria vê-la daí a poucos dias.

Os gêmeos cumpriram cedo a promessa. Um deles, parece que Paulo, foi lá nessa mesma noite com recado da mãe para saber se tinham chegado bem. Disseram-lhe que sim, acrescentando Batista, para abreviar a visita, que estavam bastante cansados. Os olhos de Flora desmentiram esta afirmação; mas dentro em pouco achavam-se não menos tristes que alegres. A alegria vinha da prontidão de Paulo, a tristeza da ausência de Pedro. Quisera-os ambos naturalmente; mas, como é que as duas sensações se mostravam a um tempo, eis o que não entenderás bem nem mal. Certamente, os olhos iam diversas vezes para a porta, e uma vez pareceu à moça ouvir rumor na escada; tudo ilusão. Mas estes gestos, que Paulo não viu, tão contente estava de haver adiantado ao irmão, não eram tais que a fizessem esquecer o irmão presente.

Paulo saiu tarde, não só para o fim de aproveitar a ausência de Pedro, mas ainda porque Flora o fazia demorar, com o intuito de ver se o outro chegava. Assim que, a mesma dualidade de sensação enchia os olhos da moça, até à hora da despedida, em que a parte triste foi maior que a alegre, pois que eram duas ausências, em vez de uma. Conclui o que quiseres, minha dona; ela recolheu-se para dormir, e reconheceu que, se se não dorme com uma tristeza na alma, muito menos com duas.

83

A Grande Noite

Há muito remédio contra a insônia. O mais vulgar é contar de um até mil, dois mil, três mil ou mais, se a insônia não ceder logo. É remédio que ainda não fez dormir ninguém, ao que parece, não importa. Até agora, todas as aplicações eficazes contra a tísica vão de par com a noção de que a tísica é incurável. Convém que os homens afirmem o que não sabem, e, por ofício, o contrário do que sabem; assim se forma esta outra incurável, a Esperança.

Flora, incurável também, se não preferes a definição de inexplicável, que lhe deu Aires, a graciosa Flora teve naquela noite a sua insônia. Mas foi um tanto culpa sua. Em vez de se deitar quietinha e dormir com os anjos, achou melhor velar com um ou dois deles, e gastar uma parte da noite à janela ou sentada, a recordar e a pensar, a cotejar e a completar, metida no roupão de linho, com os cabelos atados para dormir.

A princípio pensou no que lá estivera, e evocou todas as suas graças, realçadas pela virtude particular de a ter ido ver à noite, sem embargo de se terem visto de manhã. Sentia-se grata. Toda a conversação foi ali repetida na solidão da alcova, com as entonações diversas, o vário assunto, e as interrupções freqüentes, ora de outros, ora dela mesma. Ela, em verdade, só interrompia, para pensar no ausente, – e portanto não fazia mais que converter o diálogo em monólogo, o qual por sua vez acabava em silêncio e contemplação.

Agora, pensando em Paulo, queria saber por que é que o não escolhia para noivo. Tinha uma qualidade a mais, a nota aventurosa do caráter, e esta feição não lhe desprazia. Inexplicável ou não, deixava-se levar pelos ímpetos do rapaz, que queria tronar o mundo e o tempo por outros mais puros e felizes. Aquela cabeça, apenas masculina, era destinada a mudar a marcha do Sol, que andava errado. A Lua também. A Lua pedia um contato mais freqüente com os homens, menos quartos, não descendo o minguante de metade. Visível todas as noites sem que isso acarretasse a decadência das estrelas, continuaria modestamente o ofício do Sol, e faria sonhar os olhos insones ou só cansados de dormir. Tudo isso cumpriria a alma de Paulo, faminta de perfeição. Era um bom marido, em suma. Flora cerrou as pálpebras, para vê-lo melhor, e achou-o a seus pés, com as mãos dela entre as suas, risonho e extático.

– Paulo! meu querido Paulo!

Inclinou-se, para vê-lo de mais perto, e não perdeu o tempo nem a intenção. Visto assim, era mais belo que simplesmente conversando das coisas vulgares e passageiras. Enfiou os olhos nos olhos, e achou-se dentro da alma do rapaz. O que lá viu não soube dizê-lo bem; foi tudo tão novo e radiante que a pobre retina da moça não podia fitar nada com segurança nem continuidade. As idéias faiscavam como saindo de um fogareiro à força de abano, as sensações batiam-se em duelo, as reminiscências subiam frescas, algumas saudades, e ambições principalmente, umas ambições de asas largas, que faziam vento só com agitá-las. Sobre toda essa mescla e confusão chovia ternura, muita ternura...

Flora recolheu os olhos, Paulo estava na mesma postura; mas, do lado da porta, metido na penumbra, a figura de Pedro aparecia, não menos bela, mas um tanto triste. Flora sentiu-se tocada daquela tristeza. Parece que, se amasse exclusivamente o primeiro, o segundo podia chorar lágrimas de sangue, sem lhe merecer a menor simpatia. Que o amor, conforme as ninfas antigas e modernas, não tem piedade. Quando há piedade para outro, dizem elas, é que o amor ainda não nasceu de verdade, ou já morreu de todo, e assim o coração não lhe importa vestir essa primeira camisa do afeto. Perdoa a figura; não é nobre, nem clara, mas a situação não me dá tempo de ir à cata de outra.

Pedro aproximou-se, a passo lento, ajoelhou-se também e tomou-lhe as mãos que Paulo apertava entre as suas. Paulo ergueu-se e sumiu-se pela outra porta. O quarto tinha duas. A cama ficava entre elas. Talvez Paulo fosse bramindo de cólera; ela é que não ouviu nada, tão docemente vivo era o gesto de Pedro, já agora sem melancolia, e os olhos tão extáticos como os do irmão. Não eram tais que saíssem, como os deste, às aventuras. Tinham a quietação de quem não queria mais sol nem lua que esses que andam aí, que se contenta de ambos, e, se os acha divinos, não cuida de os trocar por novos. Era a ordem, se queres, a estabilidade, o acordo entre si e as coisas, não menos simpáticos ao coração da moça, ou por trazerem a idéia de perpétua ventura, ou por darem a sensação de uma alma capaz de resistir.

Nem por isso os olhos de Flora deixaram de penetrar os de Pedro, até chegar à alma do rapaz. O motivo secreto desta outra entrada podia ser o escrúpulo de cotejar as duas para julgá-las, se não era somente o desejo de não parecer menos curiosa de uma que de outra. Ambas as razões são boas, mas talvez nenhuma fosse verdadeira. O gosto de fitar os olhos de Pedro era tão natural que não exigia intenção particular nenhuma, e bastava fitá-los para escorregar e cair dentro da alma namorada. Era gêmea da outra; não lhe viu mais nem menos que nesta.

Unicamente, – e aqui toco o ponto escabroso do capítulo, – achou cá alguma coisa indefinível que não sentira lá; em compensação sentiu lá outra que não se lhe deparou cá. Indefinível, não esqueças. E escabroso porque nada há pior que falar de sensações sem nome. Crede-me, amigo meu, e tu, não menos amiga minha, crede-me que eu preferia contar as rendas do roupão da moça, os cabelos apanhados atrás, os fios do tapete, as tábuas do teto e por fim os estalinhos da lamparina que vai morrendo... Seria enfadonho, mas entendia-se.

Sim, a lamparina ia morrendo, mas ainda podia dar luz ao regresso de Paulo. Quando Flora o viu entrar e ajoelhar-se outra vez, ao pé do irmão, e ambos dividirem entre si as mãos dela, mansos e cordatos, ficou longamente atônita. Obra de um credo, como diziam os nossos antigos, quando havia mais religião que relógios. Voltando a si, puxou as mãos, estendeu-as depois sobre a cabeça deles, como se lhes apalpasse a diferença, o *quid*, o algo, o indefinível. A lamparina ia morrendo... Pedro e Paulo falavam-lhe por exclamações, por exortações, por súplicas, a que ela respondia mal e tortamente, não que os não entendesse, mas por não os agravar, ou acaso por não saber a qual deles diria melhor. A última hipótese tem ar de ser a mais provável. Em todo caso, é o prólogo do que sucedeu, quando a lamparina chegou aos últimos arrancos.

Tudo se mistura, à meia claridade; tal seria a causa da fusão dos vultos, que de dois que eram, ficaram sendo um só. Flora, não tendo visto sair nenhum dos gêmeos, mal podia crer que formassem agora uma só pessoa, mas acabou crendo, mormente depois que esta única pessoa solitária parecia completá-la interiormente, melhor que nenhuma das outras em separado. Era muito fazer e desfazer, mudar e transmudar. Pensou enganar-se, mas não; era uma só pessoa, feita das duas e de si mesma, que sentia bater nela o coração. Estava tão cansada de emoções que tentou erguer-se e ir fora, mas não pôde; as pernas pareciam de chumbo e coladas ao solo. Assim esteve até que a lamparina, ao canto, morreu de todo. Flora teve um sobressalto na poltrona, e ergueu-se:

– Que é isto?

A lamparina apagou-se. Foi acendê-la. Viu então que estava sem um nem outro, sem dois nem um só fundido de ambos.

Toda a fantasmagoria se desfizera. A lamparina (agora nova) alumiava o seu quarto de dormir, e a imaginação criara tudo. Foi o que ela supôs, e o leitor sabe. Flora compreendeu que era tarde, e um galo confirmou essa opinião, cantando; outros galos fizeram a mesma coisa.

– Ora, meu Deus! exclamou a filha de Batista.

Meteu-se na cama, e, se não dormiu logo, também não se demorou muito; não tardou a estar com os anjos. Sonhou com o canto dos galos, uma carroça, um lago, uma cena de viagem de mar, um discurso e um artigo. O artigo era de verdade. A mãe veio acordá-la às dez horas da manhã, chamando-lhe dorminhoca, e ali mesmo na cama, lhe leu uma folha da manhã que recomendava o marido ao governo. Flora ouviu satisfeita; acabara a grande noite.

84
O Velho Segredo

Natividade dormiu tranqüila, em Botafogo, mas acordou pensando nos filhos e na moça de S. Clemente. Viera reparando nos três. Parecera-lhe antes que Flora não aceitava um nem outro, logo depois que os aceitava a ambos, e mais tarde um e outro alternadamente. Concluiu que ainda não sentiria nada particular e decisivo; naturalmente iria com os tempos, a ver qual destes a merecia deveras. Eles é que pareciam sentir igual inclinação e igual ciúme. Daí alguma possível catástrofe. A separação não suprimiria tudo; mas, além de que, separadas as famílias, nem tudo seria presente a seus olhos, as visitas podiam ser menos freqüentes e até raras. Tinha assim o que quisera.

Ao demais, ia chegando o tempo de ir para Petrópolis; propriamente, chegara. Natividade cuidava de subir com os filhos. Sempre haveria lá no alto damas elegantes, diversões, alegria. Podia ser que até eles achassem noivas, e bastava uma para um. O que ficasse sem ela teria a liberdade de desposar Flora. Cálculos de mãe; vieram outros que os modificaram, e outros que os restauraram. Quem for mãe que lhe atire a primeira pedra.

Nenhuma outra mãe atirou a primeira pedra à nossa amiga. Quero crer que a razão disto não foi senão a própria discrição de Natividade. Suspeitas e cálculos iam ficando no coração dela. Calou e esperou.

Ao cabo, Flora cada vez gostava mais de Natividade. Queria-lhe como se ela fosse sua mãe, duplamente mãe, uma vez que não escolhera ainda nenhum dos filhos. A causa podia ser que as duas índoles se ajustassem melhor que entre Flora e D. Cláudia. A princípio, sentiu não sei que inveja amiga, antes desejo, quando via que as formas da outra, embora arruinadas pelo tempo, ainda conservavam alguma linha da escultura antiga. Pouco a pouco, foi descobrindo em si mesma o intróito de uma beleza, que devia ser longa e fina, e de uma vida, que podia ser grande...

Flora conhecia a predição da cabocla do Castelo, relativamente aos dois gêmeos. A predição não era já segredo para ninguém. Santos falara dela em tempo, apenas ocultando a subida de Natividade ao Castelo; emendou a verdade, dizendo que a cabocla é que viera a Botafogo. O resto foi revelado em confiança, como ao finado Plácido, e ainda depois de alguma luta. Três ou quatro vezes investiu e recuou. Um dia, a língua deu sete voltas na boca, e o segredo saiu medroso e sussurrado, mas perdeu o medo pelo gosto de mostrar que os rapazes seriam grandes. Enfim, o segredo foi esquecido. Mas Perpétua, por isto ou aquilo, contou-o agora à moça Batista, que a ouviu incrédula. Que podia saber a cabocla do futuro?

— Sabia, e a prova é que adivinhou outras coisas, que não posso contar e eram verdadeiras. Você não imagina como o diabo da cabocla via longe. E tinha uns olhos de espetar o coração.

— Não acredito, D. Perpétua. Pois agora o futuro da gente... E grandes como?

— Isso não disse por mais que Natividade lhe perguntasse; disse só que seriam grandes e subiriam muito. Talvez venham a ser ministros de Estado.

Perpétua parecia haver comprado os olhos à cabocla. Enfiava-os pela amiga abaixo, até o coração, que aliás não batia com força nem apressado, mas tão regular como de costume. Entretanto, não sendo impossível que os dois rapazes chegassem aos altos deste mundo, Flora deixou de objetar e aceitou a predição, sem outra palavra mais que um gesto, — sabes, creio — um gesto de boca, fazendo descair os cantos dela, levantando os ombros levemente, e espalmando as mãos, como se dissesse: Enfim, pode ser.

Perpétua acrescentou que, mudado o regímen, era natural que Paulo chegasse primeiro à grandeza, — e aqui espetou bem os olhos. Era um modo de apanhar os sentimentos de Flora, acenando-lhe com a elevação de Paulo, pois bem podia ser que viesse a amar antes o destino que a pessoa. Não achou nada. Flora continuou a não se deixar ler. Não lhe atribuas isto a cálculo, não era cálculo. Seriamente, não pensava em nada acima de si.

85

Três Constituições

— Você crê deveras que venhamos a ser grandes homens? perguntara Pedro a Paulo, antes da queda do império.

— Não sei; você pode vir a ser, quando menos, primeiro-ministro.

Depois de 15 de novembro, Paulo retorquiu a pergunta, e Pedro respondeu como o irmão, emendando o resto:

— Não sei; você pode vir a ser presidente da República.

Já lá iam dois anos. Agora pensavam mais em Flora que na subida. A boa moral pede que ponhamos a coisa pública acima das pessoas, mas os moços nisto se parecem com velhos e varões de outra idade, que muita vez pensam mais em si que em todos. Há exceções, nobres algumas, outras nobilíssimas. A história guarda muitas delas, e os poetas, épicos e trágicos, estão cheios de casos e modelos de abnegação.

Praticamente, seria exigir muito de Pedro e Paulo que cuidassem mais da constituição de 24 de fevereiro que da moça Batista. Pensavam em ambas, é verdade, e a primeira já dera lugar a alguma troca de palavras acerbas. A constituição, se fosse gente viva e estivesse ao pé deles, ouviria os ditos mais contrários deste mundo, porque Pedro ia ao ponto de a achar um poço de iniqüidades, e Paulo a própria Minerva nascida da cabeça de Jove. Falo por metáfora para não descair do estilo. Em verdade, eles empregavam palavras menos nobres e mais enfáticas, e acabavam trocando as primeiras entre si. Na rua, onde o encontro de manifestações políticas era comum, e as notícias à porta dos jornais freqüentes, tudo era ocasião de debate.

Quando, porém, a imagem da Flora aparecia entre eles por imaginação, o debate esmorecia, mas as injúrias continuavam e até cresciam, sem confissão do novo motivo, que era ainda maior que o primeiro. Efetivamente, eles iam chegando ao ponto em que dariam as duas constituições, a republicana e a imperial, pelo amor exclusivo da moça, se tanto fosse exigido. Cada um faria com ela a sua constituição, melhor que outra qualquer deste mundo.

86

Antes Que me Esqueça

Uma coisa é preciso dizer antes que me esqueça. Sabes que os dois gêmeos eram belos e continuavam parecidos; por esse lado não supunham ter motivo de inveja entre si. Ao contrário, um e outro achavam em si qualquer coisa que acentuava, se não melhorava, as graças comuns. Não era verdade, mas não é a verdade que vence, é a convicção. Convence-te de uma idéia, e morrerás por ela, escreveu Aires por esse tempo no *Memorial*, e acrescentou: "nem é outra a grandeza dos sacrifícios, mas se a verdade acerta com a convicção, então nasce o sublime, e atrás dele o útil...". Não acabou ou não explicou esta frase.

87
Entre Aires e Flora

Aquela citação do velho Aires faz-me lembrar um ponto em que ele e a moça Flora divergiam ainda mais que na idade. Já contei que ela, antes da comissão do pai, defendia Pedro e Paulo, conforme estes diziam mal um do outro. Naturalmente fazia agora a mesma coisa, mas a mudança do regímen trouxe ocasião de defender também monarquistas e republicanos, segundo ouvia as opiniões de Paulo ou de Pedro. Espírito de conciliação ou de justiça, aplacava a ira ou o desdém do interlocutor: "Não diga isso... São patriotas também... Convém desculpar algum excesso...". Eram só frases, sem ímpeto de paixão nem estímulo de princípios; e o interlocutor concluía sempre:

— A senhora é boa.

Ora, o costume de Aires era o oposto dessa contradição benigna. Hás de lembrar-te que ele usava sempre concordar com o interlocutor, não por desdém da pessoa, mas para não dissentir nem brigar. Tinha observado que as convicções, quando contrariadas, descompõem o rosto à gente, e não queria ver a cara dos outros assim, nem dar à sua um aspecto abominável. Se lucrasse alguma coisa, vá; mas, não lucrando nada, preferia ficar em paz com Deus e os homens. Daí o arranjo de gestos e frases afirmativas que deixavam os partidos quietos e mais quieto a si mesmo.

Um dia, como ele estivesse com Flora, falou daquele costume dela, dizendo-lhe que parecia estudado. Flora negou que o fosse; era inclinação natural defender os ausentes, que não podiam responder por nada; demais, aplacava assim um dos gêmeos com quem falasse, e depois o outro.

— Também concordo.

— E por que há de o senhor concordar sempre? perguntou ela sorrindo.

— Posso concordar com a senhora, porque é uma delícia ir com as suas opiniões, e seria mau gosto rebatê-las; mas, em verdade, não há cálculo. Com os mais, se concordo, é porque eles só dizem o que eu penso.

— Já o tenho achado em contradição.

— Pode ser. A vida e o mundo não são outra coisa. A senhora não saberá isto bem, porque é moça e ingênua, mas creia que a vantagem é toda sua. A ingenuidade é o melhor livro e a mocidade a melhor escola. Vá desculpando esta minha pedanteria; alguma vez é um mal necessário.

— Não se acuse, conselheiro. O senhor sabe que eu não creio nada contra a sua palavra, nem contra a sua pessoa; a própria contradição que lhe acho é agradável.

— Também concordo.

— Concorda com tudo.

— Olha aqui, Flora; dá licença, conselheiro?

Esqueceu-me dizer que esta conversação era à porta de uma loja de fazendas e modas, rua do Ouvidor. Aires ia na direção do largo de S. Francisco de Paula e viu a mãe e a filha dentro, sentadas, a escolher um tecido. Entrou, cumprimentou-as, e veio à porta com a filha. O chamado de D. Cláudia interrompeu a conversação por alguns instantes. Aires ficou a olhar para a rua, onde subiam e desciam mulheres de todas as classes, homens de todos os ofícios, sem contar as pessoas paradas de ambos os lados e no centro. Não havia burburinho grande, nem sossego puro, um meio-termo.

Talvez algumas pessoas fossem conhecidas de Aires e o cumprimentassem; mas este tinha a alma tão metida em si mesma que, se falou a uma ou duas, foi o mais. De quando em quando, voltava a cabeça para dentro, onde Flora e a mãe faziam a sua consulta. Ouvia as palavras trocadas ainda agora. Sentia-se curioso de saber se finalmente a moça escolhia a um dos gêmeos, e qual destes. Vá tudo; tinha já pesar que não fosse algum, posto não lhe importasse saber se Pedro ou Paulo. Quisera vê-la feliz, se a felicidade era o casamento, e feliz o marido, sem embargo da exclusão; o excluído seria consolado. Agora, se era por amor deles, se dela, é o que propriamente se não pode dizer com verdade. Quando muito, para levantar a ponta do véu, seria preciso entrar na alma dele, ainda mais fundo que ele mesmo. Lá se descobriria acaso, entre as ruínas de meio celibato, uma flor descorada e tardia de paternidade, ou, mais propriamente, de saudade dela...

Flora trouxe novamente a rosa fresca e rubra da primeira hora. Não falaram mais de contradição, mas da rua, da gente e do dia. Nenhuma palavra acerca de Pedro ou Paulo.

88
Não, Não, Não

Eles, onde quer que estivessem naquele momento, podiam falar ou não. A verdade é que, se nenhum consentia em deixar a moça, também nenhum contava obtê-la, por mais que a achassem inclinada. Tinham já combinado que o rejeitado aceitaria a sorte, e deixaria o campo ao vencedor. Não chegando a vitória, não sabiam como resolver a batalha. Esperar seria o mais fácil, se a paixão não crescesse, mas a paixão crescia.

Talvez não fosse exatamente paixão, se dermos a esta palavra o sentido de violência; mas, se lhe reconhecermos uma forte inclinação de amor, um amor adolescente ou pouco mais, era o caso. Pedro e Paulo cederiam a mão da pequena, se houvessem de consultar só a razão, e mais de uma vez estiveram a pique de o fazer; raro lampejo, que para logo desaparecia. A ausência era já insofrível, a presença necessária. Se não fora o que aconteceu e se contará por essas páginas adiante, haveria matéria para não acabar mais o livro; era só dizer que sim e que não, e o que estes pensaram e sentiram, e o que ela sentiu e pensou, até que o editor dissesse: basta! Seria um livro de moral e de verdade, mas a história começada ficaria sem fim. Não, não, não... Força é continuá-la e acabá-la. Comecemos por dizer o que os dois gêmeos ajustaram entre si, poucos dias depois daquele sonho ou delírio da moça Flora, à noite, no quarto.

89
O Dragão

Vejamos o que é que estes ajustaram. Vinham de estar com Aires no teatro; uma noite, matando o tempo. Conheceis este dragão; toda a gente lhe tem dado os mais fundos golpes que pode, ele esperneia, expira e renasce. Assim se fez naquela noite. Não sei que teatro foi, nem que peça, nem que gênero; fosse o que fosse, a questão era matar o tempo, e os três o deixaram estirado no chão.

Foram dali a um restaurante. Aires disse-lhes que, antigamente, em rapaz, acabava a noite com amigos da mesma idade. Era o tempo de Offenbach e da opereta. Contou anedotas, disse as peças, descreveu as damas e os partidos, quase deu por si repetindo um trecho, música e palavras. Pedro e Paulo ouviam com atenção, mas não sentiam nada do que espertava os ecos da alma do diplomata. Ao contrário, tinham vontade de rir. Que lhes importava a notícia de um velho café da rua Uruguaiana, trocado depois em teatro, agora em nada, uma gente que viveu e brilhou, passou e acabou antes que eles viessem ao mundo? O mundo começou vinte anos antes daquela noite, e não acabaria mais, como um viveiro de moços eternos que era.

Aires sorriu, porquanto ele também assim cuidou, aos vinte e dois anos de idade, e ainda se lembrava do sorriso do pai, já velho, quando lhe disse algo parecido com isso. Mais tarde, tendo adquirido do tempo a noção idealista que ora possuía, compreendeu que tal dragão era juntamente vivo e defunto, e tanto valia matá-lo como nutri-lo. Não obstante, as recordações eram doces, e muitas delas viviam ainda frescas como se viessem da véspera.

A diferença da idade era grande, não podia entrar em pormenores com eles. Ficou só em lembranças, e cuidou de outra coisa. Pedro e Paulo, entretanto, receosos de que ele os adivinhasse e compreendesse o desprezo que lhes inspiravam as saudades de tempos remotos e estranhos, pediram-lhe informações, e ele deu as que podia, sem intimidade.

Ao cabo, a conversação valeu mais que este resumo, e a separação não custou pouco. Paulo ainda lhe pediu Offenbach, Pedro uma descrição das paradas de 7 de setembro e 2 de dezembro; mas o diplomata achou meio de saltar ao presente e particularmente a Flora, que louvou como uma bela criatura. Os olhos de ambos concordaram que era belíssima. Também louvou as qualidades morais, a finura do espírito, tais dotes que Pedro e Paulo reconheceram também, e daí a conversação, e por fim o ajuste a que me referi no começo deste capítulo e pede outro.

90

O Ajuste

— Quanto a mim um de vocês gosta dela, senão ambos, disse Aires.

Pedro mordeu os beiços. Paulo consultou o relógio; iam já na rua. Aires concluiu o que sabia, que sim, que ambos, e não trepidou em dizê-lo, acrescentando que a moça não era como a República, que um podia defender e outro atacar; cumpria ganhá-la ou perdê-la de vez. Que fariam eles, dada a escolha? Ou já estava feita a escolha, e o preterido teimava em a torcer para si?

Nenhum falou logo, posto que ambos sentissem necessidade de explicar alguma coisa. Tinham que a escolha não era clara ou decisiva. Outrossim, que lhes cabia o direito de esperar a preferência, e fariam o diabo para alcançá-la. Tais e outras idéias vagavam silenciosamente neles, sem sair cá fora. A razão percebe-se, e devia ser mais de uma, – primeiro, a matéria da conversação – depois, a gravidade do interlocutor. Por mais que Aires abrisse as portas à franqueza dos rapazes, estes eram rapazes e ele velho. Mas o assunto em si era tão sedutor, o coração, apesar de tudo, tão indiscreto, que não houve remédio senão falar, mas falar negando.

— Não me neguem, interrompeu Aires; a gente madura sabe as manhas da gente nova, e adivinha com facilidade o que ela faz. Nem é preciso adivinhar; basta ver e ouvir. Vocês gostam dela.

Eles sorriam, mas já agora com tal amargor e acanhamento que mostravam o desgosto da rivalidade, aliás sabida deles. Tal rivalidade era também sabida de outros, devia sê-lo de Flora, e a situação lhes parecia agora mais complicada e fechada que dantes.

Tinham chegado ao largo da Carioca, era uma hora da noite. Uma vitória de Santos esperava ali os rapazes, a conselho e por ordem da mãe, que buscava todas as ocasiões e meios de os fazer andar juntos e familiares. Teimava em emendar a natureza. Levava-os muita vez a passeio, ao teatro, a visitas. Naquela noite, como soubesse que iam ao teatro, mandou aprestar a vitória que os conduziu para a cidade, ficou à espera deles.

— Entre, conselheiro, disse Pedro, o carro dá para três; eu vou no banquinho da frente.

Entraram e partiram.

— Bem, continuou Aires, é certo que vocês gostam dela, e igualmente certo que ela ainda não escolheu entre os dois. Provavelmente, não sabe que faça. Um terceiro resolveria a crise, porque vocês se consolariam depressa; também eu me consolei em rapaz. Não havendo terceiro, e não se podendo prolongar a situação, por que é que vocês não combinam alguma coisa?

— Combinar quê? perguntou Pedro sorrindo.

— Qualquer coisa. Combinem um modo de cortar este nó górdio. Cada um que siga a sua vocação. Você, Pedro, tentará primeiro desatá-lo; se ele não puder, Paulo, você pegue da espada de Alexandre e dê-lhe o golpe. Fica tudo feito e acabado. Então o destino, que os espera, com duas belas criaturas, virá trazê-las pela mão a um e a outro, e tudo se compõe na terra como no céu.

Aires disse mais coisas antes de se apear à porta da casa. Apeado, ainda lhes perguntou:

— Estamos de acordo?

Os dois responderam de cabeça afirmativamente, e, ficando sós, não disseram nada. Que fossem pensando, é natural, e porventura o tempo lhes pareceu curto entre o Catete e Botafogo. Chegaram a casa, subiram a escada do jardim, falaram da temperatura, que Pedro achava deliciosa e Paulo abominável, mas não disseram assim para não irritar um ao outro. A esperança do ajuste é que os levava à moderação relativa e passageira. Vivam os frutos pendentes do dia seguinte!

Cá estava o quarto à espera deles, um brinco de arranjo e graça, de comodidade e repouso. Era a mãe que dava os últimos retoques todos os dias; ela cuidava das flores que seriam postas nos vasinhos de porcelana, e ela mesma as ia tirar à noite e pôr fora das janelas para que eles não as respirassem dormindo. Cá estavam as velas ao pé das duas camas, metidas nos seus castiçais de prata, um com o nome de Pedro, outro com o de Paulo, gravados. Tapetinhos de suas mãos, laços dados por ela nos cortinados, finalmente o retrato dela e o do marido pendurados à parede, entre as duas camas, naquele mesmo lugar em que estiveram os de Luís XVI e Robespierre, comprados na rua da Carioca.

Ao pé de cada um dos castiçais acharam um bilhetinho de Natividade. Aqui está o que ela dizia: "Algum de vocês quer ir comigo à missa, amanhã? Faz anos que seu avô morreu, e Perpétua está adoentada". Natividade esquecera de lhes falar antes, aliás, andava bem sem eles, mormente de carruagem; mas gostava de os ter consigo.

Pedro e Paulo riram do convite e da forma, e um deles propôs que, para agradar à mãe, fossem ambos à missa. A aceitação da proposta veio pronta; já não era harmonia, era uma espécie de diálogo na mesma pessoa. O céu parecia escrever o tratado de paz que ambos teriam de assinar; ou, se preferes, a natureza corrigia as índoles, e os dois rixosos começavam a ajustar o ser e o parecer. Também não juro isto, digo o que se pode crer só pelo aspecto das coisas.

— Vamos à missa, repetiram.

Seguiu-se um grande silêncio. Cada um ruminava o ajuste e o modo de o propor. Enfim, de cama a cama, disseram o que lhes parecia melhor, propuseram, discutiram, emendaram e concluíram sem escritura de tabelião, apenas por aceitação de palavra. Poucas cláusulas. Confessando que não podiam assegurar a escolha de Flora, concordaram em esperar por ela durante um prazo curto; três meses. Dada a escolha, o rejeitado obrigava-se a não tentar mais nada. Como tivessem a certeza final da escolha, o acordo era fácil; cada um não faria mais que excluir o outro. Não obstante, se ao fim do prazo, nenhuma escolha houvesse, cumpria adotar uma cláusula última. A primeira que acudiu foi deixarem ambos o campo, mas não os seduziu. Lembrou-lhes recorrer à sorte, e aquele que fosse designado por ela deixaria o campo ao rival. Assim passou uma hora de conversação, após a qual, cuidaram de dormir.

91
Nem Só a Verdade se Deve às Mães

Às nove horas da manhã seguinte, Natividade estava pronta para ir à missa que mandava dizer na matriz da Glória; nenhum dos filhos se lhe apresentou.
– Parece que dormem.

E duas, três, quatro, cinco vezes, foi até à porta do quarto a ver se ouvia rumor, como resposta ao bilhete que deixara. Nada. Concluiu que teriam entrado tarde. Só não atinou que dormissem sobre o ajuste, nem que ajuste era. Uma vez que o fizessem em cama fofa, tudo ia bem. Enfim, acabou de calçar as luvas, desceu, entrou no carro e foi para a igreja.

A missa era aniversária, como dizia o bilhete. Uso velho; o pai tinha a sua missa, a mãe outra, os irmãos e parentes outras. Não lhe esqueciam datas obituárias, como não lhe esqueciam natalícias, quaisquer que fossem, amigas ou parentas; trazia-as todas de cor. Doce memória! Há pessoas a quem não ajudas, e chegam a brigar consigo e com outros por abandono teu. Felizes os que tu proteges; esses sabem o que é 24 de março, 10 de agosto, 2 de abril, 7 e 31 de outubro, 10 de novembro, o ano todo, suas tristezas e alegrias particulares.

Voltando a casa, viu Natividade os dois filhos no jardim, à espera dela. Eles correram a abrir-lhe a portinhola do carro, e depois de a apearem e lhe beijarem a mão, explicaram a falta. Tinham resolvido ir ambos, mas o sono...

— O sono e a preguiça, concluiu a mãe rindo.
— Foi só o sono, disse Pedro.
— Acordamos agora mesmo, acabou Paulo.

Disputaram dar-lhe o braço; Natividade os satisfez dando um braço a cada um. Em casa, ao mudar de roupa, Natividade refletiu que se Flora lhes tivesse feito algum pedido, eles acordariam cedo, por mais tarde que se deitassem; a memória serviria de despertador. Passou-lhe uma sombra rápida, mas depressa se reconciliou com a diferença. Assim que, não foi por ciúme, mas para os trazer a outras seduções e separá-los da guerra ante a bela Flora, que a mãe teimou em levar os filhos para Petrópolis. Subiriam na primeira semana de janeiro. A estação seria excelente; anunciou festas, citou nomes, notou-lhes que Petrópolis era a cidade da paz. O governo pode mudar cá em baixo e nas províncias...

— Que províncias, mamãe? atalhou Paulo.

Natividade sorriu e emendou:

— Nos Estados. Vai desculpando os descuidos de tua mãe. Bem sei que são Estados; não são como as províncias antigas, não esperam que o presidente lhes vá aqui da Corte...

— Que Corte, baronesa?

Agora os dois riram, mãe e filho. Passado o riso, Natividade continuou:

— Petrópolis é a cidade da paz; é, como dizia outro dia o conselheiro Aires, é a cidade neutra, é a cidade das nações. Se a capital do Estado fosse ali, não haveria deposição de governo. Petrópolis — vejam vocês que o nome, apesar da origem, ficou e ficará, — é de todos. A estação dizem que vai ser encantadora...

— Eu não sei se posso ir já, disse Paulo.

— Nem eu, acudiu Pedro.

Ainda uma vez estavam de acordo, mas aqui o acordo trazia provavelmente o divórcio, refletiu a mãe, e o prazer que lhe deram aquelas duas palavras morreu depressa. Perguntou-lhes que razão tinham para ficar e até quando. Se estivessem estabelecidos com o seu consultório médico e a sua banca de advogado, era bem; mas, se nenhum deles começara ainda a carreira, que fariam cá em baixo, quando ela e o marido...

— Justamente; eu tenho que fazer uns estudos de clínica na Santa Casa, respondeu Pedro.

Paulo explicou-se. Não ia praticar a advocacia, mas precisava de consultar certos documentos do século XVIII na Biblioteca Nacional; ia escrever uma história das terras possuídas.

Nada era verdade, mas nem só a verdade se deve dizer às mães. Natividade ponderou que eles podiam fazer tudo entre as duas barcas de Petrópolis; desciam, almoçavam, trabalhavam, e às quatro horas subiriam, como a demais gente. Em cima achariam visitas, músicas, bailes, mil coisas belas, sem contar as manhãs, a temperatura e os domingos. Eles defenderam o estudo, como sendo melhor por muitas horas seguidas.

Natividade não teimou. Mais depressa ficaria esperando que os filhos acabassem os documentos da Biblioteca e a clínica da Santa Casa. Esta idéia fê-la atentar para a necessidade de ver estabelecidos o jovem médico e o jovem advogado. Trabalhariam com outros profissionais de reputação e iriam adiante e acima. Talvez a carreira científica lhes desse a grandeza anunciada pela cabocla do Castelo, não política ou outra. Em tudo se podia resplandecer e subir. Aqui fez a carreira política de algum deles, sem advertir que o pai de Flora mal continuaria a própria carreira, aliás obscura. Mas a idéia do mando tornava a ocupar a cabeça da mãe, e cheios dela os olhos fitavam ora Pedro, ora Paulo.

Chegaram a acordo. Eles subiriam aos sábados e desceriam às segundas; o mesmo por ocasião de dias santos e festas de gala. Natividade contava com o costume e as atrações.

Na barca e em Petrópolis era objeto de conversação a diferença entre os filhos, que só iam lá uma vez por semana, e o pai, que trazia tantos negócios às costas, e subia todas as tardes. Que fariam eles cá em baixo, quando alguns olhos podiam atraí-los e agarrá-los lá em cima? Natividade defendia os gêmeos, dizendo que um ia à Santa Casa e outro à Biblioteca Nacional, e estudavam muito, às noites. A explicação era aceitável, mas além de fazer perder um assunto aos bonitos dentes do verão, podia ser invenção dos rapazes; naturalmente, iriam às moças.

A verdade é que eles faziam rumor em Petrópolis, durante as poucas horas que lá passavam. Além do mais, tinham a semelhança e a graça. As mães diziam bonitas coisas à mãe deles, e indagavam da razão verdadeira que os prendia à capital, não assim como eu digo, nu e cru, mas com arte fina e insidiosa, arte perdida, porque a mãe insistia na Biblioteca e na Santa Casa. Deste jeito, a mentira, já servida em primeira mão, era servida em segunda, e nem por isso melhor aceita.

92
Segredo Acordado

Enfim, que segredo há que se não descubra? Sagacidade, boa vontade, curiosidade, chama-lhe o que quiseres, há uma força que deita cá para fora tudo o que as pessoas cuidam de esconder. Os próprios segredos cansam de calar, – calar ou dormir; fiquemos com este outro verbo, que serve melhor à imagem. Cansam, e ajudam a seu modo aquilo que imputamos à indiscrição alheia.

Quando eles abrem os olhos, faz-lhes mal a escuridão. Um raio de sol basta. Então pedem aos deuses (porque os segredos são pagãos) um quase nada de crepúsculo, aurora ou tarde, posto que a aurora prometa dia, enquanto a tarde cai outra vez na noite, mas tarde que seja, tudo é respirar claridade. Que os segredos, amiga minha, também são gente; nascem, vivem e morrem. Agora o que sucede, quando um olhar de sol penetra na solidão deles, é que dificilmente sai mais, e geralmente cresce, rasga, alaga, e os traz pela orelha cá para fora. Vexados da grande luz, eles a princípio andam de ouvido em ouvido, cochichados, alguma vez escritos em bilhetes, ainda que tão vagamente e sem nomes, que mal se adivinhará quais sejam. É o período da infância, que passa depressa; a mocidade pula por cima da adolescência, e eles aparecem fortes e derramados, sabidos como gazetas. Enfim, se a velhice chega, e eles não se vexam dos cabelos brancos, tomam conta do mundo, e acaso conseguem, não digo esquecer, mas aborrecer; entram na família do próprio sol, que quando nasce é para todos, segundo dizia uma tabuleta da minha infância.

Tabuletas da minha infância, ai, tabuletas! Quisera acabar por elas este capítulo, mas o assunto não teria nobreza nem interesse, e ainda uma vez interromperíamos a nossa história. Fiquemos no segredo divulgado; é quanto basta. Uma veranista elegante não dissimulou o seu espanto ao saber que os dois irmãos combinavam num ponto que faria romper os maiores amigos deste mundo. Um secretário de legação insinuou que podia ser brincadeira dos dois.

— Ou dos três, acrescentou outra veranista.

Iam de passeio à Quitandinha, a cavalo. Aires acompanhava-os, e não dizia nada. Quando lhe perguntaram se Flora era bonita, respondeu que sim, e falou da temperatura. A primeira veranista perguntou-lhe se era capaz de suportar aquela situação. Aires respirou, como quem vem de longe, e declarou que aos pés de um padre seria obrigado a mentir, tais eram os seus pecados; mas ali, na estrada, ao ar livre, entre senhoras, confessou que matara mais de um rival. Que se lembrasse trazia sete mortes às costas, com várias armas. As senhoras riam; ele falava soturno. Só uma vez escapou de morrer primeiro, e inventou uma anedota napolitana. Fez a apologia do punhal. Um que tivera, há muitos anos, o melhor aço do mundo, foi obrigado a dá-lo de presente a um bandido, seu amigo, quando lhe provou que completara na véspera o seu vigésimo nono assassinato.

— Aqui está o trigésimo, disse-lhe, entregando a arma.

Poucos dias depois soube que o bandido, com aquele punhal, matara o marido de uma senhora, e depois a senhora, a quem amava sem ventura.

— Deixei-o com trinta e um crimes de primeira ordem.

As damas continuavam a rir; ele conseguiu assim desviar a conversação de Flora e seus namorados.

93
Não Ata Nem Desata

Enquanto indagavam dela em Petrópolis, a situação moral de Flora era a mesma, – o mesmo conflito de afinidades, o mesmo equilíbrio de preferências. Cessado o conflito, roto o equilíbrio, a solução viria de pronto, e, por mais que doesse a um dos namorados, venceria o outro, a menos que interviesse o punhal da anedota de Aires.

Assim passaram algumas semanas desde a subida de Natividade. Quando Aires vinha ao Rio de Janeiro, não deixava de ir vê-la a S. Clemente, onde a achava qual era dantes, salvo um pouco de silêncio em que a viu metida uma vez. No dia seguinte recebeu uma carta de Flora, pedindo-lhe desculpa da desatenção, se a houve, e mandando-lhe saudades. "Mamãe pede que a recomende também ao senhor e à família da baronesa." Esta recomendação exprimia o consentimento obtido da mãe para que lhe escrevesse a carta. Quando ele tornou ao Rio, correu a S. Clemente e Flora pagou-lhe com alegria grande o silêncio daquela outra manhã. Todavia, não era espontânea nem constante; tinha seus cochilos de melancolia. Aires voltou ainda algumas vezes na mesma semana. Flora aparecia-lhe com a alegria costumada, e, para o fim, a mesma alteração dos últimos dias.

Talvez a causa daquelas síncopes da conversação fosse a viagem que o espírito da moça fazia à casa da gente Santos.

Uma das vezes, o espírito voltou para dizer estas palavras ao coração: "Quem és tu, que não atas nem desatas? Melhor é que os deixes de vez. Não será difícil a ação, porque a lembrança de um acabará por destruir a de outro, e ambas se irão perder com o vento, que arrasta as folhas velhas e novas, além das partículas de coisas, tão leves e pequenas, que escapam ao olho humano. Anda, esquece-os; se os não podes esquecer, faze por não os ver mais; o tempo e a distância farão o resto".

Tudo estava acabado. Era só escrever no coração as palavras do espírito, para que lhe servissem de lembrança. Flora escreveu-as, com a mão trêmula e a vista turva; logo que acabou, viu que as palavras não combinavam, as letras confundiam-se, depois iam morrendo, não todas, mas salteadamente até que o músculo as lançou de si. No valor e no ímpeto podia comparar o coração ao gêmeo Paulo; o espírito, pela arte e sutileza, seria o gêmeo Pedro. Foi o que ela achou no fim de algum tempo, e com isso explicou o inexplicável.

Apesar de tudo, não acabava de entender a situação, e resolveu acabar com ela ou consigo. Todo esse dia foi inquieto e complicado, Flora pensou em ir ao teatro para que os gêmeos não a achassem à noite. Iria cedo, antes da hora da visita. A mãe mandou comprar o camarote, e o pai aprovou a diversão, quando veio jantar, mas a filha acabou com dor de cabeça, e o camarote ficou perdido.

– Vou mandá-lo aos jovens Santos, insinuou Batista.

D. Cláudia opôs-se e guardou o camarote. A razão era de mãe; posto lhe tardasse a escolha e o casamento, ela queria vê-los ali consigo falando, rindo, debatendo que fosse, com os olhos pendentes da filha. Batista não entendeu logo nem depois; mas para não desagradar à esposa, deixou de obsequiar os rapazes. Uma ocasião tão boa! Não era muito para eles que possuíam com que despender, e despendiam; o obséquio estava na lembrança, e também na cartinha que lhes escreveria, mandando o camarote. Chegou a redigi-la de cabeça, apesar de já inútil. A mulher, ao vê-lo calado e sério, cuidou que fosse zanga e quis fazer as pazes; o marido arredou-a brandamente com a mão. Redigia a cartinha, punha no texto um gracejo sisudo, dobrava o papel e lançava-lhe este sobrescrito gêmeo: "Aos jovens apóstolos Pedro e Paulo". O trabalho intelectual tornou mais dura a oposição de D. Cláudia. Uma cartinha tão bonita!

94

Gestos Opostos

Como pode um só teto cobrir tão diversos pensamentos? Assim é também este céu claro ou brusco, – outro teto vastíssimo que os cobre com o mesmo zelo da galinha aos seus pintos... Nem esqueça o próprio crânio do homem, que os cobre igualmente, não só diversos, senão opostos.

Flora, no quarto, não cuidava então de bilhetes nem camarotes; também não acudia à dor de cabeça, que não tinha. Se falou nela foi por ser uma razão próxima e aceitável, breve ou longa, conforme a necessidade da ocasião. Não suponhas que está rezando, embora tenha ali um oratório e um crucifixo. Não viria pedir a Jesus que lhe livrasse a alma daquela inclinação desencontrada. Posta à beira da cama, os olhos no chão, pensava naturalmente em alguma coisa grave, se não era nada, que também agarra os olhos e o pensamento de uma pessoa. Mordeu os beiços sem raiva; meteu a cabeça entre as mãos, como se quisesse concertar os cabelos, mas os cabelos estavam e ficavam como dantes.

Quando se levantou era totalmente noite e acendeu uma vela. Não queria gás. Queria uma claridade branda que desse pouca vida ao quarto e aos seus móveis, que deixasse algumas partes na meia escuridade. O espelho, se fosse a ele, não lhe repetiria a beleza de todos os dias, com a vela posta em cima de uma papeleira antiga, a distância. Mostrar-lhe-ia a nota de palidez e de melancolia, é verdade, mas a nossa amiguinha não se sabia pálida, nem se sentia melancólica. Tinha na tristeza desvairada daquela ocasião uma pontinha de abatimento.

Como tudo isso se combinava, não sei, nem ela mesma. Ao contrário, Flora parecia, às vezes, tomada de um espanto, outras de uma inquietação vaga, e, se buscava o repouso de uma cadeira de balanço, era para o deixar logo. Ouviu bater oito horas. Daí a pouco, entrariam provavelmente Pedro e Paulo. Teve lembrança de ir dizer à mãe que a não mandasse chamar; estava de cama. Esta idéia não durou o que me custa escrevê-la, e aliás lá vai na outra linha. Recuou a tempo.

— É um despropósito, disse consigo; basta não aparecer. Mamãe dirá que estou adoentada, tanto que perdemos o teatro, e, se vier aqui, digo-lhe que não posso aparecer...

As últimas palavras saíram-lhe de viva voz, para maior firmeza da resolução. Projetou reclinar-se já na cama; depois achou melhor fazê-lo quando ouvisse o passo da mãe no corredor. Todas essas alternativas podiam vir de si mesmas; entretanto não é impossível que fosse também um modo de sacudir quaisquer lembranças aborrecíveis. A moça temia ir atrás delas.

95

O Terceiro

Temendo ir atrás delas, que havia de fazer Flora? Abriu uma das janelas do quarto, que dava para a rua, encostou-se à grade e enfiou os olhos para baixo e para cima. Viu a noite sem estrelas, pouca gente que passava, calada ou conversando, algumas salas abertas, com luzes, uma com piano. Não viu certa figura de homem na calçada oposta, parada, olhando para a casa de Batista. Nem a viu, nem lhe importaria saber quem fosse. A figura é que tão depressa a viu como estremeceu e não despegou mais os olhos dela, nem os pés do chão.

Lembras-te daquela veranista de Petrópolis que atribuiu um terceiro namorado à nossa amiguinha? "Um dos três", disse ela. Pois aqui está o terceiro namorado e pode ser que ainda apareça outro. Este mundo é dos namorados. Tudo se pode dispensar nele; dia virá em que se dispensem até os governos, a anarquia se organizará de si mesma, como nos primeiros dias do paraíso. Quanto à comida, virá de Boston ou de Nova York um processo para que a gente se nutra com a simples respiração do ar. Os namorados é que serão perpétuos.

Aquele era oficial de secretaria. Geralmente os empregados de secretaria casam cedo. Gouveia era solteiro, andava às moças. Um domingo, à missa, reparou na filha do ex-presidente, e saiu da igreja tão apaixonado que não quis outra promoção. Tinha gostado de muitas, acompanhou algumas, esta foi a primeira que o feriu deveras. Pensava nela dia e noite. A rua de S. Clemente era o caminho que o levava e trazia da repartição. Se a via, olhava muito para ela, detinha-se à distância, à porta de uma casa, ou então fingia acompanhar com os olhos um carro que passava, e tirava-os do carro para a moça.

Quando amanuense, fizera versos; nomeado oficial, perdeu o costume, mas um dos efeitos da paixão foi restituir-lho. Consigo, em casa da mãe, gastava papel e tinta a metrificar as esperanças. Os versos escorriam da pena, a rima com eles, e as estrofes vinham seguindo direitas e alinhadas, como companhias de batalhão; o título seria o coronel, a epígrafe a música, uma vez que regulava a marcha dos pensamentos. Bastaria essa força à conquista? Gouveia imprimiu alguns em jornais, com esta dedicatória: *A alguém*. Nem assim a praça se rendia.

Uma vez deu-lhe na cabeça mandar uma declaração de amor. Paixão concebe despropósitos. Escreveu duas cartas, sem o mesmo estilo, antes contrário. A primeira era de poeta; dava-lhe *tu*, como nos versos, adjetivava muito, chamava-lhe deusa por alusão ao nome de Flora, e citava Musset e Casimiro de Abreu. A segunda carta foi um desforço do oficial sobre o amanuense. Saiu-lhe ao estilo das informações e dos ofícios, grave, respeitoso, com Excelências. Comparando as duas cartas, não acabou de escolher nenhuma. Não foi só o texto diverso e contrário, foi principalmente a falta de autorização que o levou a rasgar as cartas. Flora não o conhecia; quando menos, fugia de o conhecer. Os olhos dela, se encontravam os dele, retiravam-se logo indiferentes. Uma só vez cuidou que traziam a intenção de perdoar. Que esse breve raio de luz lhe desabotoasse as flores da esperança (começo a falar como a primeira carta) era possível e até certo; tão certo que lhe fez perder o ponto na repartição. Felizmente, era ótimo empregado; o diretor ampliou o quarto de hora de tolerância, e atendeu à dor de cabeça, causa de triste insônia.

– Dormi sobre a madrugada, acabou o oficial.

– Assine.

Senão quando, morre-lhe o padrinho ao Gouveia, e em testamento deixou ao afilhado três contos de réis. Qualquer acharia nisso um benefício, Gouveia achou pois; o legado e a ocasião de travar relações com o pai de Flora. Correu a pedir-lhe que aceitasse a procuração de legatário, ajustando logo os honorários e as despesas. Com pouco, foi procurá-lo à casa, e para que o advogado desse a notícia do constituinte à família, empregou muitos ditos sutis e graciosos, contou anedotas de padrinho, expôs conceitos filosóficos e um programa de marido. Descreveu também a situação administrativa, a promoção iminente, os louvores recebidos, comissões e gratificações, tudo o que o distinguia de outros companheiros. De resto, ninguém na repartição lhe queria mal. Aqueles mesmos que se creram prejudicados, acabavam confessando que era justa a preferência dada ao Gouveia. Não seria tudo exato; ele o cria assim, ao menos, e, se não cria tudo, não desmentiu nada. Perdeu tempo e trabalho. Flora não soube da conversação.

Nem soube da conversação, nem deu agora pelo vulto, como lá disse. Também disse que a noite era escura. Acrescento que começou a pingar fino e a ventar fresco. Gouveia trazia guarda-chuva e ia a abri-lo, mas recuou. O que se passou na alma dele foi uma luta igual à dos dois textos da carta. O oficial queria abrigar-se da chuva, o amanuense queria apanhá-la, isto é, o poeta renascia contra as intempéries, sem medo ao mal, prestes a morrer por sua dama, como nos tempos da cavalaria. Guarda-chuva era ridículo; poupar-se à constipação desmentia a adoração. Tal foi a luta e o desfecho; venceu o amanuense, enquanto a chuva ia pingando grosso, e outra gente passava abrigada e depressa. Flora entrou e fechou a janela. O amanuense esperou ainda algum tempo, até que o oficial abriu o guarda-chuva e fez como os outros. Em casa achou a triste consolação da mãe.

96
Retraimento

Aquela noite acabou sem incidente. Os gêmeos vieram, Flora não apareceu, e no dia seguinte duas cartinhas perguntavam a D. Cláudia como passara a filha. A mãe respondeu que bem. Nem por isso Flora os recebeu com a alegria do costume. Tinha alguma coisa que a fazia falar pouco. Pediram-lhe música, tocou; foi bom, porque era um meio de se meter consigo. Não respondeu aos apertos de mão, como eles supunham que fazia até há pouco. Assim foi essa noite, assim foram as outras. Ora um, ora outro chegava primeiro, imaginando que a presença do rival é que tolhia a moça; mas a precedência não valia nada.

97
Um Cristo Particular

Tudo isso lhe custava tanto, que ela acabou pedindo ao seu Cristo um lugar de governador para o pai, – ou qualquer comissão fora daqui. Jesus Cristo não distribui os governos deste mundo. O povo é que os entrega a quem merece, por meio de cédulas fechadas, metidas dentro de uma urna de madeira, contadas, abertas, lidas, somadas e multiplicadas. A comissão podia vir, isso sim; a questão era saber se Jesus Cristo acudirá a todos os que lhe pedem a mesma coisa. Os comissários seriam infinitamente mais que as comissões. Esta objeção foi logo expelida do espírito de Flora, porque ela pedia ao seu Cristo, um de marfim velho, deixa da avó, um Cristo que nunca lhe negou nada, a quem as outras pessoas não vinham importunar com súplicas. A própria mãe tinha o seu particular, confidente de ambições, consolo de desenganos; não recorria ao da filha. Tal era a fé ingênua da moça.

Certamente, já lhe havia pedido que a livrasse daquela complicação de sentimentos, que não acabavam de ceder um ao outro, daquela hesitação cansativa, daquele empuxar para ambos os lados. Não foi ouvida. A causa seria talvez por não haver dado ao pedido a forma clara que aqui lhe ponho, com escândalo do leitor. Efetivamente, não era fácil pedir assim por palavras seguidas, faladas ou só pensadas; Flora não formulou a súplica. Pôs os olhos na imagem e esqueceu-se de si, para que a imagem lesse dentro dela o seu desejo. Era demais; requerer o favor do céu e obrigá-lo a adivinhar o que era... Assim cuidou Flora, e resolveu emendar a mão. Não chegou lá; não ousou dizer a Jesus o que não dizia a si mesma. Pensava nos dois, sem confessar a nenhum. Sentia a contradição, sem ousar encará-la por muito tempo.

98
O Médico Aires

Um dia pareceu à mãe que a filha andava nervosa. Interrogou-a e apenas descobriu que Flora padecia de vertigens e esquecimentos. Foi justamente um dia em que Aires lá apareceu de visita, com recados de Natividade. A mãe falou-lhe primeiro e confiou-lhe os seus sustos. Pediu-lhe que a interrogasse também. Aires fez de médico, e, quando a moça apareceu e a mãe os deixou na sala, cuidou de a interrogar cautelosamente.

Vão propósito, porque ela mesma iniciou a conversação, queixando-se de dor de cabeça. Aires observou que dor de cabeça era moléstia de moça bonita, e, tendo confessado que este dito era banal, descobriu-lhe o motivo. Não queria perder a ocasião de lhe dizer o que toda a gente sabia e dizia, não só aqui, como em Petrópolis.

— Por que não vai a Petrópolis? concluiu.
— Espero fazer outra viagem mais longa, muito longa...
— Para o outro mundo, aposto?
— Acertou.
— Já tem bilhete de passagem?
— Comprarei no dia do embarque.
— Talvez não ache. Há grande concorrência para aquelas paragens; melhor é comprar antes, e, se quer, eu me encarrego disso; comprarei outro para mim, e iremos juntos. A travessia, quando não há conhecidos, deve ser fastidiosa; às vezes, os próprios conhecidos aborrecem, como sucede neste mundo.

As saudades da vida é que são agradáveis. A gente de bordo é vulgar, mas o comandante impõe confiança. Não abre a boca, dá as suas ordens por gestos, e não consta que haja naufragado.

— O senhor está caçoando comigo; eu creio até que estou com febre.

— Deixe ver.

Flora estendeu-lhe o pulso; ele, com ar profundo:

— Está; febre de quarenta e sete graus, a mão está ardendo, mas isto mesmo prova que não é nada, porque aquelas viagens fazem-se com as mãos frias. Há de ser constipação, fale a sua mãe.

— Mamãe não cura.

— Pode curar, há remédios caseiros; em todo caso, peça-lhe, e ela pode mandar chamar um médico.

— Médico dá tisanas, e eu não gosto de tisanas.

— Nem eu, mas tolero-as. Por que não experimenta a homeopatia, que não tem gosto, como a alopatia?

— Qual é a que lhe parece melhor?

— A melhor? Só Deus é grande.

Flora sorriu, de um sorriso pálido, e o conselheiro percebeu algo que não era tristeza de passagem ou de criança. Novamente lhe falou de Petrópolis, mas não insistiu. Petrópolis era a agravação do momento atual.

— Petrópolis tem o mal das chuvas, continuou. Eu, se fosse a senhora, saía desta casa e desta rua; vá para outro bairro, casa amiga, com sua mãe ou sem ela...

— Para onde? perguntou Flora ansiosa.

E ficou a olhar, esperando. Não tinha casa amiga, ou não se lembrava e queria que ele mesmo escolhesse alguma, onde quer que fosse, e quanto mais longe, melhor. Foi o que ele leu nos olhos parados. É ler muito, mas os bons diplomatas guardam o talento de saber tudo o que lhes diz um rosto calado, e até o contrário. Aires fora diplomata excelente, apesar da aventura de Caracas, se não é que essa mesma lhe aguçou a vocação de descobrir e encobrir. Toda a diplomacia está nestes dois verbos parentes.

99

A Título de Ares Novos

— Vou arranjar-lhe uma casa boa, disse ele, à despedida.

Desde que estava em Petrópolis, Aires não ia jantar a Andaraí, com a irmã, às quintas-feiras, segundo ajustara e consta do capítulo 32. Agora foi lá e cinco dias depois Flora transferia-se para a casa dela, a título de ares novos. D. Rita não consentiu que D. Cláudia lhe levasse a filha, ela mesma a foi buscar a S. Clemente, e Aires acompanhou as três.

A mocidade de Flora na casa de D. Rita foi como uma rosa nascida ao pé de paredão velho. O paredão remoçou. A simples flor, ainda que pálida, alegrou o barro gretado e as pedras despidas. D. Rita vivia encantada; Flora pagava o agasalho da dona da casa com tanta ingenuidade e graça que esta acabou por dizer que a roubaria à mãe e ao pai, e foi ainda ocasião de riso para as duas.

"Você me deu um lindo presente com esta moça, escrevia D. Rita ao irmão; foi uma alma nova, e veio em boa ocasião, porque a minha anda já caduca. É muito docilzinha, conversa, toca e desenha que faz gosto, tem aqui tirado riscos de várias coisas, e eu saio com ela para lhe mostrar vistas apreciáveis. Às vezes, apresenta uma cara triste, olha vagamente, e suspira; mas eu pergunto-lhe se são saudades de S. Clemente, ela sorri e faz um gesto de indiferença. Não lhe falo dos nervos, para não a afligir, mas creio que vai melhor..."

Flora também escreveu ao conselheiro Aires, e as duas cartas chegaram à mesma hora a Petrópolis. A de Flora era um agradecimento grande e cordial, mas entremeado de alguma palavra saudosa; confirmava assim a carta da outra, posto não a houvesse lido. Aires comparou-as, lendo duas vezes a da moça para ver se ela escondia mais do que transparecia do papel. Em suma, confiava no remédio.

— Não os vendo, esquece-os, pensou ele; e se na vizinhança houver alguém que pense em gostar dela, é possível que acabe casando.

Respondeu a ambas, na mesma noite, dizendo-lhes que na quinta-feira iria almoçar com elas. A D. Cláudia escreveu mandando-lhe a carta da irmã, e foi passear à noite em casa de Natividade, a quem deu a ler as cinco cartas. Natividade aprovou tudo. Notava só que os filhos não lhe escreviam, e deviam estar desesperados.

— A Santa Casa cura, e a Biblioteca Nacional também, retorquiu Aires.

Na quinta-feira, Aires desceu e foi almoçar a Andaraí. Achou-as como as tinha lido nas cartas. Interrogou-as separadamente para ouvir por boca as confissões do papel; eram as mesmas. D. Rita parecia ainda mais encantada. Talvez a causa recente fosse a confidência que fez à moça, na véspera. Como falassem de cabelos, D. Rita referiu o que também consta do capítulo 32, isto é, que cortara os seus para os meter no caixão do marido, quando o levaram a enterrar. Flora não a deixou acabar; pegou-lhe das mãos e apertou-as muito.

— Nenhuma outra viúva faria isto, disse ela.

Aqui foi D. Rita que lhe pegou nas mãos, pô-las sobre os seus ombros, e concluiu o gesto por um abraço. Todas as pessoas louvaram-lhe a abnegação do ato; esta era a primeira que a achou única. E daí outro abraço longo, mais longo...

100
Duas Cabeças

Tão longo foi o abraço que tomou o resto ao capítulo. Este começa sem ele nem outro. O mesmo aperto de mão de Aires e Flora, se foi demorado, também acabou. O almoço fez gastar algum tempo mais que de costume, porque Aires, além de conversador emérito, não se fartava de ouvir as duas, principalmente a moça. Achava-lhe um toque de languidez, abatimento ou coisa próxima, que não encontro no meu vocabulário.

Flora mostrou-lhe os desenhos que fizera, paisagens, figuras, um pedaço da estrada da Tijuca, um chafariz antigo, um *Princípio de casa*. Era uma dessas casas, que alguém começou muitos anos antes, e ninguém acabou, ficando só duas ou três paredes, ruína sem história. Havia ainda outros desenhos, uma revoada de pássaros, um vaso à janela. Aires ia folheando, cheio de curiosidade e paciência; a intenção da obra supria a perfeição, e a fidelidade devia ser aproximada. Enfim, a moça atou os cordões à pasta. Aires, parecendo-lhe que ficara um desenho último e escondido, pediu que lho mostrasse.

— É um esboço, não vale a pena.

— Tudo vale a pena; quero acompanhar as tentativas da artista; deixe ver.

— Não vale a pena...

Aires insistiu; ela não pôde recusar mais tempo, abriu a pasta, e tirou um pedaço de papel grosso em que estavam desenhadas duas cabeças juntas e iguais. Não teriam a perfeição desejada por ela; não obstante, dispensavam os nomes. Aires considerou a obra, durante alguns minutos, e duas ou três vezes levantou os olhos para a autora. Flora já os esperava, interrogativa; queria ouvir o louvor ou a crítica, mas não ouviu nada. Aires acabou de observar as duas cabeças e pousou o desenho entre os papéis.

— Não lhe dizia que era um esboço? perguntou Flora, a ver se lhe arrancava uma palavra.

Mas o ex-ministro preferiu não dizer nada. Em vez de achar quase extinta a influência dos gêmeos, vinha dar com ela feita consolação da ausência, tão viva que bastava a memória sem presença dos modelos. As duas cabeças estavam ligadas por um vínculo escondido. Flora, vendo continuar o silêncio de Aires, compreendeu acaso parte do que lhe passava no espírito. Com um gesto pronto, pegou do desenho e deu-lho. Não lhe disse nada, menos ainda escreveu qualquer palavra. Qualquer que fosse, seria indiscreta. Demais, era o único desenho a que ela não pôs assinatura. Deu-lho como se fora um penhor de arrependimento. Em seguida, atou novamente as fitas da pasta, enquanto Aires rasgava calado o desenho e metia os pedaços no bolso. Flora ficou por um instante parada, boca entreaberta, mas logo lhe apertou a mão, agradecida. Não pôde evitar que lhe caíssem duas pequeninas lágrimas — como outras tantas fitas que lhe atavam para sempre a pasta do passado.

A imagem não é boa, nem verdadeira; foi a que acudiu ao conselheiro, andando, ao voltar de Andaraí. Chegou a escrevê-la no *Memorial*, depois riscou-a, e escreveu uma reflexão menos definitiva: "Talvez seja uma lágrima para cada gêmeo".

— Pode acabar com o tempo, pensou ele indo para a barca de Petrópolis. Não importa; é um caso embrulhado.

101

O Caso Embrulhado

Também os gêmeos achavam o caso embrulhado. Quando iam a S. Clemente tinham notícias da moça, sem que lhes dessem certeza do regresso. O tempo andava; não tardaria que consultassem a sorte, como dois antigos.

A rigor, não contavam as semanas de interrupção, uma vez que a escolha se não dava, e eles podiam trazer da consulta o contrário da inclinação definitiva da moça. Reflexão justa, posto que interessada. Cada um deles não queria mais que prolongar a batalha, esperando vencê-la. Entretanto, não confiavam um do outro este pensamento gêmeo, como eles. Ambos se iam sentindo exclusivos, a afeição tinha agora o seu pudor e necessidade de calar. Já não falavam de Flora.

Nem só de Flora. Crescendo a oposição, recorriam ao silêncio. Evitavam-se; se podiam, não comiam juntos; se comiam juntos, diziam pouco ou nada. Às vezes, falavam para tirar aos criados qualquer suspeita, mas não advertiam que falavam mal e forçadamente, e que os criados iam comentar as palavras e a expressão deles na copa. A satisfação com que estes comunicavam os seus achados e conclusões é das poucas que adoçam o serviço doméstico, geralmente rude. Não chegavam, porém, ao ponto de concluir tudo o que os ia tornando cada vez mais avessos, a ponta de ódio que crescia com a ausência da mãe. Era mais que Flora, como sabeis; era as próprias pessoas inconciliáveis. Um dia houve na copa e na cozinha grande novidade. Pedro, a pretexto de sentir mais calor que Paulo, mudou de quarto e foi dormir mal em outro não menos quente que o primeiro.

102
Visão Pede Meia Sombra

Entretanto, a bela moça não os tirava da mesma alcova sua, por mais que buscasse deveras fugir-lhes. A memória os trazia pela mão, eles entravam e ficavam. Iam depois embora, ou de si mesmos, ou empurrados por ela. Quando tornavam, era de surpresa. Um dia, Flora aproveitou a presença para fazer um desenho igual ao que dera ao conselheiro, mais perfeito agora, muito mais acabado.

Também cansava. Então saía do quarto e ia para o piano. Eles iam com ela, sentavam-se aos lados ou ficavam defronte, em pé, e ouviam com atenção religiosa, ora um noturno, ora uma tarantela. Flora tocava ao sabor de ambos, sem deliberação; os dedos é que obedeciam à mecânica da alma. Para os não ver, inclinava a cabeça sobre o teclado; mas o campo da visão os guardava, se não era a respiração que se fazia sentir defronte ou dos lados. Tal era a sutileza dos seus sentidos.

Se fechava o piano e descia ao jardim, sucedia muita vez que os ia achar ali, passeando, e a cumprimentavam com tão boa sombra, que ela esquecia por instantes a impaciência. Depois, sem que os mandasse, iam embora. Nos primeiros tempos, Flora tinha medo que a houvessem abandonado de todo, e chamava-os dentro de si. Ambos tornavam logo, tão dóceis, que ela acabou de se convencer que a fuga não era fuga, nem eles sentiam desprezo, e não os evocou mais. No jardim era mais rápido o desaparecimento, talvez pela extrema claridade do lugar. Visão pede meia sombra.

103
O Quarto

Sei, sei, três vezes sei que há muitas visões dessas nas páginas que lá ficam. Ulisses confessa a Alcinoos que lhe é enfadonho contar as mesmas coisas. Também a mim. Sou, porém, obrigado a elas, porque sem elas a nossa Flora seria menos Flora, seria outra pessoa que não conheci. Conheci esta, com as suas obsessões ou como quer que lhes chames.

Nem por isso, nem ainda porque houvesse colhido algum abatimento e nervos, deixava Flora de enfeitar muito, de se fazer mais linda, e ter mais de um namorado incógnito, que suspirava por ela. Não faltava quem a admirasse de passagem, e fosse vê-la, quando menos, no banco verde, à porta do jardim, ao pé da irmã de Aires. Pode ser que conhecesse algum. Gouveia, por exemplo; em verdade, era como se os não visse.

Um deles valia mais que todos pela carruagem, – tirada por uma bela parelha de cavalos, – capitalista do bairro. A casa dele era um palacete, os móveis feitos na Europa, estilo império, aparelhos de Sèvres e de prata, tapetes de Esmirna, e uma vasta câmara com dois leitos, um de solteiro, outro de casados. O segundo esperava a esposa.

— A esposa há de ser esta, pensou ele um dia, ao ver Flora.

Era maduro; trazia o rosto batido dos ventos da vida, a despeito das muitas águas de toucador; ao corpo faltava aprumo, e as maneiras não tinham graça nem naturalidade. Era o

Nóbrega, aquele da nota de dois mil-réis, nota fecunda, que deitou de si muitas outras, mais de dois mil contos de réis. Para as notas recentes, a avó perdia-se na noite dos tempos. Agora os tempos eram claros, a manhã doce e pura.

Quando viu a moça, e fez a reflexão que lá fica, estranhou-se a si próprio. Vira outras damas, e mais de uma com escritos nos olhos, dizendo-se o vazio do coração. Esta era a primeira que veramente lhe prendeu a vontade e lhe deteve o pensamento. Tornou a vê-la; a gente vizinha notou porventura a freqüência recente do capitalista. Enfim, Nóbrega acabou por se fazer entrado na casa de D. Rita, com desgosto dos seus habituados, que assim se viam esquecidos do anfitrião. Nóbrega, entretanto, dera ordens bastantes para que fossem todos servidos e agasalhados, como se ele estivesse presente.

A ausência não lhe faria perder as loas dos amigos. Ao contrário, os servos podiam dar testemunho do que todos eles pensavam do "grande homem". Tal era o nome que lhe aplicara o secretário particular, e pegou. Nóbrega sabia pouca ortografia, nenhuma sintaxe, lições úteis, decerto, mas que não valiam a moral, e a moral, diziam todos, acompanhando o secretário, era o seu principal e maior mérito. O fiel escriba acrescentava que, sendo preciso despir a camisa e dá-la a um mendigo, Nóbrega o faria, ainda que a camisa fosse bordada.

Agora mesmo, este amor era, ao cabo, um movimento de caridade. Em pouco tempo, aquele gosto de relance passou a grande paixão, tão grande que ele não a pôde conter, e resolveu confessá-la. Hesitou se o faria à própria moça ou à dona da casa. Não tinha ânimo para uma nem outra. Uma carta supria tudo, mas a carta pedia língua, calor e respeito. Se, ao menos, o gesto de Flora lhe dissesse alguma coisa, ainda que pouca, vá; a carta seria então uma resposta. Mas não lhe dizia nada o gesto da moça. Era só cortês e gracioso; não ia além dessas duas expressões.

D. Rita percebeu a inclinação de Nóbrega e achou que era a melhor solução da vida para a hóspede. Todas as incertezas, angústias e melancolias vinham acabar nos braços de um ricaço, estimado, respeitado, dentro de um palacete com uma carruagem às suas ordens... Ela mesma punha em relevo este prêmio grande da loteria de Espanha.

Enfim, o secretário de Nóbrega redigiu com a melhor linguagem que possuía uma carta em que o capitalista pedia a D. Rita o favor de consultar a moça amada.

— Não escreva palavrinhas doces, recomendou ele ao secretário. Gosto dessa moça com um sentimento de proteção, antes que outra coisa. Não é carta de namorado. Estilo grave...

— Uma carta seca, concluiu o secretário.

— Totalmente seca, não, emendou Nóbrega, uma carta lisonjeira, sem esquecer que não sou criança.

Assim se cumpriu. Ia a cumprir-se demais; Nóbrega achou que o estilo podia ser um tanto ameno; não fazia mal pôr duas ou três palavras apropriadas ao objeto, *beleza, coração, sentimento*... Assim se cumpriu finalmente, e a carta foi levada ao seu destino. D. Rita ficou contentíssima. Justamente o que ela queria. Tinha o plano feito de concluir, por ato seu, uma história melancólica, a que daria, por derradeira página, conclusão deslumbrante. Não pensou em dizê-lo primeiro ao irmão, pela razão de querer que ele recebesse a notícia completa, tudo feito e acabado. Releu a carta; dispôs-se a ir logo, mas há pessoas para quem o adágio que diz que "o melhor da festa é esperar por ela" resume todo o prazer da vida. D. Rita tinha essa opinião. Todavia, entendeu que tais cartas não são das que se guardam largo tempo, nem aliás das que se comunicam sem cautela. Esperou vinte e quatro horas. Na manhã seguinte, depois de almoçadas, leu a carta à moça. O natural é que Flora ficasse espantada. Ficou, mas não tardou que risse, de um riso franco e sonoro, como ainda não rira em Andaraí. D. Rita ficou espantadíssima. Supunha que, não a pessoa, mas as vantagens e circunstâncias pleiteassem a favor do candidato. Esquecia os seus cabelos entregues à sepultura do marido. Deu conselhos à moça, pôs em relevo a posição do pretendente, o presente e o futuro, a situação esplêndida que lhe dava este casamento, e por fim as qualidades morais de Nóbrega. A moça escutou calada, e acabou rindo outra vez.

— A senhora sabe se serei feliz? perguntou.

— Creio que sim; agora, o futuro é que confirmará ou não.

— Esperemos que o futuro chegue, conquanto me pareça muito demorado. Não nego as qualidades daquele homem, parece bom, trata-me bem, mas eu não quero casar, D. Rita.

— Realmente, a idade... Mas nem, ao menos, quer pensar alguns dias?

— Está pensado.

D. Rita ainda esperou um dia. A resposta negativa, dado que Flora viesse a mudar de opinião, podia ser uma desgraça para esta. Uso os próprios termos dela, consigo, *grande desgraça, posição esplêndida, sentimento profundo*. D. Rita ia aos extremos, diante daquele rico-homem dos últimos anos do século.

104
A Resposta

Não querendo dar a resposta nua e crua, D. Rita consultou a moça, que lhe respondeu simplesmente:
– Diga que não pretendo casar.

Quando Nóbrega recebeu as poucas linhas que D. Rita lhe mandou, ficou assombrado. Não contava com recusa. Ao contrário, era tão certa a aceitação que ele tinha já um programa de noivado. Imaginava a moça, os olhos tímidos, a boca cerrada, o véu que lhe cobriria a linda carinha, a delicadeza dele, as palavras que lhe diria entrando em casa. Tinha já composto uma invocação à Mãe Santíssima, para que os fizesse felizes. "Dou-lhe carro, dizia consigo, jóias, muitas jóias, as melhores jóias do mundo..." Nóbrega não fazia idéia exata do mundo; era uma expressão. "Hei de dar-lhe tudo, sapatinhos de seda, meias de seda, que eu mesmo lhe calçarei..." Estremecia de cor, ao calçar-lhe as meias. Beijava-lhe os pés e os joelhos.

Tinha imaginado que ela, ao ler a carta, devia ficar tão pasmada e agradecida, que nos primeiros instantes não pudera responder a D. Rita; mas logo depois as palavras sairiam do coração às golfadas. "Sim, senhora, queria, aceitava; não pensara em outra coisa." Escreveria logo ao pai e à mãe para lhes pedir licença; eles viriam correndo, incrédulos, mas, vendo a carta, ouvindo a filha e D. Rita, não duvidariam da verdade, e dariam o consentimento. Talvez o pai lho fosse dar em pessoa.

E nada, nada, nada, absolutamente nada, uma simples recusa, uma recusa atrevida, por que enfim quem era ela, apesar da beleza? uma criatura sem vintém, modestamente vestida, sem brincos, nunca lhe vira brincos às orelhas, duas perolazinhas que fossem. E por que é que lhe furaram as orelhas, se não tinham brincos que lhe dar? Considerou que às mais pobres meninas do mundo furam as orelhas para os brincos que lhes possam cair do céu. E vem esta, e recusa os mais ricos que o céu ia chover sobre ela...

Ao jantar, os amigos da casa notaram que ele estava preocupado. De noite, ele e o secretário saíram a pé. Nóbrega buscou em si o gesto mais frio e indiferente que pôde, quase alegre, e anunciou ao secretário que Flora não queria casar. Não se descreve a admiração do secretário, em seguida a consternação, finalmente a indignação. Nóbrega respondia magnânimo:

— Não foi por mal; foi talvez por se julgar abaixo, muito abaixo da fortuna. Creia que é boa moça. Pode ser também, quem sabe? por ter sido um mau conselho do coração. Aquela moça é doente.

— Doente?

— Não afirmo; digo que pode ser.

O secretário afirmou.

— Só a doença, disse ele, explicará a ingratidão, porque o ato é de pura ingratidão.

Aqui tornou a nota da indignação, nota sincera, como as outras. Nóbrega gostou de ouvi-la; era um compadecimento. No fim, cumpriu a idéia que trazia ao sair de casa; aumentou-lhe o ordenado. Podia ser a paga da simpatia; o beneficiado foi mais longe, achou que era o preço do silêncio, e ninguém soube de nada.

105
A Realidade

A moléstia, dada por explicação à recusa do casamento, passou à realidade daí a dias. Flora adoeceu levemente: D. Rita, para não alarmar os pais, cuidou de a tratar com remédios caseiros; depois, mandou chamar um médico, o seu médico, e a cara que este fez não foi boa, antes má. D. Rita, que costumava ler a gravidade das suas moléstias no rosto dele, e sempre as achava gravíssimas, cuidou de avisar os pais da moça. Os pais vieram logo. Natividade também desceu de Petrópolis, não de vez; em cima, tinham medo de algum movimento cá em baixo. Veio a visitar a moça, e, a pedido desta, ficou alguns dias.
– Só a senhora me pode curar, disse Flora; não creio nos remédios que me dão. As suas palavras é que são boas, e os seus carinhos... Mamãe também, e D. Rita, mas não sei, há uma diferença, uma coisa... Veja; parece-me que até já rio.
– Já, já; ria mais.

Flora sorriu, ainda que daquele sorriso descorado que aparece na boca do enfermo, quando a moléstia consente, ou ele força a seriedade própria da dor. Natividade dizia-lhe palavras de animação; fê-la prometer que iria convalescer em Petrópolis. A enfermidade começou a ceder. D. Cláudia aceitou a oferta de D. Rita, e lá ficou aposentada. Natividade ia à noite para Botafogo e voltava de manhã. Aires descia de Petrópolis um dia sim, um dia não.

Também os gêmeos lá iam saber da enferma. Agora mais que dantes, sentiam a fortaleza do vínculo que os prendia à moça. Pedro, já médico, ainda que sem prática, punha mais autoridade nas perguntas, concluía melhor dos sintomas, mas as esperanças e os receios eram de ambos. Algumas vezes, falavam mais alto que de costume e de conveniência. A razão, por egoísta que fosse, era perdoável. Supõe que os cartões de visita falassem; alguns, mais sôfregos, proclamariam os seus nomes, para que soubessem logo da presença, da cortesia e da ansiedade. Tal cuidado da parte dos dois era inútil, porque ela sabia deles e recebia as lembranças que lhe deixavam.

Flora ia assim passando os dias. Queria Natividade sempre ao pé de si, pela razão que já deu, e por outra que não disse, nem porventura soube, mas podemos suspeitá-la e imprimir. Estava ali o ventre abençoado que gerara os dois gêmeos. De instinto, achava nela algo particular. Quanto ao influxo que exercia nela, por essa ou qualquer outra causa, não a sabia Natividade; contentava-se em ver que, ainda agora, e em tal crise, Flora não perdera a amizade que lhe tinha. Passavam as horas juntas, falando, se não fazia mal falar, ou então uma com as mãos da outra entre as suas. Quando Flora adormecia, Natividade ficava a contemplá-la, com o rosto pálido, os olhos fundos, as mãos quentes, mas sem perder a graça dos dias de saúde. As outras entravam no quarto, pé ante pé, esticavam os pescoços para vê-la dormir, falavam por gestos ou tão baixo que só o coração as adivinharia.

Quando pareceu melhorar, Flora pediu um pouco mais de luz e de céu. Uma das duas janelas foi então escancarada, e a enferma encheu-se de vida e riso. Não é que a Febre se fosse de todo. Essa bruxa lívida estava ao canto do quarto, com os olhos espetados nela; mas, ou de cansada, ou por obrigação imposta, cochilava a miúdo, e longamente. Então a enferma sentia só o calor do Mal, que o médico graduava em trinta e nove ou trinta e nove e meio, depois de consultar o termômetro. A Febre, ao ver esse gesto, ria sem escândalo, ria para si.

106
Ambos Quais?

Ficamos no ponto em que uma das janelas do quarto aumentou a dose de luz e de céu que Flora pediu, sem embargo da febre, aliás pouca. O mais que se passou valia a pena de um livro. Não foi logo, logo; gastou longas horas e alguns dias. Houve tempo bastante para que entre a vida e Flora se fizesse a reconciliação ou a despedida. Uma e outra podiam ser extensas; também podiam ser curtas. Conheci um homem que adoeceu velho, se não de velho, e despendeu no rompimento final um tempo quase infinito. Já pedia a morte, mas quando via o rosto descarnado da derradeira amiga espiar da porta entreaberta, voltava o seu para outro lado e engrolava uma cantiga da infância, para enganá-la e viver.

Flora não recorria a tais cantigas, aliás tão próximas. Quando via o céu e um pedaço de sol no muro, deleitava-se naturalmente, e uma vez quis desenhar, mas não lho consentiram. Se a morte a espiava da porta, tinha um calefrio, é verdade, e fechava os olhos. Ao abri-los fitava a triste figura, sem lhe fugir nem chamar por ela.

— Você amanhã está pronta, e de hoje a oito dias, ou antes, vamos para Petrópolis, disse Natividade, disfarçando as lágrimas, mas a voz fazia o ofício dos olhos.

— Petrópolis? suspirou a doente.

— Lá terá muito que desenhar.

Eram sete horas da manhã. Na véspera, quando os gêmeos saíram de lá, já tarde, os receios da morte cresciam; mas não bastam receios, é preciso que a realidade venha atrás deles; daí as esperanças. Também não bastavam esperanças, a realidade é sempre urgente. A madrugada trouxe algum sossego; às sete horas, depois daquelas palavras de Natividade, Flora pôde dormir.

Quando Pedro e Paulo voltaram a Andaraí, a enferma estava acordada, e o médico, sem dar grandes esperanças, mandou fazer aplicações que declarou enérgicas. Todos tinham sinais de lágrimas. De noite, Aires apareceu, trazendo notícias de agitação na cidade.

— Que é?

— Não sei; uns falam de manifestações ao marechal Deodoro, outros de conspiração contra o marechal Floriano. Há alguma coisa.

Natividade pediu aos filhos que se não metessem em barulhos; ambos prometeram e cumpriram. Ao ver o aspecto de algumas ruas, grupos, patrulhas, armas, duas metralhadoras. Itamarati iluminado, tiveram a curiosidade de saber o que houve e havia; vaga sugestão, que não durou dois minutos. Correram a meter-se em casa, e a dormir mal a noite. Na manhã seguinte os criados levaram os jornais com as notícias da véspera.

— Veio algum recado de Andaraí? perguntou um.

— Não, senhor.

Ainda quiseram ler, por alto, alguma coisa. Não puderam; estavam ansiosos de sair de casa e saber notícias da noite. Posto levassem os jornais consigo, não leram claramente nem seguidamente. Viram nomes de pessoas presas, um decreto, movimento de gente e de tropas, tão confuso tudo, que deram por si na casa de D. Rita, antes de entender o que houvera. Flora ainda vivia.

— Mamãe, a senhora está mais triste hoje que estes dias.

— Não fales tanto, minha filha, acudiu D. Cláudia. Triste estou sempre que adoeces. Fica boa e verás.

— Fica, fica boa, interveio Natividade. Eu, em moça, tive uma doença igual que me prostrou por duas semanas, até que me levantei, quando já ninguém esperava.

— Então já não esperam que me levante?

Natividade quis rir da conclusão tão pronta, com o fim de a animar. A doente fechou os olhos, abriu-os daí a pouco, e pediu que vissem se estava com febre. Viram; tinha, tinha muita.

— Abram-me a janela toda.

— Não sei se fará bem, ponderou D. Rita.

— Mal não faz, disse Natividade.

E foi abrir, não toda, mas metade da janela. Flora, posto que já mui caída, fez esforço e voltou-se para o lado da luz. Nessa posição ficou sem dar de si; os olhos, a princípio vagos, entraram a parar, até que ficaram fixos. A gente entrava no quarto devagar, e abafando os passos, trazendo recados e levando-os; fora, espreitavam o médico.

— Demora-se; já devia cá estar, dizia Batista.

Pedro era médico, propôs-se a ir ver a enferma: Paulo, não podendo entrar também, ponderou que seria desagradável ao médico assistente; além disso, faltava-lhe prática. Um e outro queriam assistir ao passamento de Flora, se tinha de vir. A mãe, que os ouviu, saiu à sala, e, sabendo o que era, respondeu negativamente. Não podiam entrar; era melhor que fossem chamar o médico.

— Quem é? perguntou Flora, ao vê-la tornar ao quarto.

— São os meus filhos que queriam entrar ambos.

— Ambos quais? perguntou Flora.

Esta palavra fez crer que era o delírio que começava, se não é que acabava, porque, em verdade, Flora não proferiu mais nada. Natividade ia pelo delírio. Aires, quando lhe repetiram o diálogo, rejeitou o delírio.

A morte não tardou. Veio mais depressa do que se receava agora. Todas e o pai acudiram a rodear o leito, onde os sinais da agonia se precipitavam. Flora acabou como uma dessas tardes rápidas, não tanto que não façam ir doendo as saudades do dia; acabou tão serenamente que a expressão do rosto, quando lhe fecharam os olhos, era menos de defunta que de escultura. As janelas, escancaradas, deixavam entrar o sol e o céu.

107
Estado de Sítio

Não há novidade nos enterros. Aquele teve a circunstância de percorrer as ruas em estado de sítio. Bem pensado, a morte não é outra coisa mais que uma cessação da liberdade de viver, cessação perpétua, ao passo que o decreto daquele dia valeu só por 72 horas. Ao cabo de 72 horas, todas as liberdades seriam restauradas, menos a de reviver. Quem morreu, morreu. Era o caso de Flora; mas que crime teria cometido aquela moça, além do de viver, e porventura o de amar, não se sabe a quem, mas amar? Perdoai estas perguntas obscuras, que se não ajustam, antes se contrariam. A razão é que não recordo este óbito sem pena, e ainda trago o enterro à vista...

108
Velhas Cerimônias

Aqui vai a sair o caixão. Todos tiram o chapéu, logo que ele assoma à porta. Gente que passa, pára. Das janelas debruça-se a vizinhança, em algumas atopeta-se, por serem as famílias maiores que o espaço; às portas os criados. Todos os olhos examinam as pessoas que pegam nas alças do caixão, Batista, Santos, Aires, Pedro, Paulo, Nóbrega.

Este, posto já não freqüentasse a casa, mandara saber da enferma, e foi convidado a carregar o gracioso corpo. No carro, em que levava o secretário, e era puxado pela mais bela parelha do préstito, quase única, lembrava Nóbrega ao secretário:

— Não lhe dizia eu que ela era doente? Era muito doente.
— Muito.

Não vou ao ponto de afirmar que teve prazer com a morte de Flora, só por havê-lo feito acertar na notícia da doença, estando ela perfeitamente sã. Mas que ninguém fosse seu marido, foi uma espécie de consolação. Houve mais; supondo que ela o tivesse aceitado e casassem, pensava agora no esplêndido enterro que lhe faria. Desenhava na imaginação o carro, o mais rico de todos, os cavalos e as suas plumas negras, o caixão, uma infinidade de coisas que, à força de compor, cuidava feitas. Depois o túmulo; mármore, letras de ouro... O secretário, para o arrancar à tristeza, falava dos objetos da rua.

— V. Ex.ª lembra-se do chafariz que havia aqui há anos?

— Não, resmungava Nóbrega.

Ainda uma vez, não há novidade nos enterros. Daí o provável tédio dos coveiros, abrindo e fechando covas todos os dias. Não cantam, como os de *Hamlet*, que temperam as tristezas do ofício com as trovas do mesmo ofício. Trazem o caixão da cal e a colher para os convidados, e para si as pás com que deitam a terra para dentro da cova. O pai e alguns amigos ficaram ao pé da cova de Flora, a ver cair a terra, a princípio com aquele baque soturno, depois com aquele vagar cansativo, por mais que os pobres homens se apressem. Enfim, caiu toda a terra, e eles puseram em cima as grinaldas dos pais e dos amigos: *"À nossa querida filha"*; *"À nossa santa amiguinha Flora a saudosa amiga Natividade"*; *"A Flora, um amigo velho"*, etc. Tudo feito, vieram saindo; o pai, entre Aires e Santos, que lhe davam o braço, cambaleava. Ao portão, foram tomando os carros e partindo. Não deram pela falta de Pedro e Paulo que ficaram ao pé da cova.

109
Ao Pé da Cova

Nenhum deles contou o tempo gasto naquele lugar. Sabem só que foi de silêncio, de contemplação e de saudade. Não digo, para os não vexar agora, mas é possível que chorassem também. Tinham um lenço na mão, enxugavam os olhos; depois com os braços caídos, as mãos prendendo o chapéu, olhavam aparentemente para as flores que cobriam a sepultura, mas na realidade para a criatura que lá estava embaixo.

Enfim, cuidaram de arrancar-se dali, e despedir-se da defunta, não se sabe com que palavras, nem se eram as mesmas; o sentido seria igual. Como estivessem defronte um do outro, acudiu-lhes a idéia de um aperto de mão por cima da cova. Era uma promessa, um juramento. Juntaram-se e vieram descendo, calados. Antes de chegar ao portão, reduziram à palavra o gesto das mãos feito sobre a cova. Que juravam a conciliação perpétua.

— Ela nos separou, disse Pedro; agora, que desapareceu, que nos una.

Paulo confirmou de cabeça.

— Talvez morresse para isso mesmo, acrescentou.

Depois, abraçaram-se. Gesto nem palavra traziam ênfase ou afetação; eram simples e sinceros. A sombra de Flora decerto os viu, ouviu e inscreveu aquela promessa de reconciliação nas tábuas da eternidade. Ambos, por um impulso comum, voltaram os olhos para ver ainda uma vez a cova de Flora, mas a cova ficava longe e encoberta por grandes sepulcros, cruzes, colunas, um mundo inteiro de gente passada, quase esquecida. O cemitério tinha um ar meio alegre, com todas aquelas grinaldas de flores, baixos-relevos, bustos, e a cor branca dos mármores e da cal. Comparado à cova recente, parecia um renascimento de vida, que ficou deslembrada a um canto da cidade.

Custou-lhes sair do cemitério. Não supunham estar tão presos à defunta. Cada um deles ouvia a mesma voz, com igual doçura e palavras especiais. Tinham chegado ao portão e o carro veio buscá-los. A cara do cocheiro era radiosa.

Não se explica esta expressão do cocheiro, senão porque, inquieto da demora, não cuidando que os dois fregueses ficassem tanto tempo ao pé da cova, entrara a recear que tivessem aceitado o convite de algum amigo e voltado para casa. Tinha já resolvido esperar poucos minutos mais, e ir embora; mas a gorjeta? A gorjeta foi dobrada, como a dor e o amor; digamos, gêmea.

110
Que Voa

Assim como o carro veio voando do cemitério, assim voará este capítulo, destinado a dizer primeiro que a mãe dos gêmeos conseguiu levá-los para Petrópolis. Já não alegaram a clínica da Santa Casa nem os documentos da Biblioteca Nacional. Clínica e documentos repousam agora na cova nº... Não ponho o número, para que algum curioso, se achar este livro na dita Biblioteca, se dê ao trabalho de investigar e completar o texto. Basta o nome da defunta, que lá ficou dito e redito.

Voe este capítulo, como o trem de Mauá, serra acima, até a cidade do repouso, do luxo e da galanteria. Vá Natividade com os filhos, e Aires com os três. Em cima, à noite, voltando este à casa do barão, pôde ver os efeitos da paz jurada, a conciliação final. Não sabia nada do pacto dos dois moços. Pai nem mãe sabiam coisa nenhuma. Foi um segredo guardado no silêncio e no desejo sincero de comemorar uma criatura que os ligara, morrendo.

Natividade vivia agora enamorada dos filhos. Levava-os a toda parte, ou guardava-os para si, a fim de os gostar mais deliciosamente, de os aprovar por atos, de auxiliar a obra corretiva do tempo. Notícias e boatos do Rio de Janeiro eram objetos de conversação nas casas a que estes iam, sem os convidar a sair da abstenção voluntária. As recreações pouco a pouco os tomaram, algum passeio de carro ou a cavalo, e outras diversões os traziam unidos.

Assim chegaram ao tempo em que a família Santos desceu, ainda que a contragosto de Natividade. Ela temia que, mais perto do governo, a discórdia política acabasse com a recente harmonia dos filhos, mas não podia lá ficar. A outra gente vinha descendo. Santos queria os seus velhos hábitos, e deu algumas razões boas, que Natividade ouviu depois ao próprio Aires. Podia ser um encontro de idéias, mas se estas eram boas, deviam ser aceitas.

Natividade confiava ao tempo a perfeição da obra. Cria no tempo. Eu, em menino, sempre o vi pintado como um velho de barbas brancas e foice na mão, que metia medo. Quanto a ti, amigo meu, ou amiga minha, segundo for o sexo da pessoa que me lê, se não forem duas, e os sexos ambos, – um casal de noivos, por exemplo, – curiosos de saber como é que Pedro e Paulo puderam estar no mesmo credo... Não falemos desse mistério... Contenta-te de saber que eles tinham em mente cumprir o juramento daquele lugar e ocasião. O tempo trouxe o fim da estação, como nos outros anos, e Petrópolis deixou Petrópolis.

111
Um Resumo de Esperanças

"Quando um não quer, dois não brigam", tal é o velho provérbio que ouvi em rapaz, a melhor idade para ouvir provérbios. Na idade madura eles devem já fazer parte da bagagem da vida, frutos da experiência antiga e comum. Eu cria neste; mas não foi ele que me deu a resolução de não brigar nunca. Foi por achá-lo em mim que lhe dei crédito. Ainda que não existisse, era a mesma coisa. Quanto ao modo de não querer, não respondo, não sei. Ninguém me constrangia. Todos os temperamentos iam comigo; poucas divergências tive, e perdi só uma ou duas amizades, tão pacificamente aliás, que os amigos perdidos não deixaram de me tirar o chapéu. Um deles pediu-me perdão no testamento.

No caso dos gêmeos eram ambos que não queriam; parecia-lhes ouvir uma voz de fora ou do alto que lhes pedia constantemente a paz. Força maior, portanto, e troca de fórmula: "Se nenhum quer, nenhum briga".

Naturalmente os atos do governo eram aprovados e desaprovados, mas a certeza de que podia acender-lhes novamente os ódios fazia com que as opiniões de Pedro e de Paulo ficassem entre os seus amigos pessoais. Não pensavam nada à vista um do outro. Divergências de teatro ou de rua eram sopitadas logo, por mais que lhes doesse o silêncio. Não doeria tanto a Pedro, como a Paulo, mas sempre era padecer alguma coisa. Mudando de pensamento, esqueciam de todo, e o riso da mãe era a paga de ambos.

A carreira diferente ia separá-los depressa, conquanto a residência comum os trouxesse unidos. Tudo se podia combinar; os interesses do ofício serviriam a este efeito, as relações pessoais também, e afinal o uso, que vale por muito. Vou aqui resumindo, como posso, as esperanças de Natividade. Outras havia, a que chamarei conjugais; os rapazes, porém, não pareciam inclinados a elas, e a mãe, quem lhe apalpasse o coração sentiria já um antecipado ciúme das noras.

112
O Primeiro Mês

Na véspera do dia em que se completou o primeiro mês da morte de Flora, Pedro teve uma idéia, que não comunicou ao irmão. Não perderia nada em fazê-lo, porque Paulo teve a mesma idéia, e também a calou. Dela nasce este capítulo.

A pretexto de ir visitar um doente, Pedro saiu de casa, antes das sete horas. Paulo saiu pouco depois, sem pretexto algum. Pia leitora, adivinhas que ambos foram ao cemitério; não adivinhas, nem é fácil adivinhar que cada um deles levava uma grinalda. Não digo que fossem das mesmas flores, não só para respeitar a verdade, senão também para afastar qualquer idéia intencional de simetria na ação e no acaso. Uma era de miosótis, outra creio que de perpétuas. Qual fosse a de um, qual a do outro, não se sabe nem interessa à narração. Nenhuma tinha letreiro.

Quando Paulo chegou ao cemitério, e viu de longe o irmão, teve a sensação de pessoa roubada. Cuidava ser único e era último. A presunção, porém, de que Pedro não levara nada, uma folha sequer, consolou-o da antecipação da visita. Esperou alguns instantes; advertindo que podia ser visto, desviou-se do caminho, meteu-se por entre sepulturas, até ir colocar-se atrás daquela. Aí esperou cerca de um quarto de hora. Pedro não se queria arrancar dali; parecia falar e escutar. Enfim, despediu-se e desceu.

Paulo, vagarosamente, caminhou para a sepultura. Indo a depositar a grinalda, viu ali outra posta de fresco, e entendendo que era do irmão, teve ímpeto de ir atrás dele e pedir-lhe contas da lembrança e da visita. Não lhe leves a mal o ímpeto; passou imediatamente. O que ele fez foi colocar a coroa que levava no lado correspondente aos pés da defunta, para não a irmanar com a outra, que estava do lado da cabeça.

Não viu, não adivinhou sequer que Pedro naturalmente pararia um instante, para voltar a cara e mandar um derradeiro olhar à moça enterrada. Assim foi, mas quando Pedro deu com o irmão, no mesmo lugar que ele, os olhos no chão, teve também o seu impulso de ir buscá-lo e trazê-lo daquela cova sagrada. Preferiu esconder-se e esperar. Os gestos de piedade, quaisquer que fossem, ele os deu primeiro à querida comum. Foi o primeiro em evocar a sombra de Flora, falar-lhe, ouvi-la, gemer com ela a separação eterna. Viera adiante do outro; lembrara-se dela mais cedo.

Assim consolado, podia seguir caminho: Paulo, se saísse atrás dele, e o visse, entenderia que fizera a sua visita em segundo lugar, e receberia um golpe grande. Deu alguns passos na direção do portão, estacou, recuou e novamente se escondeu. Queria ver os gestos dele, ver se rezava, se se benzia, para desmenti-lo quando lhe ouvisse mofar das cerimônias eclesiásticas. Logo sentiu que era um erro; não iria confessar a ninguém que o vira rezando ao pé da cova de Flora. Ao contrário, era capaz de o desmentir, – ou, quando menos, fazer um gesto de incredulidade...

Enquanto estas imaginações lhe passavam pela cabeça, desfazendo-se umas às outras, discursando sem palavras, aceitando, repelindo, esperando, os olhos não se retiravam do irmão, nem este da sepultura. Paulo não fazia gesto, não mexia os lábios, tinha os braços cruzados, o chapéu na mão. Não obstante, podia estar rezando. Também podia falar calado, para a sombra ou para a memória da defunta. A verdade é que não saiu do lugar. Então Pedro viu que a conversação, evocação, adoração, o que quer que fosse que atava Paulo à sepultura, vinha sendo muito mais demorado que as suas orações. Não marcara o seu tempo, mas evidentemente o de Paulo era já maior. Descontando a impaciência, que sempre faz crescer os minutos, ainda assim parecia certo que Paulo gastava mais saudades que ele. Deste modo ganhava na extensão da visita o que perdera na chegada ao cemitério. Pedro, à sua vez, achou-se roubado.

Quis sair; mas, uma força, que ele não sabia explicar, não lhe consentia levantar os pés, nem tirar os olhos do gêmeo. A custo, pôde enfim trazer a estes e fazê-los andar de volta pelas outras campas, onde leu alguns epitáfios. Um de 1865 não se podia ler bem se era tributo de amor filial ou conjugal, maternal ou paternal, por estar já apagado o adjetivo. Tributo era, tinha a fórmula adotada pelos marmoristas, para poupar estilo aos fregueses. Notando que o adjetivo estava comido do tempo, Pedro disse consigo que o seu amor é que era um substantivo perpétuo, não precisando mais nada para se definir.

Pensou outras coisas com que foi disfarçando a humilhação. Fizera tudo às carreiras. Se se demorasse mais, era o outro que estaria agora à espreita. O tempo andava, o sol batia no rosto do irmão, e este não arredava pé. Enfim, deu mostras de deixar a cova, mas foi para rodeá-la, e deter-se em todos os quatro lados, como se buscasse o melhor lugar de ver ou evocar a pessoa guardada no fundo.

Tudo feito, Paulo arredou-se, desceu e saiu, levando as maldições de Pedro. Este teve uma idéia que desprezou logo, e tu farias o mesmo, amigo leitor; foi tornar à sepultura e emendar ao tempo gasto anteriormente outro pedaço maior. Desprezada a idéia, vagou alguns minutos, até que saiu, sem achar sombra de Paulo.

113
Uma Beatriz Para Dois

Flora, se visse os gestos de ambos, é provável que descesse do céu, e buscasse maneira de os ouvir perpetuamente, uma Beatriz para dois. Mas não viu ou não lhe pareceu bem descer. Talvez não achasse necessidade de tornar cá, para servir de madrinha a um duelo que deixara em meio.

Quanto a este, se ia continuar, não era pela mesma injúria. Não esqueças que foi ao pé daquela mesma campa que os dois fizeram as pazes eternas, e, posto não lhas desfizesse a campa, é certo que acendeu um pouco da ira antiga. Dir-me-ás, e com aparência de razão, que, se enterrada ainda os separava, mais os separaria se ali descesse em espírito. Puro engano, amigo. No começo, ao menos, eles jurariam o que ela mandasse.

114

Consultório e Banca

Meses depois, Pedro abria consultório médico, aonde iam pessoas doentes, Paulo banca de advogado, que procuravam os carecidos de justiça. Um prometia saúde, outro ganho de causa, e acertavam muita vez, porque não lhes faltava talento nem fortuna. Demais, não trabalhavam sós, mas cada qual com um colega de nomeada e prático.

No meio dos sucessos do tempo, entre os quais avultavam a rebelião da esquadra e os combatentes do Sul, a fuzilaria contra a cidade, os discursos inflamados, prisões, músicas e outros rumores, não lhes faltava campo em que divergissem. Nem era preciso política. Cresciam agora mais em número as ocasiões e as matérias. Ainda quando combinassem de acaso e de aparência, era para discordar logo e de vez, não deliberadamente, mas por não poder ser de outro modo.

Tinham perdido o acordo, feito pela razão, jurado pelo amor, em honra da moça defunta e da mãe viva. Mal se podiam ver, mal ou pior ouvir. Cuidaram de evitar tudo o que o lugar e a ocasião ajustassem para os separar mais. Desta maneira, a profissão torceu-lhes o caminho e dividiu as relações de ambos. Natividade apenas daria pela má vontade dos filhos, desde que os dois pareciam apostados em lhe querer bem, mas dava por ela, e tentava ligá-los apertadamente e de todo.

Santos folgava de se prolongar pela medicina e pela advocacia dos filhos. Só receava que Paulo, dada a inclinação partidária, buscasse noiva jacobina. Não ousando dizer-lhe nada a tal respeito, refugiava-se na religião, e não ouvia missa que lhe não metesse uma oração particular e secreta, para obter a proteção do céu.

115

Troca de Opiniões

Senão quando, viu Natividade os primeiros sinais de uma troca de inclinação, que mais parecia propósito que efeito natural. Entretanto, era naturalíssimo. Paulo entrou a fazer oposição ao governo, ao passo que Pedro moderava o tom e o sentido, e acabava aceitando o regímen republicano, objeto de tantas desavenças.

A aceitação por parte deste não foi rápida nem total; era, porém, bastante para sentir que não havia entre ele e o novo governo um abismo. Naturalmente o tempo e a reflexão consumaram este efeito no espírito de Pedro, a não admitir que também nele vingasse a ambição de um grande destino, esperança da mãe. Natividade, com efeito, ficou deliciada. Também ela mudara, se havia que mudar na simples alma materna, para quem todos os regimens valiam pela glória dos filhos. Pedro, aliás, não se dava todo, restringia alguma coisa às pessoas e ao sistema, mas aceitava o princípio, e bastava; o resto viria com a idade, dizia ela.

A oposição de Paulo não era ao princípio, mas à execução. "Não é esta a república dos meus sonhos", dizia ele; e dispunha-se a reformá-la em três tempos, com a fina flor das instituições humanas, não presentes nem passadas, mas futuras. Quando falava delas, via-se-lhe a convicção nos lábios e nos olhos, estes alongados, como alma de profeta. Era outro ensejo de se não entenderem os dois. D. Cláudia tinha que era cálculo de ambos para se não juntarem nunca; – opinião que Natividade aceitaria, finalmente, se não fora a de Aires.

Também este notara a mudança e estava prestes a aceitar a explicação, por aquela razão de comodidade que achava em concordar com as opiniões alheias; não se cansava nem aborrecia. Tanto melhor, se o acordo se fazia com um simples gesto. Desta vez, porém, valeu a pessoa.

– Não, baronesa, disse ele, não creia em propósitos.
– Mas que pode ser então?

Aires gastou algum tempo na escolha das palavras, a fim de lhe não saírem pedantescas nem insignificantes; queria dizer o que pensava. Às vezes, falar não custa menos que pensar. Ao fim de três minutos, segredou a Natividade:

– A razão parece-me ser que o espírito de inquietação reside em Paulo, e o de conservação em Pedro. Um já se contenta do que está, outro acha que é pouco e pouquíssimo, e quisera ir ao ponto a que não foram homens. Em suma, não lhes importam formas de governo, contanto que a sociedade fique firme ou se atire para adiante. Se não concorda comigo, concorde com D. Cláudia.

Aires não tinha aquele triste pecado dos opiniáticos; não lhe importava ser ou não aceito. Não é a primeira vez que o digo, mas provavelmente é a última. Em verdade, a mãe dos gêmeos não quis outra explicação. Nem por isso a discórdia morreria entre eles, que apenas trocavam de armas para continuar o mesmo duelo. Ouvindo esta conclusão, Aires fez um gesto afirmativo, e chamou a atenção de Natividade para a cor do céu, que era a mesma, antes e depois da chuva. Supondo que havia nisto algo simbólico, ela entrou a procurá-lo, e o mesmo farias tu, leitor se lá estivesses; mas não havia nada.

– Tenha confiança, baronesa, prosseguiu ele pouco depois. Conte com as circunstâncias, que também são fadas. Conte mais com o imprevisto. O imprevisto é uma espécie de deus avulso, ao qual é preciso dar algumas ações de graças; pode ter voto decisivo na assembléia dos acontecimentos. Suponha um déspota, uma corte, uma mensagem. A corte discute a mensagem, a mensagem canoniza o déspota. Cada cortesão toma a si definir uma das virtudes do déspota, a mansidão, a piedade, a justiça, a modéstia... Chega a vez da grandeza da alma; chega também a notícia de que o déspota morreu de apoplexia, que um cidadão assumiu o poder e a liberdade foi proclamada do alto do trono. A mensagem é aprovada e copiada. Um amanuense basta para trocar as mãos à História; tudo é que o nome do novo chefe seja conhecido, e o contrário é impossível; ninguém trepa ao sólio sem isso, nem a senhora sabe o que é memória de amanuense. Como nas missas fúnebres, só se troca o nome do encomendado – Petrus, Paulus...

– Oh! não agoure meus filhos! exclamou Natividade.

116
De Regresso

— Então foram eleitos deputados?
— Foram; tomam assento quinta-feira. Se não fossem meus filhos, diria que os vem achar mais belos do que os deixou, há um ano.

— Diga, diga, baronesa; faça de conta que são meus filhos.

Aires voltava da Europa, aonde fora com promessa de ficar seis meses apenas. Enganou-se; gastou onze. Natividade é que lhe pôs um ano para arredondar a ausência, que sentira deveras, como D. Rita. O sangue em uma, o costume na outra, custou-lhe a suportar a separação. Ele fora a pretexto de águas, e, por mais que lhe recomendassem as do Brasil, não as quis experimentar. Não estava acostumado às denominações locais. Tinha esta impressão que as águas de Carlsbad ou Vichy, sem estes nomes, não curariam tanto. D. Rita insinuou que ele ia para ver como estavam as moças que deixou, e concluiu:

— Hão de estar tão velhas, como você.

— Quem sabe se mais? O ofício delas é envelhecer, redargüiu o conselheiro.

Quis rir, mas não pôde ir além da ameaça. Não era a lembrança da própria velhice, nem da caducidade alheia, era a injustiça da sorte que lhe tomou a vista interior. As moças ele sabia muito bem que cediam ao tempo, como as cidades e as instituições, e ainda mais depressa que elas. Nem todas iriam logo cedo, a cumprir a sentença que atribui ao amor dos deuses a morte prematura das pessoas; mas viu algumas dessas, e agora lhe lembrou a meiga Flora, que lá se fora com as suas graças finas... Não passou da ameaça de riso.

Quiseram retê-lo as duas, Santos também, que perdia nele a figura certa das suas noites; mas o nosso homem resistiu, embarcou e partiu. Como escrevia sempre à irmã e aos amigos, dava a causa exata da demora, e não eram amores, salvo se mentia, mas passara a idade de mentir. Afirmou, sim, que recuperara algumas forças, e assim o pareceu quando desembarcou, onze meses depois, no cais Pharoux. Trazia o mesmo ar de velho elegante, fresco e bem-posto.

– Mas então eleitos?
– Eleitos; tomam assento quinta-feira.

117
Posse das Cadeiras

Quinta-feira, quando os gêmeos tomaram assento na Câmara, Natividade e Perpétua foram ver a cerimônia. Pedro ou Paulo arranjou-lhes uma tribuna. A mãe desejou que Aires fosse também. Quando este ali chegou, já as achou sentadas, Natividade a fitar com a luneta o presidente e os deputados. Um destes falava sobre a ata, e ninguém lhe prestava atenção. Aires sentou-se um pouco mais dentro e após alguns minutos, disse a Natividade:

— A senhora escreveu-me que eram candidatos de dois partidos contrários.

Natividade confirmou a notícia; foram eleitos em oposição um ao outro. Ambos apoiavam a República, mas Paulo queria mais do que ela era, e Pedro achava que era bastante e sobeja. Mostravam-se sinceros, ardentes, ambiciosos: eram bem aceitos dos amigos, estudiosos, instruídos...

— Amam-se finalmente?

— Amam-se em mim, respondeu ela depois de formular essa frase na cabeça.

— Pois basta esse terreno amigo.

— Amigo, mas caduco; amanhã posso faltar-lhes.

— Não falta; a senhora tem muitos e muitos anos de vida. Faça uma viagem à Europa com eles, e verá que regressa ainda mais robusta. Eu sinto-me duplicado, por mais que me custe à

modéstia, mas a modéstia perdoa tudo. E depois, quando os vir encarreirados e grandes homens...
— Por que é que a política os há de separar?
— Sim, podiam ser grandes na ciência, um grande médico, um grande jurisconsulto...
Natividade não quis confessar que a ciência não bastava. A glória científica parecia-lhe comparativamente obscura; era calada, de gabinete, entendida de poucos. Política, não. Quisera só a política, mas que não brigassem, que se amassem, que subissem de mãos dadas... Assim ia pensando consigo, enquanto Aires, abrindo mão da ciência, acabou declarando que, sem amor, não se faria nada.
— Paixão, disse ele, é meio caminho andado.
— A política é a paixão deles; paixão e ambição. Talvez já pensem na presidência da República.
— Já?
— Não... isto é, sim; guarde segredo. Interroguei-os separadamente; confessaram-me que este era o seu sonho imperial. Resta saber o que fará um, se o outro subir primeiro.
— Derrubá-lo-á, naturalmente.
— Não graceje, conselheiro.
— Não gracejo, baronesa. A senhora cuida que a política os desune; francamente, não. A política é um incidente, como a moça Flora foi outro...
— Ainda se lembram dela.
— Ainda?
— Foram à missa aniversária, e desconfio que foram também ao cemitério, não juntos, nem à mesma hora. Se foram, é que verdadeiramente gostavam dela; logo, não foi um incidente.
Sem embargo do que Natividade lhe merecia, Aires não insistiu na opinião, antes deu mais relevo à dela, com o próprio fato da visita ao cemitério.
— Não sei se foram, emendou Natividade; desconfio.
— Devem ter ido; eles gostavam realmente da pequena. Também ela gostava deles; a diferença é que, não alcançando

unificá-los, como os via em si, preferiu fechar os olhos. Não lhe importe o mistério. Há outros mais escuros.

— Parece que vai entrar a cerimônia, disse Perpétua que olhava para o recinto.

— Chegue-se para frente, conselheiro.

A cerimônia era a do costume. Natividade cuidou que ia vê-los entrar juntos e afirmarem juntos o compromisso regimental. Viriam assim como os trouxera no ventre e na vida. Contentou-se de os admirar separadamente, Paulo primeiro, Pedro depois, ambos graves, e ouviu-lhes cá de cima repetir a fórmula com voz clara e segura. A cerimônia foi curiosa para as galerias, graças à semelhança dos dois; para a mãe foi comovedora.

— Estão legisladores, disse Aires no fim.

Natividade tinha os olhos gloriosos. Ergueu-se e pediu ao velho amigo que as acompanhasse à carruagem. No corredor acharam os dois recentes deputados, que vinham ter com a mãe. Não consta qual deles a beijou primeiro; não havendo regimento interno nesta outra câmara, pode ser que fossem ambos a um tempo, metendo-lhe ela a cara entre as bocas, uma face para cada um. A verdade é que o fizeram com igual ternura. Depois voltaram ao recinto.

118
Coisas Passadas, Coisas Futuras

Indo a entrar na carruagem, Natividade deu com a igreja de S. José, ao lado, e um pedaço do morro do Castelo, à distância. Estacou.

— Que é? perguntou Aires.

— Nada, respondeu ela, entrando e estendendo-lhe a mão. Até logo?

— Até logo.

A vista da igreja e do morro despertou nela todas as cenas e palavras que lá ficaram transcritas nos dois ou três primeiros capítulos. Não esqueceste que foi ao pé da igreja, entre esta e a Câmara, que o cupê esperou então por ela e pela irmã.

— Você lembra-se, Perpétua? disse Natividade, quando o carro começou a andar.

— De quê?

— Não se lembra que foi ali que ficou o carro, quando fomos à cabocla do Castelo?

Perpétua lembrava-se. Natividade advertiu que devia ser ali perto a ladeira por onde subiram com dificuldade e curiosidade, até à casa da cabocla, no meio da outra gente, que descia ou subia também. A casa era à direita, tinha a escada de pedra...

Descansa, amigo, não repito as páginas. Ela é que não podia deixar de as evocar, nem impedir que viessem de si mesmas. Tudo reaparecia com a frescura antiga. Não esquecera a figurinha da cabocla, quando o pai a fez entrar na sala: "Entra, Bárbara". A idéia de estar agora madura e longe, restituída ao Estado, que deixou Província, rica onde nasceu pobre, não acudiu à nossa amiga. Não, toda ela voltou àquela manhã de 1871. A caboclinha era esta mesma criatura leve e breve, com os cabelos atados no alto da cabeça, olhando, falando, dançando... Coisas passadas.

Quando a carruagem ia dobrar a praia de Santa Luzia, ladeando a Santa Casa, Natividade teve idéia, mas só idéia, de voltar e ir ter à ladeira do Castelo, subir por ela, a ver se achava a adivinha no mesmo lugar. Contar-lhe-ia que os dois meninos de mama, que ela predisse seriam grandes, eram já deputados e acabavam de tomar assento na Câmara. Quando cumpririam eles o seu destino? Viveria o tempo de os ver grandes homens, ainda que muito velha?

A presidência da República não podia ser para dois, mas um teria a vice-presidência, e se este a achasse pouco, trocariam mais tarde os cargos. Nem faltavam grandezas. Ainda se lembra das palavras que ouviu à cabocla, quando lhe perguntou pela espécie de grandeza que caberia aos filhos. "Coisas futuras!" respondeu a Pítia do Norte, com tal voz que nunca lhe esqueceu. Agora mesmo parece-lhe que a ouve, mas é ilusão. Quando muito, são as rodas do carro que vão rolando e as patas dos cavalos que batem. Coisas futuras! coisas futuras!

119

Que Anuncia os Seguintes

Todas as histórias, se as cortam em fatias, acabam com um capítulo último e outro penúltimo, mas nenhum autor os confessa tais; todos preferem dar-lhes um título próprio. Eu adoto o método oposto; escrevo no alto de cada um dos capítulos seguintes os seus nomes de remate, e, sem dizer a matéria particular de nenhum, indico o quilômetro em que estamos da linha. Isto supondo que a história seja um trem de ferro. A minha não é propriamente isso. Poderia ser uma canoa, se lhe tivesse posto águas e ventos, mas tu viste que só andamos por terra, a pé ou de carro, e mais cuidadosos da gente que do chão. Não é trem nem barco; é uma história simples, acontecida e por acontecer; o que poderás ver nos dois capítulos que faltam, e são curtos.

120
Penúltimo

Este é ainda um óbito. Já lá ficou defunta a jovem Flora, aqui vai morta a velha Natividade. Chamo-lhe velha, porque li a certidão de batismo; mas, em verdade, nem os filhos deputados, nem os cabelos brancos davam a esta senhora o aspecto correspondente à idade. A elegância, que era o seu sexto sentido, enganava os tempos de tal maneira que ela conservava, não digo a frescura, mas a graça antiga.

Não morreu sem ter uma conferência particular com os dois filhos, – tão particular, que nem o marido assistiu a ela. Também não instou por isso. Verdade, verdade, Santos andava a chorar pelos cantos; mal poderia reter as lágrimas, se ouvisse a mulher fazer aos filhos os seus finais pedidos. Porquanto, os médicos já a haviam desenganado. Se eu não visse nesses oficiais da saúde os escrutadores da vida e da morte, podia torcer a pena, e, contra a predição científica, fazer escapar Natividade. Cometeria uma ação fácil e reles, além de mentirosa. Não, senhor, ela morreu sem falta, poucas semanas depois daquela sessão da Câmara. Morreu de tifo.

Tão secreta foi a conferência dela e dos filhos que estes não quiseram contá-la a ninguém, salvo ao conselheiro Aires, que a adivinhou em parte. Paulo e Pedro confessaram a outra parte, pedindo-lhe silêncio.

– Não juraram calar?

— Positivamente, não, disse um.
— Juramos só o que ela nos pediu, explicou o outro.
— Pois então podem contá-la a mim. Eu serei discreto como um túmulo.

Aires sabia que os túmulos não são discretos. Se não dizem nada, é porque diriam sempre a mesma história; daí a fama de discrição. Não é virtude, é falta de novidade.

Ora, o que a mãe fez, quando eles entraram e fecharam a porta do quarto, foi pedir-lhes que ficasse cada um do lado da cama e lhe estendessem a destra. Juntou-as sem força e fechou-as nas suas mãos ardentes. Depois, com a voz expirante e os olhos acesos apenas de febre, pediu-lhes um favor grande e único. Eles iam chorando e calando, porventura adivinhando o favor.

— Um favor derradeiro, insistiu ela.
— Diga, mamãe.
— Vocês vão ser amigos. Sua mãe padecerá no outro mundo, se os não vir amigos neste. Peço pouco; a vossa vida custou-me muito, a criação também, e a minha esperança era vê-los grandes homens. Deus não quer, paciência. Eu é que quero saber que não deixo dois ingratos. Anda, Pedro, anda, Paulo, jurem que serão amigos.

Os moços choravam. Se não falavam, é porque a voz não lhes queria sair da garganta. Quando pôde, saiu trêmula, mas clara e forte:

— Juro, mamãe!
— Juro, mamãe!
— Amigos para todo sempre?
— Sim.
— Sim.
— Não quero outras saudades. Esta somente, a amizade verdadeira, e que se não quebre nunca mais.

Natividade ainda conservou as mãos deles presas, sentiu-as trêmulas de comoção, e esteve calada alguns instantes.

— Posso morrer tranqüila.
— Não, mamãe não morre, interromperam ambos.

Parece que a mãe quis sorrir a esta palavra de confiança, mas a boca não respondeu à intenção, antes fez um trejeito que assustou os filhos. Paulo correu a pedir socorro. Santos entrou desorientado no quarto, a tempo de ouvir à esposa algumas palavras suspiradas e derradeiras. A agonia começou logo, e durou algumas horas. Contadas todas as horas de agonia que tem havido no mundo, quantos séculos farão? Desses terão sido tenebrosos alguns, outros melancólicos, muitos desesperados, raros enfadonhos. Enfim, a morte chega, por muito que se demore, e arranca a pessoa ao pranto ou ao silêncio.

121

Último

Castor e Pólux foram os nomes que um deputado pôs aos dois gêmeos, quando eles tornaram à Câmara, depois da missa do sétimo dia. Tal era a união, que parecia aposta. Entravam juntos, andavam juntos, saíam juntos. Duas ou três vezes votaram juntos, com grande escândalo dos respectivos amigos políticos. Tinham sido eleitos para se baterem, e acabavam traindo os eleitores. Ouviram nomes duros, repreensões acerbas. Quiseram renunciar ao cargo; Pedro, entretanto, achou um meio conciliatório.

— O nosso dever político é votar com os amigos, disse ele ao irmão. Votemos com eles. Mamãe só nos pediu a concórdia pessoal. Na tribuna, sim, ninguém nos levará a atacar um ao outro; no debate e no voto podemos e devemos dissentir.

— Apoiado; mas, se você um dia achar que deve vir para os meus arraiais, venha. Você nem eu hipotecamos o juízo.

— Apoiado.

Pessoalmente, nem sempre havia este acordo. Os contrastes não eram raros, nem os ímpetos, mas a lembrança da mãe estava tão fresca, a morte tão próxima, que eles sopitavam qualquer movimento, por mais que lhes custasse, e viviam unidos. Na Câmara, o dissentimento político e a fusão pessoal cada vez os fazia mais admiráveis.

A Câmara terminou os seus trabalhos em dezembro. Quando tornou em maio seguinte, só Pedro lhe apareceu. Paulo tinha ido a Minas, uns diziam que a ver noiva, outros que a catar diamantes, mas parece que foi só a passeio. Pouco depois regressou, entrando na Câmara sozinho, ao contrário do ano anterior em que os dois irmãos subiam as escadas juntos, quase pegados. O olho dos amigos não tardou em descobrir que não viviam bem, pouco depois que se detestavam. Não faltou indiscreto que lhes perguntasse a um e a outro o que houvera no intervalo das duas sessões; nenhum respondia nada. O presidente da Câmara, a conselho do líder, nomeou-os para a mesma comissão. Pedro e Paulo, cada um por sua vez, foram pedir-lhe que os dispensasse.

— São outros, disse o presidente na sala do café.

— Totalmente outros, confirmaram os deputados presentes.

Aires soube daquela conclusão no dia seguinte, por um deputado, seu amigo, que morava em uma das casas de pensão do Catete. Tinha ido almoçar com ele, e, em conversação, como o deputado soubesse das relações de Aires com os dois colegas, contou-lhe o ano anterior e o presente, a mudança radical e inexplicável. Contou também a opinião da Câmara.

Nada era novidade para o conselheiro que assistira à ligação e desligação dos dois gêmeos. Enquanto o outro falava, ele ia remontando os tempos e a vida deles, recompondo as lutas, os contrastes, a aversão recíproca, apenas disfarçada, apenas interrompida por algum motivo mais forte, mas persistente no sangue, como necessidade virtual. Não lhe esqueceram os pedidos da mãe, nem a ambição desta em os ver grandes homens.

— O senhor que se dá com eles diga-me o que é que os fez mudar, concluiu o amigo.

— Mudar? Não mudaram nada; são os mesmos.

— Os mesmos?

— Sim, são os mesmos.

— Não é possível.

Tinham acabado o almoço. O deputado subiu ao quarto para se compor de todo. Aires foi esperá-lo à porta da rua. Quando o deputado desceu, vinha com um achado nos olhos.

– Ora, espere, não será... Quem sabe se não será a herança da mãe que os mudou? Pode ter sido a herança, questões de inventário...

Aires sabia que não era a herança, mas não quis repetir que eles eram os mesmos, desde o útero. Preferiu aceitar a hipótese, para evitar debate, e saiu apalpando a botoeira, onde viçava a mesma flor eterna.

Biografia de Machado de Assis

por M. Cavalcanti Proença

Joaquim Maria Machado de Assis nasceu na Rua Nova Livramento, no Rio de Janeiro, filho de Francisco José de Assis, "mulato pintor", e de Maria Leopoldina Machado de Assis, "portuguesa ilhoa e, segundo a tradição, lavadeira". Como se vê, os pais eram pobres; mas dados a relações com gente de sociedade. Por isso, o "inocente", como se dizia nas certidões de batismo, teve padrinhos importantes – Maria José de Mendonça Barroso, viúva do general Bento Pereira Barroso, que fora ministro no primeiro reinado e na regência, e senador do Império; e Joaquim Alberto de Sousa Silveira, dignitário do Paço, comendador da Ordem de Cristo, oficial da Ordem Imperial do Cruzeiro. O batizado foi na capela dedicada a N. S. da Penha, construída em terras que haviam pertencido ao general e, por isso, mais conhecida como "capela da chácara do Barroso". Dos nomes dos padrinhos formou-se o Joaquim Maria, sendo que o "Maria" contentava também a mãe do menino.

Foi garoto alegre e travesso, querendo bem à madrinha e dela muito querido; teve mãe e irmã pequena, ambas deixando a vida e Joaquim Maria muito cedo. O pai casou-se com Maria Inês, mulata que não teve filhos e se afeiçoou maternalmente ao enteado; foi ela quem lhe ensinou a ler, sem poder adivinhar o que viria a fazer o menino com as letras que ia aprendendo a juntar. "Coisas futuras."

Continuou os estudos na escola pública, com disciplina reforçada pela palmatória. Depois, morto o pai, lá se foi, com a madrasta, para um colégio dirigido por senhoras não muito prósperas; tanto que, para reforço do orçamento, fabricavam balas e doces; madrasta e enteado trabalhavam nessa indústria, ela na cozinha, ele de vendedor ambulante. Nesse tempo, moravam em São Cristóvão, para onde se haviam mudado ainda em vida do pai, que era amigo do vigário do bairro. E Joaquim Maria já revelava pendores intelectuais, não perdendo ocasião de ler e de aprender: a padaria do bairro era de uma francesa, e francês o forneiro, lá ia o menino a tomar lições da língua então indispensável para dar lustro às pessoas.

Já rapazinho, se aproximou de Paula Brito, proprietário do periódico *Marmota Fluminense*, e que tinha uma tipografia e loja de artigos diversos, onde se reuniam intelectuais. A tradição refere, sem prova, que ele foi aprendiz nessa oficina. Certo mesmo é que, no nº 539 daquele "jornal de modas e variedades", edição de 21 de janeiro de 1855, aos dezesseis anos, publicou o seu primeiro poema – "Ela". Fraco poema; mas não inferior aos que outros, já veteranos, publicavam. E, principalmente, era a estréia, o nome em letra de forma, o marco inicial de uma carreira que, até 1908, se estenderia por mais de meio século de trabalho paciente, ascendendo, sem parada e sem retorno, rumo à perfeição.

Nesse tempo, diariamente, tomava a barca na Praia Formosa, descia no Cais dos Franceses, atual Praça Quinze, e ia, a pé, até a Imprensa Nacional, que ficava na rua da Guarda Velha, atual Treze de Maio, onde, aí sim, em 1856, era aprendiz de tipógrafo. Aprendiz não dos melhores, no conceito do chefe das oficinas, implicando com o seu jeito de mergulhar na leitura sempre que lhe dava uma folga, e até fora dela. Mas o Diretor desejava conhecê-lo, talvez mesmo em conseqüência do motivo das queixas. Conheceu-o, e logo se tornaram amigos; coisa muito natural, porque esse diretor se chamava Manuel

Antônio de Almeida, o romancista de *Memórias de um Sargento de Milícias*, livro hoje considerado peça indispensável de nossa evolução literária.

Em 1858, Machado de Assis era revisor e caixeiro na tipografia de Paula Brito; nessa época se iam ampliando as suas colaborações em vários jornais, até que, a convite de Quintino Bocaiúva, começou a escrever no *Diário do Rio de Janeiro* e na *Semana Ilustrada*.

O primeiro volume publicado era de versos; nem tão moço o autor (25 anos), como era costume na época; título meio simbólico para quem sonhava com a glória – *Crisálidas*.

Teve aumentado o número de amigos e camaradas de rodas intelectuais, do grupo de *Marmota*, da *Sociedade Petalógica* (Peta – mentira; lógica – estudo), onde havia muita mediocridade. Mas havia, também, o grupo, em que ele se integrou, dos que freqüentava o consultório do médico Dr. Andrade Filgueiras, conheciam Ramos da Paz, Macedo, José de Alencar, Francisco Otaviano, o escritor francês Charles Ribeyrolles, cujo livro, *Brasil Pitoresco*, Manuel Antônio de Almeida traduziu. O filho herdara a tendência paterna de relacionar-se com gente de nível social mais elevado que o seu.

Na Imprensa Nacional, tornou-se auxiliar do Diretor do *Diário Oficial*. Em 1873 foi nomeado primeiro-oficial da Secretaria de Estado do Ministério da Agricultura, Comércio e Obras Públicas; em 1881, Oficial-de-Gabinete do ministro que era Pedro Luís, autor de um poema célebre "Terribilis Dea", em que se inspiraria Castro Alves para escrever o seu poema, antitético, "Deusa Incruenta".

Em 1888 recebeu a comenda da Ordem da Rosa, no grau de oficial; no ano seguinte, foi nomeado diretor da Diretoria de Comércio; em 1892, já na República, Diretor-Geral de Viação; posto em disponibilidade em 1898, logo depois reverteu atividade, como diretor da Secretaria da Indústria do Ministério da Viação, e, mais tarde, Diretor-Geral de Contabilidade.

Nessa altura da vida, podia olhar para trás e rever-se no menino que brincava descalço no morro do Livramento. Recebera títulos e honrarias, era, desde 1897, presidente da Academia Brasileira de Letras; recebera em sessão solene, dessa mesma Academia, um ramo de carvalho de Tasso, enviado da Itália por Joaquim Nabuco. A honra final não poderia prever: diante do seu ataúde, em nome dos acadêmicos, falaria comovidamente o mais ilustre dos brasileiros vivos, Rui Barbosa.

Esta acumulação de datas, indicando a sua ascensão econômica e social, impôs-se neste resumo, pois, num país em que a profissão de escritor ainda hoje é precária, quisemos acentuar que a carreira burocrática lhe deu tranqüilidade econômica para escrever e aperfeiçoar-se, ficando o serviço público, neste, como em outros casos, credor de nossa literatura.

Duas outras datas, e que não podem ser esquecidas: 1869, ano do seu casamento com D. Carolina Augusta Xavier de Novais, e 1904, ano em que ela morreu. A mulher, imortalizada no seu melhor soneto, lhe trouxe uma tranqüila felicidade; e, até certo ponto, se pode dizer que ao seu desvelo se deve a plena realização do escritor: sem Carolina, principalmente depois que nele se manifestou a epilepsia, seria, talvez, interrompida a linha ascensional que diagramatiza a carreira literária de Machado de Assis.

Conheceu-a quando entrou a fazer parte do grupo chefiado por José Feliciano de Castilho, escritor português, erudito, mas sem talento criador, o mesmo que negou, em campanha sistemática, a obra de José de Alencar. Do grupo participavam Emílio Zaluar, Ernesto Cibrão, Artur Napoleão, e, mais tarde, Faustino Xavier de Novais, poeta satírico. Entre Castilho e Alencar, Machado de Assis não tomaria partido, se bem que, anos depois, viesse a escolher o romancista de *Iracema* para patrono de sua cadeira na Academia, e lhe prestasse publicamente o testemunho de sua admiração.

Amigo de Novais, veio a conhecer-lhe a irmã que ele mandara buscar a Portugal. Ela chegou ao Brasil na casa dos trinta, livre e desimpedida de compromisso de amor; na idade em que a maioria das mulheres já tinham filhas casadoiras, não seria muito rigor chamá-la de solteirona. Cinco anos mais velha que ele, "sem ser bonita, deve ter sido extremamente simpática e atraente", supõe Lúcia Miguel Pereira, em sua biografia do escritor. Em Portugal, conhecera Camilo Castelo Branco, Gonçalves Crespo, outros literatos; aqui, estando o irmão doente dos nervos, organizava reuniões para distraí-lo. Entre os convidados, Machado de Assis. E o namoro começou. E teve logo a oposição de parte da família, Adelaide e Miguel, os últimos chegados de Portugal. Motivo: Carolina era alva, branca, e o namorado, mulato sem disfarce. Duas senhoras brasileiras amadrinharam a causa, o casamento se fez. A operação durara dois anos, de começos de 1867 a 1869.

Valeu a pena insistir: D. Carolina foi excelente esposa e companheira. Deu-lhe um lar harmonioso; concentrou em si a bondade e o carinho da mãe, da madrasta, da madrinha que ele perdera. Morta a esposa, dizem os biógrafos de Machado que ele retratou a vida do casal em *Memorial de Aires*. Vida realmente feliz.

Bem casado, glorioso, reconhecido, inclusive, pela nova geração do seu tempo, como o escritor máximo da literatura brasileira, realizou-se, lenta e progressivamente, sem retornos, sem descaídas. É tempo, assim, de falar de sua obra.

Na poesia não esteve à sua própria altura. Diríamos, até, que se lançou no gênero, porque era esse o de maior voga na época, o que reunia os grandes nomes literários. Poucos os poemas em que atingiu a atmosfera da poesia. O restante é um versejar nem sempre com bons ouvidos ou boas imagens.

É verdade que Lúcia Miguel Pereira afirma que "ele foi inegavelmente poeta", mas, na mesma página, tratando das resistências de Machado a dar a edição das *Poesias Completas*, reconhece que "talvez sentisse, com o seu agudo senso crítico, que na poesia não se realizaria inteiramente". Nesse tempo, 1901, já haviam sido publicados: de Bilac, *Poesias*; de Alberto de Oliveira, *Canções Românticas, Meridionais, Sonetos e Poemas, Versos e Rimas, Poesias Completas*; de Raimundo Correia, *Primeiros Sonhos, Sinfonias, Versos e Versões, Aleluias, Poesias*; de Vicente de Carvalho, *Relicário*. Note-se que, em *Poesias Completas*, muitos poemas dos primeiros livros aparecem com correções de métrica e de vocabulário, supressão ou alteração de versos, mostrando que Machado de Assis acompanhava a evolução da técnica literária, posta em evidência pelo parnasianismo.

A prosa, entretanto, é o terreno em que edificou a sua glória. Nela se tornou mestre e modelo, a seguir e imitar.

Para Lúcia Miguel Pereira, os três primeiros livros – *Contos Fluminenses, Histórias da Meia-Noite* e *Ressurreição* – ele os conseguiu fazer "quase inteiramente maus". Os contos foram escritos de encomenda, premência de colaboração para os jornais; o romance foi armado obedecendo a um esquema, e não contém aquele traço de catarse, de confissão, a presença, enfim, do escritor que precisa libertar-se do tema que o empolga de entusiasmo ou de angústia. Mas não são matéria a desprezar esses primeiros livros de prosa, pois, neles, aqui e ali, já desponta o talento que irá dirigir o escritor sempre para o melhor, o mais alto, como aquele moço do poema de Longfellow, em cuja flâmula se achava inscrito o lema – *ad excelsior*.

Helena, ainda romântico, de enredo folhetinesco, e *Iaiá Garcia*, história do nascimento, vida e glória de um amor, já possuem muito daquele estilo remanchado, passinho à frente, passinho atrás, que irá dar-nos a pintura minuciosa, quase microscópica de *Brás Cubas, Quincas Borba, Capitu* e *Bentinho*, para atingir a cristalização sem jaça do *Esaú e Jacó* e *Memorial de Aires*.

Dos contos poderemos citar *A Academia de Sião, A Igreja do Diabo, A Cartomante, Cantiga de Esponsais, A Desejada das Gentes, Noite de Almirante*, para falar só dos que reúnem o beneplácito coletivo, embora saibamos muito incompleta a lista.

Pouco a pouco o estilo de Machado de Assis atingiu a condição de instrumento afinadíssimo, capaz de entretons, de sugerir mais que dizer, dominando o leitor, com quem dialoga e discute os estados de alma dos personagens. E a quem transmite o ceticismo, a dúvida, a ironia melancólica das afirmações interrogativas, das perguntas que não pedem resposta.

São unânimes os críticos em dividir a obra machadiana em duas fases, ficando as *Memórias Póstumas de Brás Cubas* como marco divisório. A segunda não é, certamente, a que mais agrada ao grande público, mas é nela que encontramos o escritor na plenitude do poder criador, do talento e da técnica; nela é que se devem deter os que desejam estudar a literatura em si, como transmissão de experiências e como integração de tema e expressão.

Antes de passar à relação das obras do escritor, limitando-a a poesia e ficção, nada melhor para encerrar esta biografia, que já vai longo, do que o fecho posto por Lúcia Miguel Pereira na sua *Biografia de Machado de Assis*, hoje livro fundamental para o estudo e o conhecimento do romancista:

"À medida que se vai recuando para o passado, sentimos melhor o que representa para o Brasil esse mestiço que tanto elevou a sua gente e o seu país, a pureza dessa personalidade que paira sobre a literatura brasileira, como um símbolo da nobreza do pensamento e do poder do espírito".

Obras Poéticas e de Ficção

1864 – *Crisálidas (poesia)*
1870 – *Falenas (poesia)*
1870 – *Contos Fluminenses*
1872 – *Ressurreição*
1873 – *Histórias da Meia-Noite*
1874 – *A Mão e a Luva*
1875 – *Americanas (poesia)*
1876 – *Helena*
1878 – *Iaiá Garcia*
1881 – *Memórias Póstumas de Brás Cubas*
1882 – *Papéis Avulsos*
1884 – *Histórias sem Data*
1891 – *Quincas Borba*
1896 – *Várias Histórias*
1899 – *Páginas Recolhidas*
1900 – *Dom Casmurro*
1901 – *Poesias Completas*
1904 – *Esaú e Jacó*
1906 – *Relíquias de Casa Velha*
1908 – *Memorial de Aires*

Pequena Bibliografia Sobre Machado de Assis

1912 – Alcides Maya – MACHADO DE ASSIS – Jacinto Silva, Rio de Janeiro.

1916 – José Veríssimo – HISTÓRIA DA LITERATURA BRASILEIRA – Francisco Alves, Rio de Janeiro.

1917 – Alfredo Pujol – MACHADO DE ASSIS – Tip. Brasil, São Paulo (Biogr.).

1939 – Astrojildo Pereira – INTERPRETAÇÕES – Casa do Estudante do Brasil, Rio de Janeiro.

1940 – Afrânio Coutinho – A FILOSOFIA DE MACHADO DE ASSIS – Vecchi, Rio de Janeiro.

1943 – Mário de Andrade – ASPECTOS DA LITERATURA BRASILEIRA – Americ, Rio de Janeiro.

1947 – Barreto Filho – INTRODUÇÃO A MACHADO DE ASSIS – Agir, Rio de Janeiro.

1949 – Lúcia Miguel Pereira – MACHADO DE ASSIS – Gráfica Editora Brasileira, Rio de Janeiro.

1952 – Augusto Meyer – MACHADO DE ASSIS – Globo, Porto Alegre.

1955 – Otto Maria Carpeaux – PEQUENA BIBLIOGRAFIA CRÍTICA DA LITERATURA BRASILEIRA, Ministério da Educação e Cultura, Rio de Janeiro, 2ª edição.

1955 – J. Galante de Sousa – BIBLIOGRAFIA DE MACHADO DE ASSIS – Instituto Nacional do Livro, Rio de Janeiro.

1958 – J. Galante de Sousa – FONTES PARA O ESTUDO DE MACHADO DE ASSIS – Instituto Nacional do Livro, Rio de Janeiro.

Impressão e Acabamento
Com fotolitos fornecidos pelo Editor

EDITORA e GRÁFICA
VIDA & CONSCIÊNCIA

R. Agostinho Gomes, 2312 • Ipiranga • SP
Fonefax: (11) 6161-2739 / 6161-2670
e-mail: grafica@vidaeconsciencia.com.br
site: www.vidaeconsciencia.com.br